# FÁBRICA DE
# DIPLOMAS

# FELIPE PENA

# FÁBRICA DE DIPLOMAS

2ª edição

EDITORA RECORD
RIO DE JANEIRO • SÃO PAULO
2013

CIP-BRASIL. CATALOGAÇÃO-NA-FONTE
SINDICATO NACIONAL DOS EDITORES DE LIVROS, RJ

Pena, Felipe, 1971-
P454f    Fábrica de diplomas / Felipe Pena. – 2ª ed. – Rio de Janeiro: Record, 2013.
2ª ed.
         ISBN 978-85-01-09393-6

         1. Romance brasileiro. I. Título.

                              CDD: 869.93
11-2512                       CDU: 821.134.3(81)-3



Copyright © Felipe Pena, 2011.

Foto do autor: Monaliza Oliveira
Imagem de capa: Diana Ong/Getty Images

Texto revisado segundo o novo Acordo Ortográfico da Língua Portuguesa.

Todos os direitos reservados. Proibida a reprodução, no todo ou em parte, através de quaisquer meios.

Direitos exclusivos de publicação em língua portuguesa somente para o Brasil adquiridos pela
EDITORA RECORD LTDA.
Rua Argentina, 171 – Rio de Janeiro, RJ – 20921-380 – Tel.: 2585-2000

Impresso no Brasil

ISBN 978-85-01-09393-6

Seja um leitor preferencial Record.
Cadastre-se e receba informações sobre nossos lançamentos e nossas promoções.

EDITORA AFILIADA

Atendimento e venda direta ao leitor:
mdireto@record.com.br ou (21) 2585-2002.

Para meus filhos, quando os tiver.

"Noventa por cento do que escrevo é invenção.
Só dez por cento é mentira."

MANOEL DE BARROS

"A roda do eterno retorno é a produção da repetição a partir da diferença e a seleção da diferença a partir da repetição."

GILLES DELEUZE

"A redundância é a realidade."

SOREN KIERKEGAARD

# Sumário

*Personagens principais* 11
*Prólogo* 13

1. O reitor   19
2. Os departamentos   27
3. A empresa   36
4. Os conselheiros   45
5. O vestibular   53
6. A repórter   61
7. O ensino   74
8. A pós-graduação   87
9. A pesquisa   95
10. Os professores   104
11. A concorrência   112
12. O marketing   121
13. O provão   132
14. A cidadania   153
15. Os cursos gratuitos   162
16. Os bacharéis   171
17. Os cursos técnicos   178
18. Os funcionários   186

19. O crescimento   198
20. A falência   209
21. O animal   214
22. O jogador   223
23. O economista   230
24. A rampa   245
25. A televisão   255
26. O divã   261
27. O deputado   277
28. O destino   290
29. Os doutores   309

*Posfácio*   329
*Notas e agradecimentos*   333

**Personagens principais**

ADRIANA MAIA — estudante de Farmácia do campus Tijuca.
JAIME ORTEGA — reitor e dono da Universidade Bartolomeu Dias.
ANTONIO PASTORIZA — diretor da Faculdade de Psicologia da Bartolomeu Dias.
LUCAS — analfabeto, funcionário da Bartolomeu Dias.
MANOEL CAPACHO — conselheiro da Bartolomeu Dias (marketing).
GABRIEL ORTEGA — filho de Jaime. Conselheiro da Bartolomeu Dias (expansão).
HENRIQUE FREITAS — conselheiro da Bartolomeu Dias (finanças).
NICOLE BARROS — repórter de TV e professora da Bartolomeu Dias.
IGNÁCIO ROVER — detetive e chefe da segurança da Bartolomeu Dias.
DURVAL SANTOS — sub-reitor de Ciências Humanas da Bartolomeu Dias.
JOAQUIM VASCONCELOS — delegado e chefe da Polícia Civil.
RAUL SILVÉRIO — dono do Centro Universitário Provinciano.
TETÊ — professora da Bartolomeu Dias. Coordenadora do laboratório de Farmácia.
PATRICK WALTON — líder dos investidores americanos.

*Os personagens, as instituições e as situações desta obra são reais apenas no universo da ficção; não se referem a pessoas ou lugares específicos, nem emitem qualquer opinião.*

# Prólogo

Quando os tiros começaram, Adriana já estava descendo o morro do Borel. O ruído seco e intermitente era inconfundível. Fuzis AR-15, AK-47, SIG Sauer. Com munição capaz de atravessar os carros blindados dos figurões da sociedade carioca, pseudoprotegidos em sua arrogância metálica com pneus Firestone e vidros duplos. Os mesmos que financiavam os traficantes por um pouco de brilho na noite de Ipanema. Que entupiam as narinas de pó e fumavam a própria dignidade em busca de uma dose violenta de qualquer coisa. Que avançavam sinais e furavam filas. Que davam esmola na rua e perdiam a carteira para o pivete da bicicleta. Que tinham medo da empregada favelada ou do filho do porteiro brincando com sua prole dourada nos jardins de condomínios fechados, entre balaústres e preconceitos. A cidade partida. O Rio de Janeiro dos estereótipos confirmados pelo noticiário policial e entorpecido como um poema de Allen Ginsberg.

*Tá tudooo dominadoooo*, pensou, repetindo um velho refrão de baile funk, enquanto corria em fuga pelos becos da favela, pulando latas de lixo e derrubando os varais de roupa pelo caminho. Sempre pensava nas letras daquele tipo de música quando entrava em desespero. Não sabia o motivo. Simplesmente acontecia. Não chorava, não tremia, não gritava. Só conseguia repetir os versos populares do batidão, o ritmo mais tocado nas festas de comunidades carentes que ela frequentava desde que entrara para a faculdade de Farmácia. Algumas disciplinas do curso exigiam a participação em trabalhos comunitários, o que acabava aproximando os jovens universitários de classe média das opções de lazer dos favelados. No Borel, então, a presença dos estudantes era ainda maior, pois a universidade de Adriana, na zona norte do rio, ficava praticamente dentro do morro, com os muros que a separam da favela tomados por barracos de madeira podre e alvenaria desbotada. Fronteiras tênues, quase inexistentes.

A saraivada de balas não a assustou. Não era esse o motivo de seu desespero. Como os tiroteios eram constantes, os alunos tinham a capacidade de identificar a procedência da munição. Faziam até brincadeiras de adivinhação e bancas de aposta. Para eles, nada mais banal do que a violência. O homem que a perseguia usava uma pistola Colt .45, não tinha um fuzil. Portanto, ela não era o alvo daqueles tiros. Pelo menos, ainda não. Enquanto pudesse se deslocar pelos becos que conhecia, estaria protegida pelo caos de tijolos empilhados na cartografia irregular do morro. Mas precisava chegar até o campus e se misturar entre os colegas.

*Pra subir lá no moooooorro atééé o BOPE treeeme; não tem mole pra civil, também não tem praaaaaa PM.* Pensou em outro sucesso dos bailes. *Os alemães vão pra vala, Uh! Uh!* Era o refrão preferido. O funk fora criado como expressão cultural das comunidades, mas as letras relacionadas ao crime se multiplicavam a cada dia Os eventos só podiam ser realizados com a permissão dos traficantes. Em alguns casos, eles faziam até a segurança contra os "alemães", que podiam ser tanto bandidos rivais como a própria polícia, também identificada pelo carinhoso apelido de *os vermes*. Uma guerra particular, cujos lados nem sempre eram facilmente determinados. Havia os policiais corruptos, responsáveis principalmente pelo fornecimento de armas e pela escolta dos bondes, as famosas caravanas de carros roubados que levavam as drogas até o morro. Havia também os informantes, conhecidos como X9s, que se infiltravam nas quadrilhas ou simplesmente deduravam os marginais. E, no meio do conflito, é claro, a grande maioria: os moradores das áreas pobres da cidade. Poderia ser o enredo de um filme *noir*, mas era a realidade carioca. Quase inverossímil de tão verdadeira.

A poucos metros de um portão enferrujado, que era utilizado como rota de fuga pelos traficantes, ela tropeçou em um pneu velho cheio d'água e rolou por uma pequena ribanceira até cair na laje de outro barraco, onde estavam duas crianças de quatro e cinco anos em companhia da mãe, cuja reação foi de indiferença, limitando-se a levar os filhos para baixo e evitar o contato visual com a fugitiva.

A superfície áspera do cimento não amorteceu a queda. Adriana sentiu uma dor aguda durante o choque com o solo. Havia pequenas pedras misturadas a cacos de vidro, além de pedaços pontiagudos de cerâmica. O ombro direito se deslocou, pressionando o músculo e causando uma luxação. No rosto e nas mãos, vários ferimentos provocados pelos objetos cortantes. Um pequeno fio de sangue escorreu pela cabeça, empapuçando os cabelos lisos, bem-tratados, e turvando os olhos verdes, quase escandinavos.

*Eu só queeeero é ser feliz. Andar tranquilamente na faveeeela onde eu nasci. E poder me orgulhaaaaar...* De quê? Orgulhar de quê? Mesmo os funkeiros e rappers mais politizados reconheciam a baixa autoestima dos pobres pretos favelados, a trilogia da exclusão na cidade maravilhosa. *Essa letra não faz sentido algum.* Não fazia mesmo. A pobreza sempre fora discurso de intelectual ou político em véspera de eleição. Nunca houve ações coordenadas entre poder público e sociedade civil para a inclusão social, outro termo gasto. Clichê da esquerda saudosista de Stalin. Assim como *cidadania*, a palavra mais *clichelenta* das páginas empoeiradas do dicionário. Aliás, essa era a palavra preferida dos professores de Adriana. O que, para ela, não fazia o menor sentido, já que o próprio dono da universidade onde estudava tinha uma opinião bem clara sobre o assunto. *Não estou interessado nem no Brasil nem na solidariedade, muito menos na cidadania.* Declarações polêmicas, que haviam sido manchete nos principais jornais do país e estampavam a filosofia daquela instituição de ensino. Mas, pelo menos, era um posicionamento. Mostrava o verdadeiro objetivo da educação: a ascensão social. E a escola nem deveria ser para todos. *A realidade da vida não é estudar. Estudar é uma opção. Quem quiser faz, quem não quiser não faz. E não fica pior por isso.* O homem gostava mesmo da controvérsia, mas pelo menos não era hipócrita. Ela até simpatizava com o sujeito.

Como a maioria dos universitários brasileiros, Adriana estudava em uma faculdade privada que havia sido sua quarta ou quinta opção no vestibular, já que as vagas no ensino público superior eram escassas. Nos dois primeiros anos do curso, pagara a mensalidade com o salário de recepcionista em um laboratório na zona sul do Rio de Janeiro, mas, nos últimos seis meses, abandonara o emprego graças a um novo trabalho, muito mais rentável, só que muito mais perigoso. O mesmo que a tinha colocado na situação que estava vivendo agora. *Com essa grana, saio da miséria. É minha salvação.* Ao aceitar a proposta, ela aceitava também os riscos. Não poderia reclamar. E não reclamaria.

A queda na laje chamou a atenção do homem que a perseguia. Um grito encarniçado, de quem não consegue conter a dor, ecoou pela favela e, por alguns momentos, abafou o som beligerante do lugar. Guiado pelo ruído estridente, quase um uivo de sofrimento, o homem imediatamente mudou a rota e dirigiu-se para o lado oeste do morro, em direção à universidade. Apesar de não pertencer à comunidade, passou despercebido pelos moradores. Nem a correria e a fisionomia incomum foram notadas.

Adriana se levantou com dificuldade. Enxugou o sangue no rosto, improvisou uma tipoia com o casaco de moletom e tirou alguns cacos de vidro do tornozelo. Tentou fazer tudo isso em movimento, mas a dor atrapalhou seus planos. Teve que parar por alguns instantes, recompor o fôlego, pensar. Pela primeira vez, teve medo. Nenhuma letra de funk veio à sua cabeça. A queda não só atrasou a fuga, como permitiu que o perseguidor encontrasse seu rastro. Era preciso correr, mas as pernas não respondiam.

Mesmo mancando e sem conseguir mexer o braço direito, Adriana empurrou o portão enferrujado e entrou na universidade. Quando chegou à metade do estreito corredor que leva à cantina do curso de Farmácia, olhou para trás. O reflexo da arma prateada não permitiu que ela visse o rosto de quem estava com o dedo no gatilho. Mas os contornos da face, escondidos pela penumbra, pareceram familiares. A voz grave, rouca, ameaçadora, confirmou suas suspeitas:

— Eu só quero a letra, menina. Nada vai te acontecer. Me dá a letra.

— De jeito nenhum — respondeu a fugitiva, em um grunhido de som quase inaudível.

Ela ainda chegou até as mesas onde os colegas de faculdade almoçavam, mas não teve tempo de dar uma segunda olhada no homem da voz rouca. O impacto da bala que a atingiu nas costas jogou seu corpo contra os bancos de cimento fixados no solo. Dezenas de estudantes vestidos de branco entraram em pânico e correram para as escadas inferiores. O caos se intensificou com a multiplicação de rajadas de fuzil oriundas da favela, que agora pareciam muito mais próximas. Em poucos segundos, o refeitório estava completamente vazio. Restava apenas o corpo de Adriana, estirado no chão, com os joelhos flexionados e a mão esquerda fechada. A seu lado, uma pequena mochila, que ela carregara durante toda a fuga.

Nos momentos seguintes, a única testemunha da ação foi a câmera de vídeo ligada ao computador central da segurança do campus. Por suas lentes, foi possível ver o perseguidor se aproximar da menina, colocar a mão em seu pescoço para medir os batimentos e pegar a mochila que estava no chão. Antes de correr de volta para o portão, em direção à favela, ele percebeu a inconveniente presença daquele olho eletrônico. Não adiantou praguejar. Ao notar que fora filmado, só piorou a situação, pois deixou o rosto em foco, num plano americano, gravado no HD do computador. Ao correr, não teve tempo nem para imaginar quem estava do outro lado do monitor.

Adriana ainda esboçou uma reação, tentando ficar consciente. Mexeu as pálpebras levemente, contraiu o rosto, abriu os olhos, enrugou a testa, mas não conseguiu sentir as pernas. Estranhamente, não havia nenhum tipo de dor, como se o corpo todo estivesse anestesiado. Só o raciocínio parecia intacto. E o primeiro pensamento foi óbvio. Do punho cerrado escorreu um pedaço de papel amassado com inscrições em tinta preta parecendo uma espécie de código ou poema infantil. A visão daquela pequena folha motivou um sorriso largo, imediatamente seguido de um semblante de preocupação. A letra estava com ela, mas, diante de seu estado, não seria por muito tempo. Só teve dois minutos para executar o precário plano que imaginou para salvar seu segredo, antes de desmaiar novamente.

Na favela, os tiros cessaram. No lugar das balas, a batida do funk na caixa de som do barraco vizinho à universidade. *O natural do Rio é o batidããããooooo! A playboyzada e os manu do morrãããããooo! Eu peço a Deus para que olhe por nós. Já perdi vários amigos, mas não calaram a minha voz!*

# 1. O reitor

A metáfora de comandante do navio não é gratuita. É concreta, precisa, quase literal. Pela janela do escritório, na cobertura onde mora, Jaime Ortega vê apenas o mar. Nem a areia da praia da Barra está ao alcance dos olhos. Muito menos os transeuntes apressados do calçadão, com seus bonés da Nike, tênis Reebok comprados em Miami, relógios Bvlgari, calcinhas Victoria's Secret, óculos Diesel e outros acessórios indispensáveis à sociedade emergente do bairro. Homens de meia-idade, cujas safenas foram o preço do patrimônio adquirido, dividem a passarela esportiva com deslumbrantes e deslumbradas cocotas de corpos esculpidos em uma das 350 academias de ginástica da região. Algumas olham debochadamente para as mulheres mais velhas, que fogem ao arquétipo local, outras apenas cortejam maridos carentes ou já são, de fato, esposas de velhos babões que em breve perderão a casa, o carro de luxo e a guarda dos filhos em um processo de divórcio.

A Barra da Tijuca é uma fauna em equilíbrio homeostático. A cadeia alimentar está bem definida. Não é difícil perceber quem come a carne ou vive dela. Nem observar os vegetarianos, ruminando celulose em frente às pantalhas de TV sintonizadas em programas de auditório liderados por modelos carreiristas, nos vários sentidos do termo. Mas a variedade sociológica de espécies sobrevive em harmonia apenas pela unidade religiosa em torno de seus templos, que aqui são chamados de shopping centers. Todos com nome em inglês e ícones da cultura norte-americana, entre eles uma enorme Estátua da Liberdade, quase um santo barroco em frente à paróquia cujo nome não poderia ser diferente: New York City Center. Mas ainda há o Barra Point, o Barra Garden, o Barra Business e muitos outros. Diferentes igrejas para a mesma fé, representada por sua trindade sagrada: consumo, aparência e ignorância.

O sobrenome do bairro está relacionado à origem de grande parte dos moradores, conhecidos pelo conservadorismo acrítico, aquele que sustentou a marcha da família com Deus pela tradição e propriedade durante o golpe militar no Brasil. São os tijucanos, bravos defensores da moral e dos bons costumes, os responsáveis pelo maior êxodo urbano da história do Rio de Janeiro, motivado pelo vertiginoso aumento da ocupação das encostas de sua terra natal por favelas. Nos últimos trinta anos, a Tijuca se mudou para a praia. E com ela vieram os valores que sustentam seu modo de vida. Valores inscritos nas grades dos condomínios fechados, na ausência de esquinas, nos *coiffeurs* neuróticos, nos motoristas de madame, nos vendedores de cofres, nos *poodles* enfeitados. Os mesmos que cagam o passeio público em frente às coberturas luminosas, entre elas a que pertence ao dono da Universidade Bartolomeu Dias, para quem nada disso tem a menor importância.

Do escritório da acrópole personalizada, Jaime Ortega comanda seus negócios — entre eles, a universidade — como se de fato estivesse no convés de um transatlântico. Sempre chama a atenção do interlocutor para isso. Gosta de vestir a farda imaginária, conduzir o leme retórico. As metáforas marinhas dominam o discurso: *Somos como o* Queen Mary. *Cento e quarenta mil alunos aqui no Rio. Cinquenta campi espalhados pelo Brasil. Unidades no Paraguai e no México. Para virar a bombordo, temos que mobilizar toda a estrutura e isso demora muito. Precisamos dar um jeito de ter a agilidade de uma lancha.* Sente-se o almirante Nélson da educação. Navega em cabotagem, cabotino, absoluto.

Também faz reuniões no andar de baixo do apartamento, onde, além da cozinha há duas enormes salas. Uma delas, a de jantar, com pé-direito duplo, coberta por um vitral francês que garante a luminosidade natural. No chão, pequenos mosaicos romanos formam um desenho abstrato, delimitando a fronteira com o jardim de inverno. Senta-se sempre na cabeceira. De frente para o mar, claro. Seu prato jamais é o mesmo servido aos convidados. É vegetariano, não consome sal nem açúcar, mas não impõe sua dieta aos outros comensais. Só os sucos de fruta e refrigerantes *diet* são obrigatórios.

Os seis ou sete executivos mais próximos costumam levar personalidades para almoçar com o patrão. Atores, presidentes de empresas, políticos, escritores, jogadores de futebol e diretores de TV são frequentadores assíduos. Jaime Ortega costuma convidá-los para conferências, seminários, colóquios, ou simplesmente para lecionar na universidade. As parcerias sempre rendem um bom marketing.

No escritório, atrás da cadeira de espaldar alto, estão milimetricamente organizados os mais de oitocentos CDs de MPB, além de coleções de boleros, jazz e óperas. À direita, uma tela de cristal líquido ligada a um computador de última geração. À esquerda, alguns livros empilhados caoticamente na estante de vidro, a maioria gramáticas, dicionários e manuais dos mais variados tipos.

Diversas edições do Código Penal ocupam a parte inferior do móvel. A velha mesa de jacarandá ainda é dos tempos da fundação da primeira faculdade, a de Economia, no ano de 1970, em um sobrado no bairro da Lapa. Eram apenas quarenta alunos e uma sala de aula. Ortega era professor de Cálculo na Universidade Católica e conseguiu abrir a escola graças ao auxílio de uma tia que trabalhava no Ministério da Educação. Daí para a criação de outros cursos não demorou muito. Em poucos anos, já eram seis, entre eles o de Comunicação Social, sua verdadeira paixão.

Dos 17 aos 20 anos de idade, trabalhou como repórter na Rádio Nacional, assessorando um famoso locutor esportivo e policial. Nunca teve dúvidas sobre a vocação para o jornalismo. Era ágil, dinâmico, curioso. Detestava rotinas. Cansava-se facilmente de gabinetes, burocracias, papeladas intermináveis, conversas fiadas. Preferia a perene novidade dos *fait divers*, como chamava as notícias do cotidiano. Tinha faro — um velho clichê da profissão — para as histórias inusitadas, surpreendentes, chocantes. Enfim, aquelas que vendiam jornal. Mas, com o tempo, a própria falta de rotina tornou-se uma rotina, e ele também se cansou das redações. Cansou, não desistiu. Ter uma faculdade de Comunicação era uma forma de resgatar o passado.

Pelo mesmo motivo, abriu um curso de Administração. Ortega foi diretor do maior banco do país. Começou como caixa, aos 21 anos, enquanto ainda cursava a faculdade de Economia. Em seguida, passou a gerente, foi promovido a coordenador regional, e chegou a ser o braço direito do dono da casa financeira. No auge da carreira, aos 29 anos, quando já era professor universitário, recebeu um presente do patrão. Ele pediu que o jovem assessor fosse a São Paulo procurar a mansão mais luxuosa do bairro dos

Jardins para montar uma agência imponente, com o intuito de atender à classe mais abastada da cidade. Ao encontrá-la, Jaime levou o chefe para vê-la.

— Onde estão as chaves, meu rapaz?

— Estão aqui, doutor — respondeu Ortega.

— Fique com elas. Esta casa é sua. A partir de hoje quero que você conduza meus negócios em São Paulo.

A surpresa não poderia ser mais inebriante. Jovem, recém-casado, salário alto, poderoso, morando no lugar mais importante do país e tão bem-tratado na empresa. Quem iria querer mais? Tinha uma carreira brilhante pela frente! Um futuro invejável! Uma ascensão meteórica! *Um.... Ops...!?* Pensou novamente em clichês. E eles sempre vinham acompanhados da famosa rotina, a mesma responsável pelas desistências anteriores.

No dia seguinte, levou a mulher para conhecer o imóvel onde iriam morar. A reação foi óbvia. Deslumbramento, juras de amor, sorrisos indomáveis, abraços de liquidificador. Ela não se conteve e fez planos para os jardins, o salão de jogos, o hall de entrada e os próximos quarenta anos de felicidade bem remunerada.

À tarde, Ortega entregou sua carta de demissão para o chefe. *Mas o que houve? Você tem tratamento VIP aqui dentro!* O banqueiro estava aturdido, mas ao mesmo tempo intrigado com a petulância do garoto. Um pouco de audácia não fazia mal a ninguém. Ele mesmo havia desistido de uma sólida carreira de advogado para fundar uma pequena banca. O resultado: não tinha curso superior, mas era dono do maior banco do país. Se tivesse feito faculdade, não chegaria até ali. Não foi à toa que a resposta do rapaz arrancou um sorriso de satisfação de sua face rosada. *É por isso mesmo. Eu sou tão bem-tratado que nunca mais sairei daqui. Melhor ir embora agora.*

Cinquenta anos depois, o dono da maior universidade do país se lembraria dessa história para argumentar com um de seus mais importantes executivos que tinha motivos análogos para deixar a instituição.

— Logo você, que é tão bem-tratado?

— Pois é, Dr. Ortega, logo eu que sou tão bem-tratado — respondeu o professor Antonio Pastoriza.

Mas o pedido de demissão teria que esperar. Diretor da faculdade de Psicologia, Pastoriza sempre tivera uma segunda função na Universidade Bartolomeu Dias: a auditoria interna, que incluía desde a resolução de conflitos financeiros até investigações especiais determinadas pelo patrão. Aliás, por isso ele havia sido chamado para o almoço no latifúndio da praia. A imprensa estava massacrando a universidade. Culpavam a direção pelo incidente com a estudante Adriana Maia, baleada no campus Tijuca. Os dirigentes tinham sido avisados pelos traficantes que deveriam fechar as portas, pois haveria uma manifestação de protesto pela morte de um bandido em confronto com a polícia, mas resolveram liberar os alunos aos poucos, para não provocar confusão. Só que a letargia acabou em tragédia.

Para Ortega, no entanto, o acontecimento parecia ter razões bem diferentes. Ele não acreditava em coincidências, muito menos quando elas estavam relacionadas com o seu bolso. Por que o incidente ocorrera na mesma semana em que ele negociava a venda de parte da mantenedora da universidade para um grupo de empresários americanos? Os gringos não tocaram no assunto durante as reuniões de trabalho com os executivos da Bartolomeu Dias, mas, obviamente, foram informados de tudo. Muito bem assessorados por uma empresa de consultoria financeira com filiais no Brasil, eles se limitaram ao aspecto comercial da compra. O constrangimento estava do outro lado da mesa, na indisfarçável tensão de quem se dividia entre os dólares de Nova York e o noticiário policial.

— Você não acha tudo isso muito estranho, Pastoriza?

— Francamente, acho que não, Dr. Ortega. Tiroteios são rotina no Rio de Janeiro, principalmente em favelas. E o nosso campus está ao lado de uma das maiores. Essa teoria da conspiração não me convence.

O patrão arqueou as sobrancelhas, um de seus vários tiques nervosos, que significava discordância e impaciência. Ele gostava de sinceridade, mas ficava um pouco agastado quando a considerava excessiva. E chamá-lo de neurótico parecia realmente excessivo. Talvez nem fosse. Ele mesmo seria capaz de se diagnosticar, mas ouvir essa conclusão de alguém, até de um psicólogo, era um exagero. Ficou irritado. Muito irritado.

Tentou mudar de assunto.

— Você já acabou de ler aquele livro que te emprestei?

— Já, mas não gostei muito.

— Por quê?

— Como romance policial, a trama tem muito compromisso com a verossimilhança. Mas a realidade não é tão verossímil. O autor tenta imitar os clássicos do gênero, em que tudo tem que ser explicado minuciosamente, seguindo uma lógica positivista. Talvez isso funcione na Inglaterra, mas não no Rio de Janeiro. Aqui, o crime tem contornos inacreditáveis, próximos do fantástico. Nossos bandidos rompem todos os limites da realidade. Parecem personagens de um best-seller barato, daqueles em que carros voam e helicópteros resgatam presidiários.

— Bom, nesse caso você está entrando em contradição ao dizer que minha hipótese sobre o tiro no campus é absurda.

— Não foi isso que eu disse. Só achei que a conclusão era muito conspiratória.

— Você acha mesmo que eu estou delirando? Então dá uma olhada nisso.

Ortega socou a mesa e largou um pedaço de papel amassado sobre o cinzeiro. Pastoriza abriu a folha lentamente, leu com atenção o que estava escrito, mas não entendeu nada. O que poderia ser aquilo? Um enigma? Uma mensagem? Um poema de mau gosto? Ou o homem enlouquecera de vez?

— Esse papel estava na mão da menina quando ela foi socorrida. Descubra o que significa — disse o reitor.

Pastoriza ficou ainda mais confuso com a informação.

## 2. Os departamentos

A menos de três quilômetros da cobertura de Jaime Ortega, uma voz rouca podia ser ouvida pelo interfone da casa 17 do condomínio de luxo Santa Genoveva. Como em tantos outros da Barra da Tijuca, o acesso só era permitido após a identificação do visitante na cancela da guarita. Uma falsa segurança, já que muitos condomínios tinham histórias de assaltos, roubos de carro e até sequestros. A medida servia apenas como proteção ilusória para os moradores. Eram ilhas da fantasia construídas sob a promessa da invulnerabilidade mediada por cabos de fibra ótica.

— Sou eu, chefe. O Lucas.

Do outro lado da linha, o silêncio do condômino fez o guarda pensar que o aparelho estava quebrado. Ele ainda bateu com o cassetete no fone duas vezes antes de ouvir algum som. Ficou surpreso com a agressividade da resposta. O morador da casa 17 tinha fama de boa-praça. Era simpático, sempre gentil com os funcionários e distribuía sorrisos obesos pela vizinhança. Mas, naquele dia, parecia bem diferente.

— Você é um idiota! Vá procurar o sub-reitor e não volte mais aqui!

Lucas engoliu o constrangimento e embicou a moto velha em direção à avenida das Américas. *Quem esse gordo pensa que é?* Praguejou não apenas contra o homem que o havia contratado, mas contra a própria estupidez. *Eu sou um idiota mesmo!* Não era a primeira vez que se sentia humilhado ou que reconhecia ter sido incompetente, mas agora a situação era mais grave. O serviço do dia anterior estampava as primeiras páginas de todos os jornais. A menina em quem atirara estava em estado grave no hospital e corria o risco de ficar tetraplégica. A mídia pressionaria a polícia a encontrar o culpado, o que não seria difícil, pois ele era conhecido na universidade. Lembrou-se das câmeras do campus e novamente lamentou ter o raciocínio tão limitado. Precisava sair da cidade, mas ainda não recebera a segunda metade do pagamento.

Filho de agricultores do norte fluminense, Lucas seguia o padrão da imigração para os grandes centros urbanos: subemprego, baixa educação e barraco em favela. No caso dele, a ironia é que a comunidade em que morava tinha o nome de Cidade de Deus, quando a única herança que recebera dos pais tinha sido o ateísmo. Não gostava de padres nem de pastores. Muito menos de carolas e beatas rezadeiras que viviam pelos becos da favela tentando arregimentar fiéis para suas igrejas. Aprendera a confiar apenas em si mesmo e na Colt cromada calibre .45 que carregava na cintura. Ou seja, encarnava o clichê melodramático de qualquer assassino de aluguel.

O homem gordo era seu patrão havia dois anos. Na primeira vez, o serviço fora fácil. Precisou apenas fazer o vestibular de Direito do campus Piedade da Universidade Bartolomeu Dias. No começo, ficou confuso com o trabalho. Afinal, era quase analfabeto e, portanto, não tinha a menor condição de passar na prova. Mas assim que saiu o resultado, entendeu bem a trama.

Podia ser ignorante, mas burro não. A única ordem do gordo era jamais contar a ninguém que eles se conheciam.

Lucas foi aprovado em décimo oitavo lugar no vestibular de Direito que, na verdade, contava apenas com 18 candidatos. Mas a imprensa não queria saber disso. Tampouco importava o fato de a prova ser exclusivamente de múltipla escolha ou a impossibilidade de matrícula sem o diploma de segundo grau. A notícia já estava pronta: *Analfabeto aprovado no vestibular.*

O assunto repercutiu durante semanas na mídia. As televisões veicularam reportagens durante um mês. Os principais jornais do país fizeram cadernos especiais sobre educação. Uma revista investigou a vida dos donos das maiores universidades privadas do Brasil. As regras do vestibular mudaram. A redação passou a ser obrigatória. Mas o estrago maior foi na imagem da Bartolomeu Dias, cujos alunos passaram a ter vergonha de se identificar na rua. Se até um analfabeto podia entrar naquela faculdade, imaginem o nível dos estudantes? Era a pergunta cruel que eles tinham que ouvir. Milhares de carreiras foram interrompidas pelo estigma daquele vestibular.

Lucas se tornou uma celebridade. Não foi à toa que Adriana o reconhecera durante a perseguição no morro do Borel. Dois anos antes, ele dava entrevistas e participava de programas de televisão. Mas sua maior surpresa fora descobrir que o homem que o havia contratado trabalhava na própria universidade que estavam difamando. O encontro ocorrera três dias após a primeira reportagem de TV, na antessala da reitoria. Lucas mantivera o trato e agira como se não conhecesse ninguém, aceitando a proposta feita pelos dirigentes da instituição.

Por ideia da Diretoria de Marketing, ocupada pelo gordo, o analfabeto não só ganhou um emprego na Bartolomeu Dias como também uma bolsa de estudos em um curso de alfabetização para adultos, criado especialmente após o incidente. Receberia um salário mínimo, mas isso não seria problema, pois seu verdadeiro patrão completaria os rendimentos com uma boa mesada, além de pagamentos extras por serviços específicos. Entretanto, deveria obedecer apenas a ele, embora, oficialmente, estivesse alocado na sub-reitoria de Ciências Humanas.

E era justamente para a sub-reitoria que ele se dirigia, após deixar a portaria do condomínio do gordo.

Acelerou pela avenida das Américas até a unidade Barra, que ficava a menos de dois quilômetros dali. Cruzou a pista no último sinal antes do shopping, entrou pelos fundos do clube Equestre, ao lado do campus, e estacionou na garagem dos funcionários. Percorreu o canteiro de margaridas com passadas largas e nervosas, atravessando a cantina e a Central de Informações sem ser reconhecido. Pegou o elevador até o último andar e seguiu direto para o gabinete do sub-reitor, que já o esperava. Não precisou nem ser anunciado pela secretária, que havia saído para o almoço. Foi recebido com novas ofensas.

— Você sabe que fez uma grande merda, não sabe, Lucas?
— Não foi minha culpa, professor.
— Então foi de quem, porra?
— A menina me deixou nervoso.
— Mas precisava atirar no meio do campus? E ainda por cima foi filmado pelo circuito interno! Puta que pariu!

\* \* \*

As sub-reitorias haviam sido criadas pelo próprio Jaime Ortega, em uma tentativa de dar agilidade à administração acadêmica da universidade. Eram quatro: humanas, jurídicas, tecnológicas e médicas. O objetivo era a divisão em setores independentes de ensino, com autonomia para gerir currículos e professores. Na prática, funcionavam como quatro reitorias de fato, pois respondiam apenas ao conselho da mantenedora, formado por três homens da confiança de Ortega, que eram os verdadeiros mandatários da instituição. O chanceler, um velho professor aposentado da Universidade Federal Carioca, exercia apenas papel diplomático, não tinha qualquer função executiva.

Abaixo dos sub-reitores estavam os diretores das faculdades e, abaixo destes, os coordenadores de curso, responsáveis diretos pela articulação com os professores. Entretanto, muitos diretores tinham acesso direto ao conselho e até ao dono da universidade, o que quebrava com frequência a hierarquia. Na verdade, isso era incentivado pelo próprio Ortega, cujas leituras de Maquiavel recomendavam não dar poder irrestrito a nenhum de seus subordinados.

Dessa forma, universidade e mantenedora formavam entidades nitidamente separadas. A primeira cuidava do ensino, a segunda da administração, ou seja, do dinheiro. Mas, obviamente, uma dependia da outra. Os diretores e sub-reitores sabiam que seus cursos deveriam ter superávit para receberem investimentos em laboratórios, eventos, publicações e outras atividades acadêmicas. Já os mantenedores se ocupavam também dos campi, da publicidade, dos contratos com bancos e patrocinadores, do shopping universitário, das clínicas e de outras atividades empresariais. Mesmo com o título de filantrópica, sem fins lucrativos, a Bartolomeu Dias tinha cinco mil funcionários e faturava 900 milhões de reais por ano, sendo que parte desses rendimentos vinha de setores bem distantes do ensino. Poucas empresas no país apresentavam números tão elevados. Entretanto, apesar do enorme faturamento, os balanços indicavam grandes prejuízos nos últimos anos. Ou seja, as despesas eram muito maiores do que as receitas.

O sub-reitor de Ciências Jurídicas era o filho mais velho de Ortega, um promotor público que não tinha bom relacionamento com o pai. Sua sub-reitoria era a única que englobava apenas um curso, o de Direito. Mas em número de alunos representava um terço da universidade. Os cursos jurídicos tinham alta lucratividade e estavam presentes em todos os campi. Demandavam basicamente professores e quadro-negro, além de um pequeno escritório de prática jurídica, o que diminuía muito os custos. Eram os famosos cursos cuspe e giz. Sonho de consumo de qualquer faculdade privada. O único problema era a pressão da OAB, preocupada com o grande número de advogados despejados no mercado todos os anos. A maioria deles despreparada, o que ficava comprovado pelo baixo índice de aprovação no exame da Ordem.

A sub-reitoria de Ciências Médicas também era ocupada por um professor ligado a Ortega. Na verdade, era o filho de seu médico pessoal, um cardiologista jovem e conceituado. Ele comandava as faculdades de Farmácia, Fisioterapia, Odontologia, Biologia, Enfermagem e Veterinária, além, é claro, de Medicina. Entre suas atribuições, também estavam dar suporte profissional às clínicas universitárias, comandar o hospital e fazer a ligação com os planos de saúde. Ainda assim, seu orçamento era controlado pela mantenedora, como, aliás, todos os demais.

Os outros dois sub-reitores haviam sido escolhidos pelo conselho. Nas Ciências Tecnológicas, um introspectivo e obscuro professor de informática, cuja qualidade mais apreciada na instituição era o *software* de controle acadêmico que desenvolvera para a mantenedora. Nas Ciências Humanas, o publicitário Durval Santos, que interpretava o papel oposto no teatro das vaidades acadêmicas. Bonito, refinado e extrovertido, vestia-se com ternos italianos e aparentava pouco mais da metade dos seus cinquenta anos de vida. Publicitário premiado em Cannes na década de 1980, chegara à Bartolomeu Dias após uma denúncia de plágio em uma de suas campanhas de maior sucesso, para uma cervejaria belga. Processado, teve que mudar de profissão, e resolveu virar professor. Em dois anos, passou pelos cargos de coordenador de curso e chefe do Núcleo de Comunicação, antes de chegar a sub-reitor. Em todas as promoções, contou com a ajuda do conselho, mais precisamente de um de seus membros.

As aulas de Durval Santos eram as mais concorridas do curso de publicidade. Lecionava a cadeira de planejamento de campanha, que, para ele, significava apenas juntar duas ou três histórias e contar detalhes de como enganava concorrentes e clientes com seu charme. Exatamente o que o público queria ouvir.

— Em publicidade não existe ética, meus caros.
— Mas é preciso parecer ético, professor?
— Não, é preciso parecer genial.

Enchia os pulmões para falar da suposta genialidade. Nem o processo de plágio baixara seu convencimento. Considerava-se ainda mais genial por ter conseguido abafar o caso. Em dois anos de magistério, jamais aluno algum havia levantado a história em sala de aula. Muito menos os professores, a maioria antropólogos e filósofos que não tinham a menor ideia do que acontecia no mercado publicitário. Na nova carreira, achava-se ainda mais brilhante. Bastava ver o cargo que estava.

A sala de 20 metros quadrados ocupava no último andar do campus Barra era decorada com pôsteres de suas campanhas, fotos pessoais, pequenos quadros *naïf* e uma bandeira do Flamengo. Nada condizente com o gosto fino do ocupante, mas devidamente ilustrada com troféus autorreferenciais. Na mesa, além do computador, algumas canetas Bic, livros diversos, folhas para rascunho, tabelas de Excel e uma bola ortopédica antiestresse. Dois arquivos, um armário, um frigobar e quatro cadeiras para visitantes completavam a decoração. Em uma delas, sentado em meia banda, Lucas estalava os dedos das mãos, sem coragem para pedir a bolinha emprestada.

— Professor Durval, o que vamos fazer?
— Que história é essa de vamos fazer?
— Mas...
— A tua estupidez não tem limite. Como é que você aparece aqui? Todo mundo já deve saber que foi você que deu o tiro no campus.
— Mas é que...
— E nem fez a porra do serviço!
— Isso não. Eu peguei a sacola.
— Mas a letra não estava na sacola, seu imbecil! Você nem se deu o trabalho de conferir. De qualquer forma, não conseguiria. Você é um analfabeto estúpido!

Lucas empalideceu de vez. Mesmo sem permissão, apanhou a bolinha e começou a apertá-la. Os dedos rígidos, o punho arqueado, as veias da mão salteando desarmônicas. A voz rouca entalada na glote. Durval levantou para pegar um refrigerante no frigobar. Abriu a lata, dividiu o conteúdo em dois copos de plástico, tomou o primeiro de um só gole e ofereceu o segundo a Lucas.

Enquanto ele bebia, leu a mensagem que acabara de receber no celular. Apenas duas frases. Palavras abreviadas, poucos verbos, pontuação desconexa, como convém ao tipo de linguagem inaugurado pela comunicação virtual. O suficiente para mudar a fisionomia amarga e o humor histriônico das últimas horas. Um sorriso sarcástico surgiu no canto da boca. Pausadamente, deu uma série de instruções ao subordinado. Na última delas, fez questão de ser enfático, mas sem demonstrar agressividade. Misturou os pronomes possessivos e de tratamento para parecer mais íntimo e informal.

— Você é um cara de sorte. Vamos resolver a tua situação. Mas eu quero a letra aqui até amanhã, no máximo. Fui claro?

— Sim, senhor!

Lucas saiu da sala com mais curiosidade do que raiva. O que havia naquela mensagem de celular para fazer Durval mudar de humor com tanta velocidade?

## 3. A empresa

Pastoriza olhou de novo para o papel. Nada fazia sentido. E não se referia apenas ao conteúdo indecifrável. Havia muitas outras dúvidas. Que interesse a estudante baleada poderia ter naquele trapo? Se estava tetraplégica, como conseguira segurá-lo até chegar ao hospital? Quem enviara o papel para o Dr. Ortega? E como ele sabia que era importante?

Pensou em entrar no elevador e voltar para o apartamento do patrão, mas desistiu da ideia. Pegou o carro no estacionamento de visitantes e seguiu em direção à mantenedora da universidade. Saiu pela pista interna da avenida da praia, fez o primeiro retorno e continuou pela pista externa, ao lado do mar. O vidro fumê tornava aquele trajeto ainda mais interessante. Além de protegê-lo do sol, propiciava um anonimato compensador. Sempre reconhecia duas ou três alunas entre as dezenas de cocotinhas que corriam pelo calçadão de manhã. Quando isso acontecia, ligava o pisca-alerta, diminuía a marcha e dirigia em velocidade mínima, acompanhando a corredora.

Poucas vezes fora surpreendido por alguém que reconhecesse o automóvel. Nessas ocasiões, o destino era certo: o simples voyeurismo evoluía para um caso secreto e proibido, daqueles que povoam o imaginário tanto de professores como de alunas. Encontros furtivos, olhares confluentes, cumplicidade. Os romances eram curtos, mas os enredos criativos. Lembrou de um deles com uma menina de 19 anos, que morava em Olaria, no subúrbio da cidade. Na véspera do dia dos namorados, ela resolveu fazer uma surpresa e espalhou dezenas de bilhetes pelo campus com pistas para ele perseguir, como se fosse uma caça ao tesouro. Ninguém poderia imaginar que o diretor da faculdade de Psicologia se submeteria a uma fantasia tão primária. Mas o motivo de sua excitação era justamente o primarismo, a ingenuidade, a singeleza.

Entretanto, preferia a distância. A observação longínqua revelava prazeres que poderiam ser destruídos por qualquer tipo de contato físico. E, na posição que ocupava, só se arriscaria em situações realmente excepcionais, daquelas que turvam o pensamento e produzem a embriaguez terminal dos sentidos. Situação, aliás, na qual se encontrava, mas que preferia esquecer. Pelo menos por enquanto. Precisava se concentrar no trabalho, na missão que acabara de receber.

Pisou no acelerador e não olhou mais para a praia. Quinhentos metros à frente, virou à esquerda na ponte Lúcio Costa, atravessou o canal de Marapendi e voltou para a avenida das Américas. Depois de passar por três supermercados, dois shoppings, quatro revendedoras de carros importados e duas agências bancárias, tudo isso em um espaço de pouco mais de um quilômetro, cruzou a pista para o lado oposto ao campus Barra, onde ficava a mantenedora da universidade.

Parou na garagem, desligou o motor, mas permaneceu imóvel. Parecia não acreditar nos últimos pensamentos. *Missão? Trabalho? Isso está ficando muito burocrático!* Nunca imaginara tornar-se um executivo. Na verdade, vinha fugindo de qualquer coisa semelhante durante a vida inteira, mas, paulatinamente, a função acabara se incorporando à sua rotina. Lembrou-se do slogan de um famoso comercial de TV: *Tá na hora de mudar seus conceitos!*

Aos 42 anos, Antonio Pastoriza era um dos psicanalistas mais conceituados do Rio de Janeiro. Doze livros publicados, mestrado na Universidade Católica, doutorado na Sorbonne, pós-doutorado em uma importante universidade inglesa, cuja linha de pesquisa era ferencziana. Para quem não conhecia, ele explicava, em poucas palavras, que o húngaro Sándor Ferenczi havia sido discípulo e contemporâneo de Freud. Mas era também seu principal crítico e o único que manteve o respeito e a amizade do mestre, cuja teoria ele revolucionou. Ao contrário do Pai da psicanálise, que se interessava apenas pelas neuroses burguesas cotidianas, Ferenczi encarava pacientes psicóticos, os chamados casos difíceis na literatura médica. E, fundamentalmente, pregava uma postura diferente do analista perante o cliente. Para ele, não poderia haver distanciamento entre ambos e a relação deveria ser de absoluta sinceridade e desprendimento. Claro que os conceitos eram muito mais complexos, mas Antonio gostava de ser claro com os leigos. Tentava simplificar sem vulgarizar.

Cobrando 300 reais a hora, o ferencziano Pastoriza conquistara clientes entre os mais ricos empresários, industriais, políticos, socialites e artistas da cidade. Entre eles, o dono da Universidade Bartolomeu Dias, de quem tratou durante dois anos. Ao final da última sessão, Jaime Ortega fez a indecorosa proposta que mudou sua vida.

— Se você atendesse apenas depois das cinco da tarde, quanto deixaria de ganhar por mês?

Pastoriza fez os cálculos rapidamente, chutando um pouco para cima. Ortega aumentou a aposta.

— Eu pago três vezes isso para você dirigir a minha faculdade de Psicologia. E só precisa trabalhar até as quatro da tarde.

Convite aceito, Pastoriza fez transformações radicais no curso. Mudou currículos, trocou professores, criou laboratórios, montou clínicas, organizou congressos, incentivou pesquisas. Desalojou os cognitivistas, chamados por ele de treinadores de gente, domou os freudianos radicais e implementou o pensamento de Ferenczi como linha mestra, embora houvesse abertura para autores próximos, principalmente filósofos. Também escreveu pessoalmente as ementas de diversas disciplinas obrigatórias, inclusive duas que abordavam especificamente as obras de Guattari e Winnicott, outros dois pensadores admirados pelo novo diretor.

Em pouco tempo, seu trabalho chamou a atenção da comunidade acadêmica. Havia um grande *frisson* na Psicologia da Bartolomeu Dias. Professores de outras universidades queriam lecionar lá. Psicanalistas famosos também. As clínicas estavam cheias. As pesquisas eram premiadas. O "prédio da psi" tornou-se o novo *point* da juventude dourada carioca. O número de alunos quintuplicou em menos de três anos. O visionário Jaime Ortega recuperou seu investimento com sobras. Muitas sobras.

Mas, para Antonio Pastoriza, não foi um negócio tão bom assim. Concentrou-se tanto no novo empreendimento que acabou deixando o consultório de lado. No começo, chegava às cinco da tarde, depois passou a chegar às seis, em seguida às sete. Logo, apareceria apenas duas ou três vezes por semana, reduzindo o número de clientes a um pequeno grupo de tenazes discípulos que se sujeitavam a serem atendidos no horário que ele pudesse, não importando a falta de regularidade.

O problema não era financeiro. Nesse campo, estava até melhor. E ainda acumulava o cargo de auditor interno, que também lhe rendia um bom dinheiro. Tampouco estava preocupado com a clientela, pois o trabalho na universidade tornara-o ainda mais famoso e não seria difícil encher o consultório novamente. Sua grande questão era ter abandonado o projeto de escrever um novo romance.

Sim, Antonio Pastoriza também era romancista. Sem talento. Sem ambição. Sem a verve lírica dos bons escritores. Mas, ainda assim, romancista. Sob a proteção de pseudônimos, ele se arriscava no tortuoso caminho da literatura. Imigrante espanhol, filho de um pescador galego e de uma camponesa, só escrevia e publicava ficção na língua materna. Sempre com o cuidado de não ser identificado. Seus editores do outro lado do Atlântico tinham ordens expressas para manter o anonimato do autor de duas novelas que haviam merecido críticas até razoáveis na imprensa espanhola: *O retorno de Kalu* e *O Pompilho*. Nenhuma delas, no entanto, fora traduzida para o português. Três das melhores editoras brasileiras haviam recusado aqueles textos demasiadamente iconoclastas e avessos a academicismos. Talvez influenciadas pelos resultados pouco animadores nas vendas em terras espanholas: nenhum deles ultrapassou dois mil exemplares.

O fato é que não se tratava propriamente de romances, mas sim de um gênero que ele apelidou de ficção jornalística, termo redundante, porém preciso. Toda sua prosa se baseava em reportagens de jornais, às quais ele acrescentava elementos e personagens ficcionais. Não tinha compromissos nem com a literatura nem com a realidade. Só com a imaginação, a invenção, a farsa. Sua linguagem era trivial mesmo, sem qualquer tipo de recurso estilístico. Além de misturar tempos verbais, abusava dos adjetivos e dos clichês, principalmente na construção dos personagens. Não entendia a obsessão dos escritores em evitá-los. Se as pessoas quase sempre confirmam os clichês sobre si mesmas na vida real, por que as personagens de ficção seriam diferentes? Só se fosse para agradar aos críticos e aos doutores em Letras. Mas esse tipo de gente não teria o mínimo interesse em ler seus livros.

Quanto ao uso de adjetivos, tinha uma razão ainda mais prosaica para apreciá-los: sempre se lembrava de um programa de entrevistas da década de 1970, comandado por Otto Lara Resende, em que o poeta Mário Quintana havia elogiado a atriz Bruna Lombardi por causa de uma carta endereçada a ele com a frase *Não posso dar adjetivos a um homem tão substantivo*. Como não tinha a beleza do poeta nem a inteligência da atriz, ficava com os adjetivos. Entre eles, o que mais gostava: idiota. Exatamente como se sentia naquele exato momento, em uma garagem escura, sozinho, trancado no carro, divagando sobre a vida. Era um idiota consciente. Nos últimos anos, não escrevera uma linha sequer. Agora, seus clichês e adjetivos correspondiam a três autodefinições extremamente depreciativas para ele: transformara-se em um executivo de sucesso, alcaguete profissional e dublê de detetive.

Quando saiu do carro, imaginou estar no enredo de um romance policial barato. Fazer auditorias era uma coisa, investigar crime era outra. É verdade que havia bandidos na universidade, alguns até desmascarados por ele. Mas nada relacionado com tiros, enigmas e sangue. O enredo ficara pesado demais. Precisava da ajuda de um detetive de verdade.

Pegou o elevador até o décimo andar, sede da presidência da mantenedora. Na recepção, a jovem secretária, vestida com uma microssaia azul e uma blusa decotada branca com a logo da universidade em cinza, deslizou pela cadeira, apertou os olhos e molhou os lábios semiabertos com a ponta da língua. Em seguida, descruzou as pernas, levantou-se lentamente, puxou dois centímetros de saia para baixo como se fosse possível cobrir as coxas halterofilistas, caminhou em direção à porta, esticou a panturrilha para ficar na ponta do salto fino e marcou a face de Pastoriza com dois beijos úmidos e vermelhos.

— Oi, professooooor!

Não houve resposta ao cumprimento. O silêncio estendeu-se aos demais visitantes que aguardavam sentados. A menina ainda deu uma pequena volta em torno de si mesma para mostrar o modelito, o que agravou o torpor coletivo.

— Gostou da roupitcha?

A pergunta tinha endereço fixo, mas todos responderam afirmativamente, como se participassem do diálogo, na verdade um monólogo, balançando os queixos quase descolados do maxilar.

— Foi o pessoal de Moda que desenhou. Eu adorei! — disse a secretária, já anunciando a presença do diretor do curso de Psicologia no interfone.

Apenas seis executivos trabalhavam na presidência da mantenedora. Os três membros do conselho, o chefe da segurança, o chanceler e a presidente. Os dois últimos com a mesma função decorativa, ou seja, apenas representar a universidade em eventos e solenidades. Pela chancelaria já haviam passado deputados, ministros, generais e até embaixadores, enquanto a presidência era exercida por uma pedagoga conhecida, que havia sido contratada junto à principal concorrente da Bartolomeu Dias, onde ocupava a reitoria.

Mas não era com a presidente que Pastoriza queria falar, e sim com o chefe da segurança, o detetive Rover, cuja sala ficava ao lado. Coincidentemente, ele acompanhara toda a cena anterior, pois havia chegado à sede da presidência alguns segundos depois de Pastoriza, bem a tempo de ver o desfile pela porta de vidro.

— O Rover está bem aí atrás do senhor — apontou a menina.

Cumprimentaram-se sem muito entusiasmo, ainda atônitos, evitando comentários. Entraram na terceira sala à direita. O detetive puxou uma cadeira para o visitante e sentou-se na poltrona atrás da mesa, ao lado do computador. Apertou uma tecla pra visualizar as mensagens recebidas, mas sequer olhou para a tela. Puxou a agenda impressa em uma folha A4 que estava na gaveta, apanhou o lápis HB no estojo, deu um grave suspiro e olhou firme para Pastoriza, como se fosse contar um segredo ancestral.

— Como é boa a nossa faculdade de moda!

Ambos caíram em uma perene gargalhada.

— Eu diria que é um curso de excelência!

Nova gargalhada. E outras frases de efeito, trocadilhos, piadas duvidosas e comentários machistas continuaram a ser destilados durante alguns minutos. Era uma pausa para a conversa tensa que viria a seguir.

— Eu sei o que te traz aqui, Pastoriza.

— Pois é, Rover. Preciso da tua ajuda. Não sou policial. O Dr. Jaime me botou nessa roubada. Ele quer que eu descubra quem atirou na menina e por quê. Não sei nem por onde começar.

— A coisa é grave mesmo. A pior crise da universidade. A imprensa está em cima e o MEC pode até fechar o campus — disse o detetive.

— Porra, é o nosso maior campus. O prejuízo seria absurdo. Aliás, o patrão acha que o fato pode ter relação com a negociação com os americanos — acrescentou Pastoriza.

— E você acha que ele vai vender mesmo?

— Pela lei, só pode vender trinta por cento das cotas para estrangeiros. Mas já daria um gás financeiro para a empresa. Não só evitaria a falência, como ainda sobraria dinheiro para novos investimentos.

Rover pegou a folha de papel e começou a fazer uns cálculos no verso.

— O problema, Pastoriza, é que nem todos os diretores são como você. Só pensam em gastar, não se preocupam com a receita. Não dá para dirigir uma faculdade particular sendo apenas acadêmico. Tem que administrar também. Olha isso aqui: sessenta por cento dos nossos cursos são deficitários.

Pastoriza ficou surpreso com a precisão daqueles números.

— Para o chefe da segurança, você até que sabe muito sobre finanças!

— Informação é sinônimo de segurança, meu amigo. Tenho que estar atento. Aliás, a fonte desses números é você. Estão na auditoria do final do ano.

— Tem razão. Esqueci que você tem acesso a eles.

— E tenho outras coisas que vão te interessar muito.

Da enorme pochete azul presa na cintura, quase um baú abdominal, Rover tirou um CD com a inscrição *Imagens da câmera de segurança*. Pastoriza nem respirou. Sabia que o sujeito era competente. Conhecia-o desde quando descobriram a primeira fraude na universidade, dois anos antes, na clínica de odontologia, que era coordenada por um amigo da família Ortega. Mas a velocidade com que sacou aquele CD da bolsa deixou-o muito impressionado.

— Vamos ver o rosto do meliante — anunciou Rover, triunfante, caindo no velho jargão policial, enquanto colocava o disco para girar no computador.

O problema é que ele não contava com um pequeno imprevisto.

## 4. Os conselheiros

Não é possível ser simplesmente gordo. A menos, é claro, que você apresente um programa de entrevistas no final da noite. Do contrário, a formação adiposa carrega também os apelidos da infância, como rolha de poço, pneu de caminhão e outros epítetos. Um estigma não velado, sincero, definitivo. Menos agressivo, no entanto, do que os lugares-comuns impostos aos indivíduos volumosos, cerceados em seu direito à tristeza.

O corpo untado tem que conviver com as metáforas sobre a palavra. Dias gordos são os dias do Carnaval. A terra é a argilosa. A mentira é a gigantesca. A carta é a do naipe de copas. E até a geografia rende homenagens duvidosas. Em Minas Gerais, há o pico da Gordura, uma montanha que tem 1.200 metros de altura. Em Goiás, a serra da Gordurinha, que tem apenas 800.

Quimicamente, são triglicerídeos que fornecem, por hidrólise, glicerina e ácidos graxos da cadeia saturada longa. Em outras palavras, servem para aumentar o colesterol e causar infarto.

A possibilidade de interrupção do fluxo sanguíneo nas artérias sempre fora a grande preocupação de Manoel Capacho. Não se importaria de morrer de repente em um acidente ou durante um assalto, mas a perspectiva de sofrer a agonia do infarto era seu maior fantasma. Nos últimos dias, sentia-se muito próximo desse pesadelo. Tenso, preocupado, angustiado, a pressão subira a níveis cuja dosagem dobrada de remédios era incapaz de conter. Não podia acreditar no erro que cometera ao escalar o analfabeto Lucas para aquela missão. Deveria ter sido mais cuidadoso. Mas já tinham se passado dois anos. Quem se lembraria dele?

Manoel era um dos três membros do conselho da mantenedora. Com 50 anos, há trinta na universidade, carregava um sobrenome cuja pertinência não poderia ser mais literal. Capacho era o homem de confiança de Jaime Ortega na parte administrativa, além de cuidar do marketing e das relações institucionais. O que parecia um apelido, mas não era, justificava-se pelo fato de ser um incansável puxa-saco do patrão. Na Bartolomeu Dias, todos conheciam a história de suas primeiras férias, tiradas após 24 anos de ininterrupto trabalho, quando Manoel viajou com a mulher e os dois filhos para a Europa. O passeio que deveria durar trinta dias não passou do quinto, quando ele voltou para o Rio a pedido do chefe, que precisava de alguém para acompanhar a revisão do balanço da empresa.

Quando se tratava de agradar ao dono da instituição, Capacho não tinha limites. Nunca chegava ao escritório depois das sete da manhã ou saía antes das dez da noite. Além das próprias funções, preocupava-se também com a colocação dos quadros de Ortega pelos campi, com a publicação de seus textos pela editora universitária e com a escolha de seu nome como paraninfo em formaturas. Cansava de forjar votações entre os alunos para o nome do chefe aparecer nas placas de professores homenageados. Barganhava o apoio financeiro das festas em troca da justa homenagem. Comandava a claque especialmente convocada para esses eventos. Cuidava para que os discursos mencionassem dados biográficos corretos e elogios grandiosos. Era um massagista profissional de egos.

Considerava-se um homem pragmático. Fazia o que tinha que ser feito e conhecia os próprios limites. Não se importava de ser chamado de puxa-saco. Muito menos pelo sobrenome, mesmo que fosse de forma irônica, como, aliás, costumava acontecer. O que realmente o incomodava era ser lembrado de sua consistência alentada. Detestava ser gordo, assim como as respectivas consequências da obesidade, como a apneia do sono, a glicose elevada, a imobilidade e a recente impotência, contra a qual os comprimidos azuis comprados às dúzias não tinham mais eficácia. Ninguém o convencia de que havia gordos com características exatamente opostas, como agilidade, coordenação motora apurada, sono tranquilo e grande energia sexual. Para ele, a única salvação era se concentrar no trabalho.

Dividia uma sala de 100 metros quadrados com os outros dois conselheiros. Na verdade, o espaço deveria abrigar oito pessoas, mas Ortega ainda não havia escolhido os demais integrantes do conselho. Ao colocar todos na mesma sala, a ideia era copiar o sistema de administração de alguns bancos, que adotavam a medida para agilizar as decisões de seus diretores. Apesar do número reduzido de ocupantes, aquele era o metro quadrado mais poderoso da empresa, depois do apartamento do patrão, é claro.

Eram conhecidos como os príncipes, embora apenas um deles fosse, de fato, o filho do rei. Todos vestiam ternos pretos ou azuis, usavam gel no cabelo e perfume francês adocicado. O segundo conselheiro era Henrique Freitas, 48 anos, casado, pai de três filhos e outro veterano funcionário da instituição, onde começara como *office boy*. Ele cuidava das finanças e dos recursos humanos. Ao contrário de Manoel Capacho, era magro, musculoso e praticava esportes com regularidade. Não descuidava do corpo nem durante o trajeto para o trabalho, que fazia a pé mesmo nos dias mais quentes, quando tomava banho e se trocava no escritório após percorrer os cinco quilômetros entre sua casa e a mantenedora.

Freitas encarnava o tipo discreto, tanto no trabalho como nas relações pessoais. Desconfiava-se na empresa que tanto charme, aliado ao poder corporativo, só poderia terminar em casos amorosos com secretárias, diretoras e até alunas. Mas nunca fora flagrado em qualquer deslize. Sequer havia pistas de envolvimentos que não fossem estritamente profissionais. Henrique era o mais competente dos conselheiros. O único em cuja palavra se podia confiar. Um mestre nas relações interpessoais e na matemática financeira.

Para completar o trio, Gabriel Ortega, filho mais novo do fundador da Bartolomeu Dias, que, por mais paradoxal que parecesse, não havia completado o segundo grau. Crescera dentro de um campus, mas nunca se interessara por qualquer curso superior. O que, aliás, era encarado como uma virtude pelo pai, para quem a formação acadêmica poderia atrapalhar suas habilidades empresariais. O menino interrompera os estudos aos

18 anos para se dedicar aos negócios da família. Agora, aos 39, colhia os frutos da decisão.

Gabriel era responsável pela expansão da universidade, cargo que exercia com inquestionável talento. Desde que se dedicara a construir novos campi não só pelo Rio, mas também por outros 19 estados, a Bartolomeu Dias se transformara na maior instituição de ensino superior do país. Em dez anos, passara do vigésimo terceiro para o primeiro lugar no ranking, e já havia unidades no México e no Paraguai.

Mas tudo poderia começar a ruir se eles não tomassem medidas urgentes. Na reunião daquela tarde, o assunto eram os tiros no campus da Tijuca e a repercussão na imprensa. Pela primeira vez desde que o conselho existia, Manoel Capacho havia chegado atrasado. E o encontro, normalmente marcado para as três horas, só começou às quatro. Henrique Freitas foi o primeiro a falar:

— Essa crise é pior do que a do analfabeto!

— Naquela vez, nós conseguimos reverter o quadro depois de uma grande campanha de marketing, mas agora é diferente. Vamos ficar estigmatizados também pela insegurança, o que não é um problema só nosso, mas de toda a cidade — continuou Gabriel Ortega.

— O que preocupa mesmo é a nossa lentidão para reagir. Dr. Jaime proibiu entrevistas e, em vez de chamar um profissional, colocou o Pastoriza para investigar o caso. Francamente, o cara é psicólogo, não é detetive — protestou Manoel Capacho.

— Papai gosta dele, gordo. Não há nada que possamos fazer. Ele deixou isso claro no almoço de hoje, quando o chamou para o café no escritório sozinho, dispensando todos nós.

Gabriel era o único que chamava Manoel pelo apelido que ele odiava. A ausência de protesto, obviamente, tinha razões genéticas. O homem era o herdeiro da empresa e, na lógica do puxa-saco, não podia ser contrariado. Já Henrique evitava qualquer tipo de tratamento menos respeitoso, até porque ele e Capacho eram inimigos declarados na empresa. Viviam tentando derrubar um ao outro, o que era de conhecimento de todos, inclusive do patrão, que se aproveitava da briga fazendo com que se fiscalizassem mutuamente.

— Eu nunca vi papai errar em suas intuições. Ele acha que o incidente está relacionado com a vinda dos americanos — disse Gabriel.

— Será mesmo? Eu custo a acreditar nessa tese — concluiu Henrique.

— Pode até ser. Mas, para sabermos mesmo, é preciso colocar um detetive profissional — insistiu Manoel Capacho.

— Mas afinal o que você tem contra o Pastoriza? — perguntou Gabriel.

— Nada, só acho que o Rover talvez fosse mais adequado — respondeu Capacho.

— Então pode ficar calmo. Os dois estão juntos neste momento — disse Henrique Freitas.

Na sala ao lado, Rover e Pastoriza fixaram a atenção na tela do computador. As imagens do campus no dia anterior, gravadas pelas câmeras de segurança, não tinham muita nitidez, mas era possível ver a movimentação, localizar os acontecimentos e até reconhecer algumas pessoas, desde que fazendo um zoom.

A confusão acontecera por volta das nove e meia da manhã. Portanto, era preciso adiantar os registros, que começavam às seis e quinze, para se fixar no momento exato. Mas havia imagens de todas as trinta e duas câmeras do campus e nenhum dos dois sabia como assistir apenas ao que fora gravado em frente à lanchonete da farmácia, onde tudo ocorrera. Só depois de quase uma hora Rover conseguiu acessar os arquivos exclusivos das três câmeras que cobriam o espaço em torno dela.

— Achei — disse Rover. Agora é só correr para a frente. Qual foi mesmo a hora?

— Por volta das nove e meia. Mas esse negócio é digital, meu amigo. Não tem que correr imagem nenhuma. Basta digitar a hora exata. Coloca para as nove e vinte e vamos ver o que acontece — sugeriu Pastoriza.

Em silêncio, viram quadro a quadro, reparando em cada detalhe. Como havia um intervalo nas aulas exatamente às nove e vinte, a lanchonete estava lotada pouco antes do crime. Em torno de uns quarenta alunos — a maioria de jaleco branco — e alguns poucos professores se espremiam entre as seis mesas e o balcão de aproximadamente 10 metros de comprimento. O espaço total na área não devia ultrapassar os 70 metros quadrados. Do lado de dentro da barra, quatro funcionários faziam o atendimento. Mas não era possível vê-los com clareza, pois a primeira câmera estava posicionada no segundo andar do bloco, o que só permitia a visão completa da parte externa.

Durante alguns minutos, tentaram identificar os personagens daquele filme mudo e de baixa qualidade. A movimentação estava quebrada por causa da captação digital. Foi preciso forçar a vista e se concentrar na ação. Aos poucos, o número de pessoas ia diminuindo, os espaços aumentando, os minutos passando. O professor fulano, o funcionário sicrano, o coordenador beltrano. Um rosto aqui, outro ali. Até que...

— Mas que porra é essa? — praguejou Pastoriza.
— Não acredito! — exclamou Rover.
— Eu não tenho nenhuma dúvida. Alguém apagou as imagens do tiro!

## 5. O vestibular

Na manhã de quinta-feira, dois dias depois do tiroteio, Adriana abriu os olhos pela primeira vez, no hospital. A visão turva, embaçada, ainda estava limitada pela impossibilidade de mexer a cabeça, o que demandava um enorme esforço para enxergar os objetos do quarto. Ou melhor, da sala que dividia com outros seis pacientes, cuja pequena placa na parede identificava sua função: UTI. Teve muita dificuldade para entender o cenário em volta. Um tubo amarelo de 80 centímetros, com a base tripla e sanfonado, ligava a imensa máquina na mesa lateral ao suposto buraco aberto no meio do seu pescoço. Outra máquina parecia controlar seus batimentos. E uma terceira fazia ruídos irritantes como um sonar de submarino. Vários fios estavam colados pelo corpo. Percebeu a agulha do soro espetada na mão esquerda, mas não conseguiu movê-la, o que ampliou a sensação de impotência.

Em seguida, tentou mexer as pernas. Novo fracasso. Reduziu a tentativa para os pés. Nada. Concentrou-se nos dedos com todas as forças que pôde reunir. Primeiro nos dez ao mesmo tempo, depois nos cinco de cada pé e, aos poucos, em cada um deles, do dedão ao mindinho, percorrendo todas as terminações nervosas em que podia pensar. Mas não houve resposta.

A incapacidade de chorar aumentou a angústia. Não havia acompanhantes na unidade de terapia intensiva, cujas visitas eram restritas a um determinado período de tempo. Seus parentes compartilhavam a agonia do lado de fora, nas cadeiras do corredor. A cada vinte ou trinta minutos, um enfermeiro aparecia para conferir os aparelhos, mas não estabelecia qualquer tipo de comunicação, o que também aumentava a aflição. *Por que não falam comigo? Ei! Você aí! Ô de branco!* O grito silencioso ecoava apenas internamente. Continuava sem resposta.

O desespero mudo de Adriana não podia ser percebido pela equipe médica. Seu estado catatônico fora induzido por medicamentos. Teoricamente, ela deveria estar inconsciente, impossibilitada de usar qualquer sentido. Muito menos de pensar claramente. Os olhos abertos eram apenas reflexo condicionado. Não poderia perceber nada em torno de si. Mas Adriana contrariava toda a literatura científica.

Ainda não sabiam as consequências do tiro. Havia o risco de ela ficar tetraplégica, mas era cedo para a conclusão. Deveriam esperar alguns dias para realizar exames definitivos. Enquanto isso, prolongavam a esperança de todos com um discurso otimista, embora amparado numa duvidosa matemática. *Há entre dez e cinquenta por cento de chances de recuperarmos todos os movimentos.* Palavras que pareciam avalizadas pelos cabelos brancos, os óculos modernos e o estetoscópio do chefe da cirurgia, com seu uniforme asséptico, constituído de calça, camisa e sapatos monocromáticos, encobertos por um tecido descartável em tom verde-água. A mesma roupa do indivíduo que, naquele exato momento, aproximava-se do leito de Adriana.

A princípio, ela imaginou tratar-se de mais um enfermeiro e, novamente, tentou iniciar algum contato, usando apenas a única parte do corpo que sabia funcionar com alguma eficiência. Forçou as pálpebras o máximo possível e apertou os olhos para tentar uma piscada, mas as ordens do cérebro não foram obedecidas. O olhar continuava estático, longínquo, perene.

Mesmo convencida de que não controlava nenhum músculo do corpo, ainda insistiu na tentativa por três ou quatro vezes até perceber que o homem diante de si não trabalhava no hospital. O rosto pontiagudo, a pele clara, os cabelos encaracolados vermelhos e a estatura de um jogador de basquete eram inconfundíveis. Vira aquele falso enfermeiro apenas em duas ocasiões. A segunda fora também o último registro de memória antes de acordar — ou quase — no hospital.

Lucas parou diante de sua vítima com as mãos trêmulas, aterrorizado com a imagem de Adriana. Um terror causado não pelos olhos arregalados, mas pela consciência tardia de que tudo aquilo fora causado por ele. Era apenas um matador, não um assassino. Os conceitos se diferenciavam claramente, na medida em que só matava quem merecia, gente baixa, sem sentimentos, ralé mesmo. Não era o caso daquela menina.

Chegou a achar que sua vida mudaria completamente depois daquele vestibular fajuto quando acabou contratado pela universidade. Disseram que depois de ser alfabetizado ele poderia entrar para um supletivo, e, como era maior de idade, faria o primeiro grau em apenas quatro anos e o segundo em um ano e meio. Logo, seria verdadeiramente um universitário. Gostava até de se intitular o analfabeto universitário.

O vestibular da Bartolomeu Dias, assim como o de quase todas as universidades particulares, era uma mera formalidade.

Nenhuma delas recusava clientes, como eram chamados os alunos. Criar dificuldades para o acesso significava perder dinheiro. Qualquer um passava nas provas de múltipla escolha, mesmo que errasse todas as questões. Para esses casos raros, havia uma segunda chamada, feita rapidamente, antes que o cliente optasse por uma concorrente.

Quando o caso do analfabeto explodiu, o MEC criou regras rígidas para o vestibular, limitando seu número para apenas duas vezes por semestre e instituindo a obrigatoriedade da redação. Mas logo as universidades trataram de conseguir burlar esse limite. Na Bartolomeu, havia provas de acesso todo final de semana. E o cliente ainda podia optar por fazer os testes pelo computador, sozinho, durante a semana. O resultado saía em cinco minutos e ele podia ir direto ao caixa fazer a matrícula. Desde, é claro, que tivesse o comprovante de término do segundo grau.

As faculdades sempre ofereciam mais vagas do que podiam comportar. Aliás, esse era o motivo de o relatório do MEC sempre apresentar sobra de vagas no ensino superior privado. Os números eram fictícios, destinados a oferecer margem para a formação de novas turmas sem pedir autorização ao ministério. No caso das universidades, isso nem era necessário, pois elas tinham autonomia para abrir os cursos que quisessem. Mesmo assim, utilizavam desse expediente para maquiar o percentual de bolsas necessárias para manter o status de instituições filantrópicas.

Quando o analfabeto Lucas passou em décimo oitavo lugar para o curso de Direito no campus Piedade, havia apenas 18 candidatos para quarenta vagas. Os dirigentes usavam o argumento de que a facilidade em entrar correspondia à dificuldade em sair. Prometiam que o ensino de qualidade transformaria a vida do cliente. Ele seria levado do zero ao dez em 48 mensalidades. E era nessa promessa que Lucas havia acreditado, além de ter uma bolsa de estudos garantida pela eternidade.

Mas nada aconteceu como previra. Permaneceu no curso de alfabetização apenas durante o tempo em que a mídia tratou do caso. Três meses depois, já não pegava mais nos livros e cadernos. Sabia apenas assinar o nome e soletrar alguns fonemas. O próprio curso sobreviveria somente no primeiro ano, sendo logo esquecido por seu criador, o poderoso conselheiro Manoel Capacho, chefe de Lucas e mandante do crime que estava prestes a cometer.

Lembrou-se dele para retomar o pragmatismo e prosseguir na missão. Era um soldado, não discutia ordens. Discretamente, puxou a cortina em torno da baia individualizada da UTI, certificou-se de que não havia ninguém por perto, retirou o canivete do bolso e cortou o tubo de respiração. Antes de fugir, ainda viu os olhos esbugalhados de Adriana. Eles pareciam ligeiramente virados para a esquerda, como se observassem tudo.

\* \* \*

Na Barra da Tijuca, Pastoriza acordou de ressaca. E não era apenas moral. A noite maldormida havia sido acompanhada de duas garrafas do vinho espanhol Vega Sicilia, da região de Ribera del Duero, cuja safra de 2001 figurava entre as melhores já produzidas. Ao contrário da maioria das pessoas, Antonio não bebia em comemorações ou em momentos de depressão. Só o pensamento motivava seu ritual dionisíaco. O vinho clareava suas ideias, movimentava as sinapses criativas, ampliava as opções. Mas apenas se fosse de uma cepa fecunda.

Costumava dispensar os aperitivos e acompanhamentos, geralmente apreciados pelos conhecedores de vinho. Nem mesmo o tradicional copo de água aparecia na mesa. Esse era o motivo da ressaca. Qualidade e quantidade andavam juntas. Bebia lentamente, degustando cada gota lacrimejante da taça de cristal tcheco cujo amplo diâmetro permitia a decantação adequada e o reconhecimento do tanino e outros sabores da terra em que a uva fora plantada.

Na noite anterior, sozinho no apartamento de três quartos do Jardim Oceânico, único local da Barra que não odiava, milhares de neurônios haviam sido queimados para analisar a falta de sentido dos últimos acontecimentos. Primeiro, os tiros. Depois, o papel amassado. E agora as imagens da câmera de segurança. Essa, então, era a gota d'água.

Abriu a geladeira em busca do suco em caixinha, especialmente reservado para momentos como aquele. Tomou quase o litro inteiro, junto com duas aspirinas. Colocou uma fatia de pão integral na torradeira, mas não encontrou nada para acompanhá-la. Em outros tempos, teria geleia, manteiga e até patê francês. Mas a responsável por essas compras indispensáveis não aparecia por ali fazia algum tempo. Sentia a falta dela em diversas ocasiões, mas detestava admitir. Bebeu um café forte, requentado, sem açúcar, e comeu a torrada seca mesmo.

Deixou a xícara na pia, junto com a louça acumulada da semana, à espera da empregada que só vinha às sextas-feiras. Para disfarçar a sujeira, jogara um pouco de água por cima da pilha de pratos, garfos, facas, copos e panelas. Antes de seguir para o banheiro, passou pelo escritório, sentou-se na escrivaninha e abriu o papel pela centésima vez nas últimas 12 horas. Afinal, qual era o significado daquela letra de funk?

*Fogo no X9*
*Da cabeça ao pé*
*Pega o álcool e o isqueiro*
*(Quero ouvir geral)*
*Fogo no X9*
*Bonde da Vintém*
*É paz, amor e muita fé*

*Eu não entendo esses caras*
*Que se acham valentão*
*Valentão coisa nenhuma*
*Não passa de vacilão*

*Ele tudo que vê fala*
*Está desesperado*
*Já deu a endolação*
*E agora é procurado*

*O mudo tem a boca grande*
*E o dedo de seta*
*Ele vai ficar de bigode*
*Sem dedo e de boca aberta*

*Bate tambor*
*Bate forte e faz barulho*
*Pra levar a boca à falência*
*Tem X9 no bagulho*

*Por isso*
*Fogo no X9*
*Da cabeça ao pé*
*Pega o álcool e o isqueiro*
*E taca fogo no mané...*

O título era "Fogo no X9" e a autoria era de uma conhecida dupla de funkeiros. Fazia referência a uma série de traficantes do Rio de Janeiro, mas nenhum deles pertencia ao morro do Borel, de onde, segundo a imprensa e a polícia, teria partido o tiro que feriu Adriana. O tema também significava pouco para ele. X9s eram os espiões da polícia nas favelas, que denunciavam a localização das bocas de fumo e das armas. Mas que relação isso poderia ter com a menina? Novamente tentou entender os motivos que a levaram a segurar aquele papel com tanta persistência. Imaginou diversas hipóteses, desde a participação dela no tráfico até um possível complô para incriminar a universidade. Só que as peças não se encaixavam. Faltava alguma coisa.

O celular tocou. Jaime Ortega estava do outro lado da linha.
— Alô, Pastoriza.
— Como vai, Dr. Jaime?
— Estou muito preocupado com esse vídeo que você viu ontem com o Rover. Isso pode nos prejudicar muito. Passe aqui em casa lá pelas seis da tarde. Precisamos conversar.

*\* \* \**

Do outro lado da cidade, no bairro do Grajaú, o sub-reitor Durval Santos se preparava para sair de casa quando recebeu a mensagem que o desesperou. Tinha que resolver aquele problema antes de ir para o escritório.

## 6. A repórter

A dúvida sempre foi sua única certeza. Em tudo, em todos os momentos, em qualquer lugar. Uma onipresente companheira. Daquelas que fazem companhia sem livrar da solidão. Um fardo, uma cruz, uma sombra. Todas as representações e metáforas juntas, em um nítido e claro conluio contra ela. Uma tormenta constante, impedindo-a de tomar decisões.

Na dúvida, dizia *não sei*. Ou, então, *talvez*. Ou *pode ser*. Ou *é!?* Simplesmente *é!?* Aquele "*é*" de quem não diz que sim nem que não! Apenas concorda, sem querer concordar ou discordar. Um "*é*" sem muita força e nenhuma convicção. Muito usado para responder ao convite da amiga do salão de beleza: *aparece lá em casa, querida! É*, dizia, alto e bom som. E tentava não levar em conta o fato de que ela não lhe dera o endereço. Talvez devesse telefonar. Até as claras intenções ou a falta delas a deixavam em dúvida. *Sei lá, viu?!* Para dizer a verdade, não estava muito certa sobre a melhor representação da dúvida. Qual a palavra correta para defini-la? Talvez fosse melhor usar uma expressão!? *É, pode ser*.

Os maridos sempre a censuraram por causa das dúvidas. Todos os dois. Ou melhor, três! Não, dois, porque um não chegou a assinar a papelada. Desistiu dela antes da cerimônia, influenciado pela leitura de seu diário, que relatava alguns casos que tivera. Um grande idiota esse quase marido. Não conseguiu separar ficção de realidade no diário de uma mulher indecisa. E o sujeito era chegado a extremos. Gostava de palavras fortes e certeiras, enquanto o campo semântico dela restringia-se a um "talvez" aqui, um "quem sabe" ali, ou um "vamos ver" acolá. Mas era apaixonada por ele.

O cara era jornalista. E se orgulhava disso. Trabalhava em um grande jornal carioca e fazia questão de ostentar seu crachá. Estava sempre certo de tudo. *Precisão, minha cara, precisão. Jornalismo é precisão. Trabalhamos com fatos, com dados concretos.* Tinha uma autoconfiança invejável. Sabia o que queria e o que não queria. Sempre verificava suas informações e não admitia um único erro. Em quase dois anos, nunca vira o namorado hesitar. Até na hora de lhe dar um pontapé na bunda ele fora simples e objetivo. *Já apurei tudo. Os fatos estão documentados e depõem contra você. Amanhã passo no seu apartamento e pego o resto das minhas coisas. Tchau!*

Sem saber, o jornalista foi a última pessoa a fazer uma escolha por ela. A partir daquele momento seria exatamente como seu quase marido. Ele tinha o antídoto, a fórmula mágica, o elixir. Aquela era a profissão que queria seguir. Seus dias de indecisão estavam contados

Talvez.

Nicole Barros se formou em jornalismo no final da década de 1990. Um pouco tarde para sua idade na época, 29 anos. Mas nada que impedisse a ascensão na carreira. Em quatro anos, além de ser promovida a repórter especial da principal emissora do país, já ganhara o prêmio Esso de reportagem, publicara dois livros incluídos nas listas dos mais vendidos e era considerada uma das mais influentes profissionais da imprensa nacional.

O prestígio acabou chamando a atenção do reitor Jaime Ortega, que a convidou para ser professora do curso de Jornalismo da Universidade Bartolomeu Dias, o que fazia na parte da manhã ou no final da noite, quando não estava na redação. Em sala de aula, não cansava de contar sua trajetória de sucesso e como a crueldade do último namorado tinha sido responsável pela escolha da profissão. Desde então, desistira de qualquer envolvimento sentimental para se dedicar exclusivamente ao trabalho. A única exceção havia sido a paixão extemporânea por Antonio Pastoriza, a quem conhecera durante uma festa de confraternização dos professores.

O caso com o diretor da faculdade de Psicologia durou um ano. Antes dele, ela conseguira ficar sete anos sozinha, quatro deles como estudante universitária, o que era realmente uma proeza. Mas com Pastoriza as coisas fugiam do controle. Ele parecia entendê-la, não cobrava certezas nem exigia confiança cega, características que ela aprendera a desenvolver ou, pelo menos, fingia ter. Estavam separados havia quase três meses e ela preferia assim. Talvez não. *Que merda, estou com recaída nas dúvidas!* Voltar a ser a indecisa do passado era a última desgraça que poderia acontecer. *Não! Não! Não!* Fugia daqueles pensamentos, fugia do que podiam representar. Fugia.

Concentrou-se na aula. A disciplina era Jornalismo Investigativo, um assunto que conhecia muito bem. Seus três últimos prêmios haviam sido em reportagens do gênero. Nicole descobrira o esquema de corrupção da Assembleia Legislativa do Rio conhecido como "semanão", em que deputados recebiam dinheiro regularmente para aprovar projetos de interesse do governo estadual. Também tinha sido responsável pela série de matérias sobre a máfia dos combustíveis adulterados e a prostituição nos bailes funk do subúrbio, esta última em parceria com um de seus mestres, que fora assassinado pelos traficantes.

Tentava passar aos alunos as ferramentas fundamentais de uma boa investigação. *Todo jornalismo é investigativo*, dizia, com convicção, para a turma de sessenta pós-adolescentes na sua frente. *A matéria não se baseia em denúncias, apenas começa com elas*, explicava pacientemente ao heterogêneo grupo do quarto período. Uma pequena parte, não mais que cinco ou seis estudantes, conseguia acompanhar o pensamento da professora e esboçar algum talento nos exercícios práticos. Outros trinta ou quarenta apresentavam um rendimento mediano, suficiente para passar na facilitada prova final, mas incompatível com o mercado de trabalho, para o qual jamais estariam preparados. E ainda havia o pessoal do fundo, cuja presença em sala era apenas física, já que não tinham os instrumentos básicos para a profissão, como raciocínio lógico e um razoável domínio da língua portuguesa.

A disparidade era uma consequência natural das facilidades no vestibular. Os professores faziam verdadeiros malabarismos para lecionar. A maioria escolhia um pequeno grupo e falava para ele, esquecendo-se do resto. O problema é que, na hora da prova, todos deviam ser contemplados.

Apesar de ter os melhores laboratórios e muitos profissionais de destaque no mercado, as faculdades privadas acabavam produzindo um ambiente pouco favorável ao mérito acadêmico, embora houvesse um discurso demagógico de inclusão democrática das minorias sem acesso ao ensino superior. Só esqueciam-se de dizer que tal inclusão custava mensalidades caríssimas.

Mesmo assim, Nicole ensinava com prazer. Até quando se irritava com o grupinho fútil de jovens beldades do final da sala, mantinha o clima lúdico de suas aulas. As candidatas a apresentadora de TV tinham uma pequena rixa com a professora, tão bonita quanto elas, apesar dos 15 anos a mais. Naquele dia, estavam especialmente venenosas.

— Essa mulher é vesga ou é impressão minha? — alfinetou a primeira.

— Sei não. Mas esse cabelo é megahair — disparou a segunda.

— Por falar nisso, eu tinha que lavar o meu só hoje de manhã. Mas não aguentei e lavei ontem à noite mesmo. O cabelo fica horrível nesses dias.

— Mas a tua chapinha ficou ótima. Só acho que você devia dar um jeito nessas marcas ao lado dos olhos. Tão parecendo rugas de expressão.

— Que nada. Eu fiz preenchimento com ácido hialurônico.

— Sei. Acho que é o mesmo que o médico injetou no meu rosto.

— Não. O que você colocou foi botox. É completamente diferente.

Nicole fingia ignorar o diálogo cultural de suas alunas, mas não perdia a oportunidade de entrar na conversa quando conseguia captar alguma frase ou um fragmento de palavra que valesse uma intervenção. O botox foi a deixa.

— Quem sabe você não faz uma reportagem investigativa sobre essas clínicas piratas de cirurgia plástica. Você pode até se passar por cliente — disse a professora.

A turma caiu na gargalhada. Um aluno mais exaltado sugeriu que a menina da chapinha também colocasse silicone. *Esse teu peito é muito muxibento!* Outro indicou um tratamento para celulites. *Tira logo esses buracos da coxa!* Um terceiro foi mais sutil, quase romântico. *Bem que rolava um lifting nesse rostinho de neném!*

A balbúrdia interrompeu de vez a aula, que já estava no final mesmo. Antes de sair, Nicole recomendou a leitura do capítulo três do livro do Muniz Sodré sobre reportagem. Poucos estudantes ouviram o conselho. Ela recolheu o notebook, desligou o data show e devolveu a caneta emprestada para fazer a chamada. Já no corredor, quase deixou a bolsa cair para pegar o telefone em cuja tela piscava o nome que tentara esquecer nos últimos meses. Sua dúvida mais recente era saber se atendia ou não à chamada de Antonio Pastoriza.

\* \* \*

No mesmo campus, três andares acima, em uma das ilhas de edição do Núcleo de Comunicação, Rover tentava ver novamente as imagens de segurança do campus Tijuca. Quando o *time code* do computador marcou a hora em que Adriana teria levado o tiro, a imagem piscou um branco quase imperceptível e pulou para três minutos depois do ponto. O corte era bizarro, passando diretamente da cena em que vários alunos conversavam descontraidamente na lanchonete para um cenário deserto, onde se via apenas o corpo da menina, imóvel, caído no chão. Alguém havia adulterado aquele vídeo. Mas o detetive tinha esperanças de recuperar alguma coisa, nem que fosse uma pequena falha da edição.

— Não dá para tentar reverter essa picaretagem? — perguntou para o operador de VT que o ajudava na ilha.

— Impossível, detetive. Você trouxe apenas um CD. Talvez analisando o HD do sistema, eu possa recuperar alguma coisa — respondeu o operador.

O problema é que o HD já estava nas mãos dos policiais da 19ª DP, responsável pelo caso. Eles ficaram ainda mais irritados com a fraude do que Rover, e a haviam denunciado para a imprensa, que colocou o assunto em manchete: *Universidade adultera vídeo de segurança*. Alguns jornais chegaram a acusar a instituição de esconder o criminoso: *Vídeo adulterado protege atirador do campus da Bartolomeu*. Como previra o conselheiro Henrique Freitas, a crise estava superando o episódio do analfabeto.

Para Rover, era difícil entender que motivos a universidade teria para adulterar aquelas imagens, pois em qualquer situação ela poderia se declarar isenta de culpa. Se o atirador fosse um traficante, conforme as especulações iniciais, o culpado seria o estado, incapaz de prover segurança. Se fosse algum aluno ou funcionário do campus, seria um fato isolado, um lamentável incidente, pois não é possível ter o controle sobre a sanidade mental ou os antecedentes criminais de todas as 15 mil pessoas que circulavam por ali diariamente. Então, a quem interessava a fraude? Quem estaria encobrindo o atirador?

Para a polícia, ele passara à condição de suspeito, já que era o chefe da segurança. Teoricamente, era o único que poderia entrar na sala de computadores e adulterar as imagens. A situação se tornava ainda mais grave pelo fato de Rover exercer uma função ilegal na universidade, pois o trabalho não era registrado oficialmente. E nem podia. Como a maioria dos policiais cariocas, ele vivia de bicos. No caso dele, um bico remunerado como pessoa jurídica, através da empresa aberta em nome da ex-mulher. Mas nem assim ficaria livre das implicações jurídicas caso fosse descoberto.

Lotado na 16ª delegacia, na Barra da Tijuca, trabalhava em regime de plantão de 24 horas, com folga de 72. No entanto, mesmo em serviço, conseguia tempo para exercer a função na universidade, fazendo sua tradicional ronda pelos campi. Triatleta premiado e *personal trainer* na Academia da Praça, uma das mais badaladas do bairro, ele ainda encontrava espaço na agenda para lecionar no curso de Educação Física, que era sua formação acadêmica original.

Rover era uma das figuras mais apreciadas pelos emergentes da Barra. Sempre disposto a resolver os problemas de quem o procurasse, tinha incrível facilidade para arregimentar novos amigos, entre eles o filho mais velho do dono da Bartolomeu, que fora quem o convidara para chefiar a segurança na instituição. Figura exótica, cor de jambo, cabelo raspado, com 1,80 metro de altura e um bigode mexicano que chegava até o meio da bochecha, também tinha a admiração do delegado titular da 16ª, que conhecia suas atividades e o protegia.

Só que a situação tinha fugido do controle e nem com os amigos ele podia contar. O próprio secretário de Segurança, a pedido do governador, tinha mandado instaurar uma sindicância para apurar a situação funcional do detetive. Além disso, a partir de agora, ele também seria arrolado no inquérito do caso Adriana como suspeito de ocultação de provas. Sua única chance era descobrir o autor da fraude ou a identidade do próprio atirador. E só havia um sujeito que poderia ajudá-lo.

*   *   *

Ainda em casa, Pastoriza desligou o celular depois do oitavo toque e a entrada inconveniente da gravação da operadora. *Sua chamada está sendo enviada para a caixa de mensagens e estará sendo cobrada após o sinal!* Aqueles gerundismos doíam na alma. Mais ainda do que a indiferença de Nicole, que se recusava a atendê-lo. Sabia que ela estava no intervalo da aula. Não havia motivo para ignorar a ligação. Bom, talvez houvesse. Melhor não insistir.

Jogou o aparelho no sofá, transferindo a raiva e a melancolia para o estofado velho. Mais melancolia do que raiva. Sabia que ela tinha boas razões para guardar a mais perene das mágoas. A menina não tinha culpa na separação. Nem era tão menina assim. Ele a chamava, carinhosamente, de *Nona*, que significava avó em italiano, apenas para ironizar a diferença de idade entre ela e suas alunas. Mas a verdade é que a diferença se limitava ao aspecto intelectual, amplamente favorável à professora, é claro. Fisicamente, estava no mesmo patamar das mais belas ninfetas da faculdade. Com exceção do dentinho torto que pressionava o lábio inferior, perceptível apenas para quem tinha suficiente intimidade.

Quando se aproximou de Nicole, motivado pela possibilidade de seduzi-la, Pastoriza já conhecia seu histórico de decepções amorosas. No começo, aquela morena de olhos verdes puxados e canelas finas era apenas um desafio. Conquistar alguém que ficara sete anos sem namorado excitava seu mais baixo instinto narcisista masculino. E ainda tinha o embate intelectual, que seria longo, demandando a aplicação de todos os conhecimentos aprendidos na psicologia.

Mas, em pouco tempo, percebeu que a sedução partia do lado contrário. Um olhar sutil. Uma piscada despretensiosa. Uma roupa mais sensual. Metáforas inscritas em mensagens virtuais pela internet. Desfiles triunfantes pelos corredores do campus.

Os papéis encenados na lógica da caça e do caçador não estavam distribuídos da maneira que planejara. Seu personagem interpretava o seduzido, não o sedutor.

Ele não esperava a inversão do tradicional jogo da conquista. Quando finalmente conseguiu marcar o inusitado jantar no restaurante para surfistas, o que era uma estratégia para surpreendê-la, já estava completamente apaixonado. Mal conseguia disfarçar o entusiasmo juvenil, a coceira nas mãos, a face ruborizada, as palavras atropeladas pela embriaguez alimentada por duas garrafas de vinho californiano. Comeram pizza, uma simples pizza, mas pareciam degustar iguarias indianas importadas pela corte de Nabucodonosor. De sobremesa, um singelo sorvete de creme, apenas uma bola, consumida na mesma tigela, numa divisão análoga aos assuntos discutidos na mesa.

Nicole relatou as histórias de amores frustrados que ele já conhecia. Acrescentou detalhes, fez confissões, abriu a guarda. Contou sobre a mágoa com o pai, um imigrante húngaro, fugitivo da Segunda Guerra Mundial, que a abandonara quando tinha 3 anos, deixando-a sozinha com a mãe e o irmão, cinco anos mais velho. A relação com ele se limitava a um telefonema mensal e a encontros fugazes em que ele pedia folhas de papel rasuradas, cujo verso ele utilizava na impressora velha que mantinha em sua casa. Na verdade, era a casa dos avós de Nicole, os que realmente haviam sofrido a perseguição nazista, já que o pai não passava de uma criança na época.

O trauma, transmitido de uma geração a outra, fazia com que os habitantes do pequeno sobrado tivessem hábitos extremamente espartanos, no limite da avareza. Avô, avó e pai economizavam cada migalha que podiam, com medo de passar pela carestia novamente. Não usavam luz elétrica, guardavam qualquer sobra de comida e até o chá que serviam para a neta, em suas escassas visitas, era proveniente de um envelope fervido pela segunda vez. Uma vida completamente diferente da mãe de Nicole, uma consumista assumida, cujas extravagâncias sempre superavam o orçamento mensal. O casamento não podia dar certo mesmo.

No final do jantar, ela se sentiu tão leve que todos os problemas pareciam ter desaparecido. Não havia dúvidas de que o sujeito era um excelente psicólogo. Mas ele não encarou o encontro profissionalmente, muito menos com a primitiva intenção da conquista. Tanta sinceridade e desprendimento só confirmaram o que já vinha sentindo. Pela primeira vez na vida, pensou sem medo na possibilidade de morar com alguém, quem sabe até em casar, seu maior fantasma, identificado nas sessões de análise com os professores da graduação.

No estacionamento do shopping, voltaram a ser adolescentes, trocando beijos escandalosos durante uma hora, com o motor ligado e o CD player tocando baladas progressivas do Pink Floyd. A voz rouca de Roger Waters perguntava: *Should I run for president?* E ela respondia que sim, ignorando a pieguice romântica do diálogo imaginário.

No apartamento dele, quase não precisaram se despir. As roupas ficaram pelo caminho. No elevador, no corredor, no hall anterior à porta, batida com um pontapé elástico, olimpiano.

Com as dúvidas esquecidas, deslizaram pela certeza úmida até o sofá. Dos corpos entrelaçados, emanaram significantes fluidos, interjeições mudas, signos desconhecidos da linguagem verbal. Neologismos ritmados pela respiração. Um sabor tórrido vibrou no mesmo timbre sincopado. Pulsos e espasmos na região límbica anunciaram o sopro final, que durou o tempo dos amores perdidos e se repetiu pela madrugada.

Pastoriza sempre pensava nesses momentos ao telefonar para Nicole. Lembrava-se dos passos macios e das mãos pequenas que sustentavam seu coração machista, errante. O mesmo coração que fora incapaz de corresponder aos apelos da única mulher por quem se interessara de verdade. Durante a maior parte do tempo em que ficaram juntos, ele se dedicou a sabotar o relacionamento, uma forma inconsciente de afastá-la, materializada em pequenas ações, como a ausência na festa do prêmio Esso, o esquecimento do aniversário dela ou uma simples palavra rude durante um almoço com os amigos.

Diante da vontade de pedi-la em casamento, seus antigos medos retornaram fortemente e inviabilizaram qualquer atitude. Mesmo sendo um psicanalista com experiência, não conseguiu domar o próprio inconsciente e só percebeu a culpa quando ela esvaziou o closet, apanhou a escova de dentes e foi embora. Sobrou apenas o retrato na cabeceira, que ele não tinha coragem de substituir.

Ao olhar para a foto, ainda chateado por não ser atendido ao telefone, reparou no reflexo da televisão, que ficava no lado oposto do quarto. A imagem mostrava uma cama vazia de hospital e um grupo de policiais em torno dela. Aumentou o som. A repórter, em plantão especial, dizia que a estudante Adriana Maia havia desaparecido da unidade de terapia intensiva. Nenhum médico ou enfermeiro vira qualquer movimentação. Ninguém sabia de nada. Nem mesmo os parentes mais próximos. Em uma entrevista, a mãe da menina, muito abalada, cobrava explicações da direção. *Minha filha estava inconsciente, com suspeita de ficar tetraplégica! Como pode ter sumido assim?*

Pastoriza vestiu a primeira roupa que encontrou e seguiu direto para o hospital.

* * *

No corredor do campus Barra, Nicole foi avisada pela emissora e também correu para o local, onde deveria fazer uma entrada ao vivo e uma reportagem para o jornal das oito. Tinha que ser rápida, pois já estavam sendo furados pela concorrente.

* * *

Na ilha de edição, Rover concluiu que a tudo ficava ainda mais complicado com a notícia do desaparecimento. Mas havia uma pista que passara despercebida. Precisava encontrar Pastoriza urgentemente.

## 7. O ensino

O horário de trabalho do sub-reitor Durval Santos era flexível. Havia dias em que chegava pela manhã, outros no começo da tarde e em alguns nem aparecia no gabinete. Na verdade, as constantes ausências eram toleradas pelo Conselho da mantenedora, receoso de perder o professor que tinha o melhor marketing pessoal da casa. Além disso, Durval não passava recibo de suas faltas. Para todos os efeitos, a informação da secretária era sempre a mesma: estava em reunião externa.

A mentira, na maioria das vezes, encobria um fato que poucos conheciam: o segundo emprego do publicitário. Desde que fora proibido de exercer a profissão em decorrência do escândalo de plágio, lecionar era sua única fonte de renda. Entretanto, as despesas continuavam as mesmas. Durval tinha hábitos internacionais. Gostava de jantar em restaurantes franceses, vestir ternos italianos, fumar charutos cubanos e dirigir carros alemães. Havia dois na garagem do prédio onde morava, um Mercedes e um BMW. Aliás, o imóvel era sua única frustração material. Acumulava gastos supérfluos tão elevados que nunca fora capaz de juntar dinheiro para morar na zona sul da cidade.

Sem crédito nos bancos, recorria com frequência aos agiotas da cidade. As dívidas subiam em proporção geométrica e os cobradores chegavam a ameaçar sua família, com a qual tinha uma relação apenas superficial. Chamava as duas ex-esposas de usurpadoras, pois engoliam metade de seus rendimentos com pensões para os quatro filhos, três meninos e uma menina. Na Universidade Bartolomeu Dias, ainda conseguia receber dois terços de seus rendimentos extraoficialmente, ou seja, fora do contracheque e da cobrança de impostos e obrigações judiciais. Mas no segundo emprego a artimanha era impossível. Durval era professor da Universidade Federal Carioca um emprego público.

Passara com extrema facilidade no concurso, pois não havia publicitários com títulos de mestre ou doutor na sua área de concentração: atendimento e planejamento de mídia. Como candidato único, teve apenas que preencher os requisitos mínimos e não zerar na prova escrita. A tarefa ainda fora facilitada pela banca, composta de professores amigos e subordinados a ele na sub-reitoria. Uma carta marcada não pela conveniência ou jogo de interesses, mas pela simples falta de cartas.

De acordo com a lei, deveria ter dedicação exclusiva na UFC, mas ninguém iria denunciá-lo por trabalhar em outra instituição. A verdade é que metade do corpo docente das federais tinha um segundo emprego, o que criava um corporativismo hipocritamente justificado pelos baixos salários do magistério.

Como se não bastasse trabalhar apenas duas vezes por semana, muitos dos professores do departamento de Comunicação da Universidade Federal Carioca ainda faziam gazeta, faltando às aulas sem qualquer motivo. E o conteúdo das disciplinas podia ser completamente ignorado, cabendo ao docente a plena autonomia sobre a ementa do curso. Havia o clássico exemplo de uma professora de Técnicas de Reportagem cujo tema da tese de doutorado tinha sido os símbolos do tarô. O assunto tornou-se o tópico da matéria, sem qualquer relação com o que deveria ser abordado em sala de aula. Em vez de falar de textos, entrevistas e pesquisas jornalísticas, ela desfilava seu amplo conhecimento esotérico e fazia previsões sobre o futuro. Era o Nostradamus da Comunicação.

A reclamação dos alunos caberia ao diretório acadêmico, mas seus representantes eram manipulados por um grupo de professores interessados em manter privilégios e perpetuar o poder que acreditavam ter. A assembleia geral, que deveria congregar todos os quatrocentos alunos do departamento, contava com a presença de 15 ou vinte, no máximo. Nessas reuniões, aprovavam pareceres absurdos, que podiam versar sobre desde a situação econômica do Haiti à implantação do socialismo na Venezuela. Mas, geralmente, eram usadas para politicagem interna, como, por exemplo, criticar um professor que dedicava muito tempo à pesquisa e à pós-graduação, alegando que a graduação ficava de lado. Tudo porque o grupo de docentes que controlava o diretório precisava fazer pressão para conseguir verbas de viagem e outras vantagens, disputando regalias com a equipe do mestrado e do doutorado.

Nesse ambiente, Durval encontrava amplo respaldo para fazer o que quisesse. Ganhava três vezes mais na faculdade privada. Aquilo ali era só um bico para pagar as pensões das usurpadoras. Não daria atenção aos protestos em sala de aula. Muito menos num dia tão tenso, destinado a resolver ou destruir de vez a sua vida.

Tirou o paletó, ajeitou a cadeira e começou a falar de suas próprias campanhas premiadas. Um aluno da fileira da frente questionou a metodologia da disciplina, reivindicando uma bibliografia mais aprofundada. A resposta foi ríspida.

— Você acha que eu sou babá, meu filho? Esse problema é seu. Pesquise por sua conta.

— Eu até pesquisaria, professor, caso o senhor me desse as indicações corretas — argumentou o aluno.

— O que você quer que eu indique? — perguntou Durval.

— Para começar, um conteúdo adequado. Sua matéria é Planejamento de Mídia, mas o senhor só fala de criação publicitária. Mesmo assim, o único método pedagógico é contar casos pessoais de sucesso. Se não sabe nada sobre planejamento, poderia ao menos indicar uma bibliografia.

— Quem é você para me avaliar, garoto? — irritou-se de vez.

— Sou aluno. Tenho os meus direitos.

— Então vá reclamar com o chefe do departamento — concluiu, apontando o dedo para fora da sala.

O menino saiu de cabeça baixa. Não adiantaria reclamar com o chefe de departamento, líder do grupo ao qual Durval não só pertencia como era um dos financiadores, pois escolhia os docentes que lecionavam na faculdade de Comunicação da Bartolomeu Dias, entre eles o chefe em questão. Em um único final de semana na pós-graduação *lato sensu*, constituída de cursos esporádicos com mensalidades altíssimas e qualidade duvidosa, um professor de universidade pública ganhava metade de todo o salário do mês. E a maioria lecionava também na graduação, onde os salários eram mais baixos, porém garantidos. Ninguém teria coragem de denunciar o próprio mecenas.

Garantido pela lógica que o tornava intocável, Durval continuou a aula como se nada tivesse acontecido. Fez uma observação ao lado do nome do aluno para lembrar de reprová-lo no final do período e prosseguiu na romaria de casos de sucesso criados por ele, sem mencionar qualquer conceito relativo a planejamento de mídia. Falou sobre os filmes publicitários de uma marca de sandálias de dedo, contou os bastidores de um comercial de seguros e detalhou a vida íntima de uma famosa atriz contratada para fazer uma campanha de lingerie, com quem teve um caso escondido. Trinta minutos antes do horário, fez a chamada e encerrou a aula. Do lado de fora, sentado em um banquinho do pátio central, usando boné e óculos escuros, Lucas o esperava. Mal disfarçava o nervosismo, muito menos a identidade.

*  *  *

No hospital, a polícia formou um cordão de isolamento no corredor do terceiro andar para evitar o acesso da imprensa e de curiosos. O desaparecimento de Adriana era o assunto do dia. Repórteres dos principais jornais do país e até de alguns jornais internacionais se acotovelavam para tentar entrar na UTI. Os fotógrafos pensavam em caminhos alternativos para registrar a imagem do leito vazio. Cinegrafistas esbarravam com o equipamento nas cabeças desprotegidas de médicos e enfermeiros.

Do lado de fora, as redes de televisão montaram unidades móveis para transmitir ao vivo. Em uma delas, Nicole repassava as informações antes de entrar no ar. Quando o assistente iniciou a contagem regressiva, ela ainda não estava preparada. Mas havia milhões de telespectadores sintonizados no Jornal do Meio-Dia. Teve que improvisar:

— Boa tarde. Aqui no hospital da Ordem Terceira da Penitência as informações ainda são desencontradas. Até ontem, os médicos diziam que o estado da estudante Adriana Maia, baleada no campus da Universidade Bartolomeu Dias na última terça-feira, era grave. Havia até a suspeita de ela ficar tetraplégica. Mas, hoje pela manhã, durante a ronda na UTI, os enfermeiros tomaram um susto ao verificar que a cama de Adriana estava vazia. Ninguém sabe informar o que aconteceu. Médicos e parentes foram surpreendidos pela notícia. A polícia isolou a área e já iniciou as investigações. Essa é a segunda reviravolta no caso. A primeira ocorreu ontem, quando os policiais descobriram que as imagens da câmera de segurança da universidade haviam sido adulteradas, o que tornou impossível o reconhecimento do atirador. Nós voltamos a qualquer momento com outras informações. Nicole Barros, ao vivo, para o Jornal do Meio-Dia.

A repórter respirou fundo. Falar ao vivo era o terror de todo jornalista. Até os mais experientes se enrolavam quando pressionados pela impossibilidade da repetição. Uma simples gaguejada bastante para entrar em pânico. O segredo era assumir o erro sempre que ocorresse e seguir com a narrativa. E ainda havia o controle do relógio. Em TV, tudo é cronometrado. Daí o suspiro de Nicole. Apesar do improviso, conseguira passar todas as informações no tempo determinado.

Pastoriza e Rover tinham acabado de chegar e acompanharam a performance da repórter ao lado do cinegrafista. Ao ver o ex-namorado e o chefe da segurança da universidade juntos, ela imediatamente abriu a porta do furgão da emissora e os arrastou para dentro.

— O que há com vocês? Ficaram malucos? — perguntou ela.

— Calma, Nicole. Sem histeria — respondeu Pastoriza.

— Eu não sou histérica. Para com essa mania de me analisar. Suas palavras já não me atingem! — gritou a repórter, de fato, histérica.

— Se não atingem, por que não atendeu meu telefonema hoje? — perguntou Pastoriza.

— Não tenho que te dar satisfação! — respondeu.

— Oh! Oh! Oh! Vamos parar com isso. Ninguém merece ficar trancado numa van com um casal apaixonado! — disse Rover.

— Cala a boca! — gritou o casal, ao mesmo tempo e com a mesma entonação.

Nicole pediu desculpas, colocou a mão sobre o pulso direito de Pastoriza e olhou fixamente para Rover. O nervosismo agora não parecia consequência do reencontro com o primeiro, mas de uma justa preocupação com o segundo.

— Você é o chefe da segurança da universidade. Todo mundo quer te ouvir, desde a polícia até o jornalista mais desinformado. Não dá para ficar circulando por aí.

— Ela tem razão — acrescentou Pastoriza.

— Eu sei disso, mas não dá para ficar me escondendo. Não fui eu que adulterei as imagens. Prefiro até me apresentar logo ao delegado — disse Rover.

— Esse é outro problema. Aliás, muito estranho. O chefe da Polícia Civil assumiu o caso pessoalmente e afastou o delegado da 19ª DP — disse Nicole.

Joaquim Vasconcelos estava no cargo havia três anos, cinco meses e 27 dias. Aos 38 anos de idade, chegara ao posto mais alto da Polícia Civil por indicação pessoal do governador. Ex-capitão da PM, formara-se em Direito seis meses antes de ingressar na força civil. Nos meses anteriores ao surpreendente convite, havia atuado apenas em delegacias do interior e nunca estivera à frente de investigações importantes. Mas, para a cúpula da segurança pública, ele tinha o perfil ideal: formação militar, respeito à hierarquia e obediência cega. Características redundantes, mas que explicavam a ascensão na carreira.

Quando ouviu o nome de Vasconcelos, Rover balançou a cabeça para os lados e lamentou.

— Esse cara é político. Não entende nada de investigação. Se tiver que me transformar em bode expiatório, não vai pensar duas vezes.

— Acho, então, que só há uma solução — disse Pastoriza.

— Qual é? — perguntou Nicole.

— Vamos inverter o jogo e fazer uma surpresa. Cedo ou tarde, você vai ter que se apresentar, Rover. Por que não fazemos isso agora, aproveitando que ele está aqui no hospital?

— Se é inevitável, concordo — respondeu Rover.

— Só que antes eu queria te mostrar esse papel aqui — disse Pastoriza, segurando o trapo encontrado com Adriana no dia do tiroteio.

Nicole não conseguiu esconder a curiosidade e inclinou o pescoço para ver do que se tratava. Os dois amigos haviam esquecido que estavam na presença de uma jornalista.

\* \* \*

Na cobertura de Jaime Ortega, alheios aos acontecimentos, os três conselheiros da mantenedora procuravam responder às perguntas do grupo de investidores americanos interessados na compra da universidade. Eram cinco, todos analistas financeiros de Wall Street. O objetivo do grupo não se limitava à compra de trinta por cento das cotas da mantenedora. O plano, muito mais ambicioso, incluía a abertura do capital da empresa e o lançamento de ações no mercado financeiro, a IPO, sigla em inglês para *Initial Public Offering*, ou seja, oferta pública inicial. Nas contas dos executivos, essa operação poderia render até 4 bilhões de reais, sendo que boa parte do dinheiro iria diretamente para o bolso deles e do reitor.

O líder aparentava ter uns trinta e poucos anos, falava português fluentemente e pertencia ao *bureau* executivo de uma grande empresa de auditoria. Simpático, desinibido, dizia conhecer bem o Brasil, onde costumava passar o réveillon e o carnaval. Obviamente, tinha o imaginário repleto de estereótipos.

— Belas mulheres tem este país, senhores.

O conselheiro Manoel Capacho procurava acompanhar as opiniões do gringo. Concordava com suas observações e, invariavelmente, ria de suas piadas sem graça. Também tentava ser engraçado, mas esbarrava no inglês macarrônico que aprendera em um cursinho fajuto. Já Gabriel Ortega e Henrique Freitas limitavam-se às questões técnicas, enquanto o reitor apenas observava a discussão.

— Qual é o conceito da sociedade carioca sobre o ensino da Universidade Bartolomeu Dias? — perguntou o americano.

— Temos os melhores professores, os melhores laboratórios e excelentes projetos pedagógicos — respondeu Gabriel.

— Sim, eu não duvido disso, mas não foi o que perguntei. Acredito que o ativo mais valioso para esse tipo de negócio é a percepção sobre sua excelência. O *environment* é importante — concluiu o gringo.

— Aonde o senhor quer chegar? — perguntou Henrique.

— Nossos parceiros nos Estados Unidos querem ter garantias de que a mulher de César não é apenas honesta, mas parece honesta — brincou, usando a paráfrase que lhe pareceu genial e da qual riu durante quase um minuto.

Os conselheiros não acharam muita graça. Sabiam que estavam lidando com símbolos. Os americanos conheciam o baixo conceito que a universidade tinha entre o público em geral e tentavam usá-lo para baixar o preço do negócio. O incidente no campus, que em nenhum momento havia sido mencionado pelo grupo, também contribuía para a desvalorização. Principalmente depois que alguns jornalistas previram que o número de alunos naquela unidade cairia pela metade já no próximo semestre. E, é claro, havia a perene lembrança do analfabeto que passara no vestibular. Sem dúvida, o maior estrago na imagem da instituição.

— Se os senhores ficam mais confortáveis, podemos fazer uma pesquisa para aferir o que desejam — sugeriu Gabriel Ortega.

— Não creio que seja necessário. Isso atrasaria muito o nosso trabalho e precisamos apresentar resultados nos próximos dias — disse o líder dos investidores.

— Qual é a sua sugestão? — perguntou Henrique Freitas.

— Vamos passar o final de semana estudando estes relatórios que os senhores nos entregaram. Na segunda-feira marcamos nova reunião e apresentamos uma proposta.

Pela primeira vez, o reitor Jaime Ortega esboçou alguma reação, abrindo um leve sorriso que significava a sua aprovação. Não suportava perder tempo e a reunião já estava se alongando demais. Somente a última frase tinha a objetividade necessária aos bons negócios, mas ela encerrava o encontro. Portanto, tratou logo de levantar da mesa, gesto que foi seguido por todos. Antes de subir para o escritório, cumprimentou cada integrante do grupo, deixando o líder, cujo cartão de visitas segurava, por último. Pausadamente, leu o nome que estava escrito e o repetiu em voz alta, acrescentando um comentário.

— Patrick Walton. Bonito cartão, rapaz. Mas você é muito jovem para o cargo que ocupa!

\* \* \*

Lucas e o sub-reitor Durval Santos saíram pelo portão lateral da Universidade Federal Carioca. A rua estreita que levava a uma pequena praça tinha uns 300 metros, mas não havia ninguém passando pela calçada. Caminharam lentamente, desviando dos paralelepípedos fora do lugar, ainda remanescentes da enchente que ocorrera no ano anterior. Por esse motivo, também não havia movimento de carros. As poucas casas abandonadas dividiam espaço com velhos galpões, fechados havia tanto tempo que os portões enferrujados podiam ser abertos com um simples empurrão.

Pararam em frente a um deles, cujo símbolo, pintado à mão, indicava tratar-se de um antigo depósito de bebidas. Em um movimento rápido e surpreendente, Durval jogou o corpo de Lucas contra a estrutura de ferro, agarrou seu pescoço e apontou o dedo indicador para o meio de sua testa.

— Escuta aqui, ô moleque. Você é analfabeto, mas não tem mais idade pra fazer tanta merda. Quem te mandou ir atrás da menina no hospital?

Lucas só conseguiu balbuciar alguns poucos monossílabos. Com a glote quase fechada, as pernas fraquejaram, os olhos reviraram e ele caiu sentado. Só depois de alguns minutos, recuperou a fala.

— Vocês não queriam recuperar a letra? — perguntou, ainda respirando com dificuldade.

— E você pegou?

— Não, mas...

— Mas o quê, porra!

— Não estava com ela.

— Claro que não estava. O que a gente quer saber é o que você fez com a menina. Cadê o corpo?

— Não sei de corpo nenhum. Só cortei o tubo e fui embora.

Durval ficou ainda mais irritado. Deu dois tapas no rosto de Lucas e o obrigou a levantar. Em seguida, tentou recuperar a calma. Ajeitou o colarinho do rapaz, espanou a poeira da camisa e tirou um envelope do bolso traseiro da calça.

— É o seguinte, seu merda. Isso aqui é o resto do pagamento pelo serviço que você não completou. O gordo quer você fora da cidade até amanhã. Pega essa grana e some. Só aparece quando a gente chamar. Entendeu ou vou precisar repetir? Porque soletrar eu sei que não vai adiantar!

Durval se divertiu com a própria piada sobre o analfabeto. Pacientemente, esperou que ele contasse as notas de 50 reais e fez sinal para que seguisse pela direita, o lado contrário ao da universidade. Mas Lucas o interrompeu antes que partisse.

— Só há um problema!

— O que é agora? — perguntou Durval, aproximando-se novamente.

— O gordo não manda mais nada. O Doutor falou para só receber ordens diretamente dele.

— Como é que é?

— É o que você está ouvindo, professor — disse Lucas, altivo e confiante.

— E desde quando você conhece o Doutor?

— Desde ontem. E tem mais. Ele disse pra você não se preocupar mais com as dívidas.

— Ah, disse, é? E por quê?

Enquanto Durval esperava a resposta, Lucas sacou uma pequena faca da cintura, a mesma com a qual cortara o tubo respiratório de Adriana, e atacou a jugular do professor. O sangue esguichou por um raio de quase 2 metros, enquanto a vítima rodopiava em torno de si, atônita, tentando estancar o ferimento com as mãos. Em poucos segundos, Durval perdeu os sentidos e caiu prostrado na calçada. Lucas arrombou o portão de ferro, arrastou o corpo para dentro do galpão e ainda roubou o relógio e o cartão de crédito, deixando a carteira cair no chão para parecer que fora um assalto. Antes de fugir, devolveu o sarcasmo com que fora tratado, inspirado no diálogo de um filme que vira na televisão.

— Porque morto não paga dívida, professor!

## 8. A pós-graduação

— Vocês estão querendo me esconder alguma coisa? — perguntou Nicole, ao notar que Pastoriza havia desistido de mostrar o pedaço de papel a Rover. — Qual é o problema? Não confiam em mim?

Os dois permaneceram mudos. Não sabiam o que responder. Amiga, ex-namorada, professora da Bartolomeu Dias. Nada disso importava. A mulher era uma repórter. E ambos concordavam que a categoria não merecia confiança. Só que ela os havia abrigado no furgão da emissora e aquela não era propriamente uma atitude de agradecimento. Ficaram constrangidos. Mas o papel permaneceu no bolso de Pastoriza.

Nicole disfarçou a raiva, mas não dispensou a ironia.

— Vamos fazer o seguinte: eu entro no hospital para falar com o chefe de polícia, enquanto vocês ficam aqui com seus segredos machistas. Digo ao Vasconcelos que vocês querem se encontrar com ele, mas não estão dispostos a falar com a imprensa. Assim que tiver uma solução, ligo pro teu celular, Antonio.

Poucas pessoas o chamavam pelo primeiro nome. Na voz dela, aquele som ficava ainda mais íntimo, os fonemas tornavam-se aveludados, melódicos, intensos, fazendo-o reviver o passado e, por alguns instantes, achar que o romance nunca havia terminado.

— Ouviu, Pastoriza?

A chamada pelo sobrenome o fez voltar à realidade. Nem veludo, nem melodia, nem intimidade. A mulher estava irritada mesmo. Nunca poderiam ser felizes juntos.

— Claro, ouvi. Estou de acordo.

Antes de sair do furgão, Nicole ligou a câmera com lentes macroangulares que estava em cima da ilha de edição. Nenhum dos dois notou a manobra. Rover acompanhou os passos da repórter rumo à entrada do hospital pela janelinha da van. Pastoriza abriu o papel em cima da mala de iluminação e, novamente, lamentou a completa falta de explicações para aquela folha de caderno rabiscada com uma letra de funk.

— Você consegue entender o significado disso, Rover?

— Claro, é uma letra de funk.

— Porra, não me sacaneia. Qual é a relação dela com a Adriana?

— Esse é um funk proibidão, geralmente tocado por grupos associados ao tráfico. Cantar isso em público pode até dar cadeia.

— Sei, mas e daí?

— Só um momento. Deixa eu ver esse papel direito.

Rover colocou o papel contra a luz que vinha da pequena janela. Examinou os quatro cantos da folha, virou-a do avesso e passou os dedos sobre a superfície para sentir a textura. Em seguida, pegou um lápis e começou a rabiscar o verso da letra. Em menos de um minuto, descobriu o que Pastoriza estava tentando entender havia dois dias. Tratava-se de um recurso banal, muito usado em filmes policiais. A menina havia escrito uma mensagem com uma caneta sem tinta ou um lápis sem ponta, o que a tornava invisível para um leitor desatento, mas facilmente perceptível para um detetive profissional com ampla cultura literária de jornaleiro.

Eram apenas duas frases. O suficiente para mudar todo o rumo da investigação.

\* \* \*

Lucas abriu o visor do capacete para sentir a brisa da orla de Botafogo, enquanto admirava a paisagem conhecida internacionalmente. *Como é que dois morrinhos de nada podem ficar tão famosos?* O furo no cano de descarga da moto de 125 cilindradas aumentava o ruído do motor, mas ele só conseguia ouvir o som do vento no rosto. Sentia-se livre. Agora, tinha a certeza de que sua vida mudaria de vez. Não seria mais enganado por uma quadrilha de doutores. *Se você quer saber, nem doutores esses caras são*, pensou, visualizando a face do sub-reitor que acabara de matar e do conselheiro Manoel Capacho, que imaginava ser a próxima vítima.

Girou o pulso direito e aumentou a velocidade em direção ao Aterro do Flamengo. *Qualquer um se acha doutor. Advogado é doutor. Médico é doutor. E tem até um tal curso de doutorado na faculdade que é pra todo mundo virar doutor.* O Pão de Açúcar foi ficando para trás, embora ainda fosse possível ver o mar. *Mas Doutor mesmo é só o patrão. Ele é que tem poder.* Passou pelo restaurante Rio's, pela Marina da Glória e pelo Museu de Arte Moderna. *Só que um dia eu também vou ser doutor.* Fez o retorno antes do aeroporto Santos Dumont, pegou a Presidente

Antônio Carlos e entrou na rua da Assembleia. Parou a moto perto do Botequim do Batata, de onde podia ver, mas não ler, o outdoor que indicava seu destino: Universidade Bartolomeu Dias: pós-graduação.

O prédio da pós tinha 18 andares e apenas três elevadores. Não fora construído para ser uma universidade. Nos horários de rush, as filas dobravam o quarteirão e os alunos demoravam meia hora para chegar à sala de aula. A falta de estrutura sempre estava na pauta das reuniões do conselho, mas a reforma era financeiramente inviável. Todos temiam pela segurança no edifício. Se houvesse um pequeno foco de incêndio, a tragédia teria proporções incalculáveis. E ela quase aconteceu em uma quarta-feira à noite, durante um jogo do Botafogo, quando um incauto torcedor comemorou o gol de seu time com o tradicional grito: fogoooooooo! O pânico só foi controlado com a chegada dos bombeiros e a descoberta do falso alarme. Mesmo assim, centenas de pessoas ficaram feridas, atingidas pelos estilhaços de vidro das portas ou pisoteadas pela multidão apavorada.

As condições do prédio só não eram piores que as dos próprios cursos de pós-graduação. Havia dois tipos. Os *lato sensu*, também chamados de especialização ou MBAs, e os *stricto sensu*, que conferiam os títulos de mestrado e doutorado. Enquanto os primeiros eram altamente rentáveis, os segundos representavam despesas dez vezes maiores do que as receitas. Os motivos eram óbvios. Para formar mestres e doutores, era preciso ter um corpo docente titulado, com dedicação exclusiva, produção reconhecida, pesquisas de ponta e outras dezenas de exigências de dois ministérios do Governo Federal, o da Educação e o da Ciência e Tecnologia. E, tudo isso, limitando o número de alunos a dez ou 15 por ano, muitos deles com bolsas de estudo. Para uma empresa privada, tratava-se de prejuízo certo.

O problema é que, pela Lei de Diretrizes e Bases da Educação, as universidades deveriam manter pelo menos três cursos de mestrado e um de doutorado, sob pena de perderem o título. A solução encontrada tinha sido maquiar os números, alocando professores fantasmas e até inventando pesquisas e publicações acadêmicas. A qualidade, obviamente, acompanhava os métodos.

O mesmo ocorria nos cursos *lato sensu*, apesar da alta rentabilidade. Como eram muitos, o controle tornara-se precário e eles recebiam o apelido de caça-níqueis, embora continuassem com uma procura incomum, talvez causada pela desinformação dos alunos.

Se soubesse de tudo isso, Lucas provavelmente desistiria de ser doutor. Só não poderia desistir da tarefa que tinha a cumprir. A fila do elevador não foi obstáculo. Muito menos a longa espera ao sol de meio-dia, causada pelo excesso de cursos na hora do almoço, que tinha como objetivo aproveitar o público do centro da cidade que deixava de comer para conseguir um diploma duvidoso.

Saltou no décimo sétimo andar, onde ficava a administração. Embora as salas de aula estivessem lotadas, a maioria dos funcionários havia saído para o almoço. Caminhou pelo corredor deserto tentando identificar os números dos gabinetes, já que não conseguia entender o que estava escrito. Quando chegou ao número 1.710, encostou-se à porta e arrombou a fechadura com um pequeno canivete. Ficou aliviado ao perceber que não havia câmeras no andar. Ao entrar na sala do diretor do campus, ainda teve que forçar a porta da divisória que separava seu gabinete do espaço reservado à secretária. Na primeira gaveta da mesa de trabalho, exatamente do jeito que o Doutor descrevera, estava o pequeno chaveiro verde que deveria roubar.

Não entendeu por que tanto trabalho por um objeto tão ordinário, cujas três chaves pareciam feitas para abrir merendeiras infantis. Colocou-o no bolso, fechou a gaveta, bateu as portas e fugiu em direção ao elevador.

Missão cumprida.

\* \* \*

Ao atender o celular, o conselheiro Manoel Capacho reconheceu imediatamente o timbre metálico e distorcido do misturador de voz utilizado pelo Doutor. Um instrumento que ele só conhecia dos filmes de espionagem, mas que qualquer adolescente tinha à disposição através de um simples programa de manipulação de áudio. O recurso impossibilitava qualquer tipo de identificação do interlocutor. Capacho não sabia se estava falando com alguém novo ou velho, muito menos se era homem ou mulher. Também não conseguia perceber a intensidade do tom, se calmo ou exaltado, se irritado ou sereno. Todas as palavras soavam como uma melodia uniforme, sem qualquer alteração. Apenas intuía tratar-se de alguém culto pelo vocabulário utilizado.

Nunca tinha encontrado o Doutor, mas fazia negócios com ele havia cerca de três anos. O dinheiro acumulado nesse tempo correspondia a dez vezes o que conseguira em trinta anos trabalhando na mesma empresa. Capacho já estava com 50, não queria passar a velhice limpando as latrinas da família Ortega. Durante uma festa em família, bêbado, confessou a primos e cunhados que se sentia a escova do vaso sanitário da universidade. Palavras dele, literais, tão constrangedoras quanto o silêncio de todos, logo interrompido pela decisão ética desacreditada: *Só que eu vou ficar tão rico quanto o Jaime!*

Conhecia os riscos, e não eram poucos. Sabia que podia ser preso, até morrer. Mas pretendia largar o empreendimento, como chamava suas atividades ilegais, assim que tivesse o suficiente para montar a própria faculdade. Para isso, tentava se expor o mínimo possível, trabalhando sempre com intermediários. Pelo mesmo motivo, nunca fizera questão de conhecer seu "sócio". A voz metálica era o suficiente.

Nos últimos dois anos, entretanto, resolvera diversificar suas ações. Arrumara um novo parceiro, só que ele tinha rosto e personalidade. Era um velho conhecido, cujo ramo de atividade em nada se parecia com o do Doutor. Não havia conflito de interesses e, portanto, não haveria problemas. Achava que podia acelerar sua meta, se livrar logo daquilo tudo. Só não contava com os acontecimentos da última semana.

A pergunta que vinha do outro lado da linha o deixou aterrorizado.

— Já percebi que você tem duas frentes de negócio na universidade. Só uma é comigo. Por quê?

O terror impossibilitou a resposta. Na verdade, não havia uma resposta. E se houvesse, não conseguiria reunir forças para articular as palavras. Só foi possível ouvir grunhidos sem significado, balbuciados como um mantra em busca do raciocínio perdido. A face gorda inchou ainda mais, incorporando tonalidades rubras, coriza incessante e lágrimas nervosas escorrendo pelo canto do olho.

A voz distorcida continuou:

— Estou repensando nossa relação. Você não foi leal comigo.

Capacho caiu de joelhos. A pressão arterial disparou ainda mais. Pressentiu a iminência do entupimento da aorta, seu maior fantasma hipocondríaco. Pela primeira vez, a morte por infarto não lhe pareceu tão ruim. *Vou morrer de qualquer forma mesmo,* pensou, já sentado sobre os calcanhares, quase apoiando a mão esquerda no chão, o que o colocaria de quatro no meio do campus.

As últimas frases aqueceram o ouvido direito, pressionado pelo celular comprimido pela palma da mão, como se estivesse estancando um ferimento. Eram ameaças concretas, embora ele ainda não soubesse exatamente o que significavam.

— Escute com atenção: vou assumir o outro negócio também. E você vai colaborar. O sub-reitor tentou se meter no meu caminho. Não faça o mesmo.

## 9. A pesquisa

Pastoriza não conseguia acreditar no que estava vendo. Não podia ser tão simples. A caneta sem tinta, o lápis rabiscado por cima para surgir o relevo e, abracadabra!, lá estava a mensagem, o segredo da folha misteriosa. Dois dias com o papel e ele não tinha nem percebido as tais marcas. Aquelas palavras escritas no verso da letra do funk proibido pareciam a maneira mais improvável de comunicação. Eram apenas duas frases, que pareciam não ter qualquer relação entre si:

*As milícias vão invadir!*
*Leve para o laboratório!*

O detetive Rover não tirava os olhos do papel. O sentido da primeira frase estava claro. Adriana queria avisar que as milícias, grupos armados formados por policiais civis e militares, iriam invadir o morro do Borel. Mas que motivo ela teria para dar esse aviso? Só se tivesse ligação com os traficantes. Não, não era possível. Se fosse isso, ele saberia. Conhecia os alunos viciados e também os que serviam de mulas para vender drogas no campus. Já expulsara diversos. Nunca ouvira falar de Adriana.

— Isso aqui pode ser o anúncio de uma tragédia — disse para Pastoriza.

— Eu ainda não entendi — respondeu.

— Vou te explicar. Você já ouviu falar nas milícias do Rio de Janeiro? — perguntou Rover.

— Já. São policiais que dão proteção em comunidades carentes.

— Não. É muito mais do que isso. As milícias já se tornaram um poder paralelo na cidade. Elas controlam 92 favelas e continuam crescendo. O método é conhecido. Os policiais se juntam, expulsam os traficantes, proíbem a venda de drogas e dominam a área.

— Então eles estão fazendo um bom trabalho, Rover!

— Só aparentemente. No começo, as milícias ganham a simpatia e o apoio da comunidade. Mas logo passam a impor a vontade pela força. Não vendem drogas, é verdade. Mas exploram o transporte alternativo, as televisões a cabo piratas e a venda de gás. Um botijão sai pelo dobro do preço na favela e se alguém quiser vender mais barato, morre. Além disso, também cobram proteção aos comerciantes locais. Quem não paga, tem o estabelecimento saqueado.

— Porra, isso parece a Chicago dos anos vinte. Voltamos aos tempos de Al Capone.

— Se é de máfia que você está falando, não há dúvida. As milícias são independentes, mas têm um comando central. Alguém muito poderoso que garante uma certa unidade. Tanto que elas se juntam para invadir favelas ou para se proteger de uma invasão de traficantes — explicou Rover.

— Então é isso que vai acontecer no Borel?

— De acordo com essa carta, sim. Agora, imagina se for durante um dia de aula?

— Eles não fariam isso. Deixariam para invadir à noite — ponderou Pastoriza.

— À noite, mas não de madrugada. As milícias quase sempre atacam em dias da semana, por volta das sete ou oito horas. Aproveitam o movimento e a surpresa.

— Isso realmente seria uma tragédia. O campus fica praticamente dentro do morro. O confronto ia acabar em sala de aula.

Pastoriza pensou novamente no caminho da carta até suas mãos e nas dúvidas sobre esse percurso. Por que o reitor havia lhe entregado o papel? Será que ele conhecia o conteúdo da mensagem? Alguém poderia ter manipulado a folha? Havia muitas perguntas sem resposta. A situação ainda se complicara com o sumiço de Adriana do hospital. Ela não estava tetraplégica? Afinal, como conseguira escrever aquelas frases? E como fugira de uma UTI? *Puta que o pariu!* Ainda bem que tinha um detetive ao seu lado.

— Você é muito bom no que faz!

— Isso aqui foi simples, mas obrigado assim mesmo — disse Rover.

— Não sei se cheguei a te contar, mas, no dia anterior aos tiros, eu pedi demissão da universidade.

— Não acredito! Por quê? Você é nosso melhor diretor!

— Já passei muito tempo como administrador. Gosto do que faço, mas preciso voltar a escrever — desabafou Pastoriza.

— Mas seus livros são acadêmicos. A universidade não te ajuda?

— Não falo desse tipo de livro. Quero escrever ficção.

— Não sabia que você era romancista.

— E não sou. Escrevo ficção jornalística, que é totalmente diferente.

— Nunca vi nada seu nas livrarias — disse Rover.

— A verdade é que eu sou um fracasso. Só consigo escrever em espanhol, que é minha língua original. Publiquei dois livros na Espanha, com pseudônimos. Não venderam nem a primeira edição.

— Por que os pseudônimos?

— Eu sou psicanalista. Sei o efeito da rejeição. Assim, transferi o fracasso para meus *alter ego*. Na Espanha, eu sou Carlos Garsa e Juan Assaf.

— Rapaz, isso aí não é problema mental, não? — perguntou Rover.

Pastoriza riu. Poderia autodiagnosticar uma esquizofrenia, mas seu problema era apenas a dificuldade em lidar com a falta de talento literário, ou melhor, ficcional, um eufemismo utilizado pela mesma razão. O fato é que a descoberta daquela mensagem, a história das milícias e as dúvidas sobre o caso deixavam-no angustiado. Num dia, estava quase fora da universidade. No outro, estava metido em um caso policial. A situação não poderia ficar pior.

Mas ficaria.

— Acho melhor você superar logo essa crise, porque ainda temos muito trabalho pela frente — disse Rover.

— O detetive é você.

— Você me meteu nisso. Agora não vai pular fora.

— E o que você pretende fazer?

— Descobrir o que significa essa segunda frase: *leve para o laboratório!*

— Qual é a sua sugestão? — perguntou Pastoriza.

— Elementar, meu caro psicólogo. Ir ao laboratório da universidade.

— Parece que você não conhece o lugar onde trabalha, Rover! De que laboratório estamos falando? Se fosse o de Comunicação ou Psicologia, tudo bem. Mas, pelo jeito, precisamos de outro tipo de estrutura.

— Vamos ao laboratório de pesquisas farmacêuticas!

— Pesquisas? Em que mundo você vive? Desde quando universidade particular faz pesquisa? — ironizou Pastoriza.

— A Bartolomeu Dias faz.

— Não, não faz. É verdade que temos ótimos laboratórios, mas eles são utilizados para o ensino. Apenas reproduzem experiências tradicionais ou servem de suporte técnico, como é o caso de jornalismo, que utiliza câmeras e ilhas de edição. Os professores não fazem pesquisas. Nem sequer recebem pra isso.

— Eu achava que a universidade era obrigada pela LDB a fazer pesquisa... — comentou Rover.

— E, de fato, é. Mas os relatórios são apenas de fachada. A lei também diz que um terço dos professores deveria ter contrato de quarenta horas semanais, sendo que metade delas dedicada à pesquisa. Por acaso, você conhece algum professor aqui dentro nesta situação?

— Não, não conheço.

— O próprio reitor já disse que as pesquisas são inúteis. Para ele, a maioria serve apenas para divulgar discussões intelectualoides e não tem relevância alguma para a sociedade — disse Pastoriza.

— Mas ele até criou uma diretoria de pesquisa.

— Essa diretoria só produz livros para a editora universitária. São pesquisas para o mercado editorial.

— Você conhece a realidade acadêmica melhor do que eu, Pastoriza. Mas acho que há uma exceção nesse quadro que você pintou.

— Qual?

— O LPF, laboratório de pesquisas farmacêuticas, no campus Tijuca. Aliás, as coisas começam a se encaixar. E o fato de a exceção ser exatamente no campus ao lado do Borel faz todo sentido.

— Não entendi.

— Precisamos levar esse papel para análise. Eu conheço bem o LPF porque sempre o utilizo para investigações especiais da polícia. Não dá nem para comparar a estrutura de lá com a do governo estadual. A universidade investiu pesado em equipamentos e materiais. O orçamento mensal supera o de muitos cursos de graduação. E eu também sei que há professores trabalhando exclusivamente em pesquisas desse laboratório. Um deles é meu amigo e vai nos ajudar. Se colocarmos essa folha no microscópio, ela vai nos contar muito mais do que o que está escrito.

— Então, vamos logo. O campus é aqui do lado.

Quando se preparavam para sair, o celular de Pastoriza tocou. Era Nicole, que estava ao lado do chefe de Polícia Civil.

— Antonio, o chefe Vasconcelos está aqui comigo. Ele quer falar com vocês dois.

— Mas como vamos passar pelos jornalistas?

— Há um carro da polícia parado ao lado do furgão. Entrem nele. O motorista vai levar vocês até a garagem e trazê-los aqui no terceiro andar. Tudo bem? — perguntou Nicole.

— Tudo bem. Estamos indo — respondeu Pastoriza, desconfiado, mas ao mesmo tempo otimista. Ele mesmo havia planejado procurar o Vasconcelos junto com Rover, que ainda continuava como suspeito de adulterar o vídeo da câmera de segurança. Mas o detetive não estava tão seguro.

— Não sei, Pastoriza. Isso é muito estranho. Não confio nesse delegado.

— Eu também não, mas qual é a alternativa? Em algum momento, você vai ter que esclarecer essa história da câmera. Melhor aqui do que na delegacia.

— Ok. Então vamos — concordou Rover.

Entraram discretamente no carro da polícia. O motorista, um policial recém-concursado, pediu que abaixassem a cabeça e ligou a sirene, abrindo caminho entre os jornalistas que se aglomeravam na porta do hospital e entrando na garagem destinada às ambulâncias, que, diferentemente do estacionamento dos médicos, era subterrânea.

O policial acompanhou a dupla até o elevador e subiu com eles para o terceiro andar. Tudo parecia normal. Médicos circulando pelo corredor. Enfermeiros atendendo pacientes. Alguns parentes na sala de espera. Na ala esquerda do prédio, ficava o centro cirúrgico. Na direita, a unidade de terapia intensiva, cuja porta estava vigiada por quatro homens fardados. Dois metros à frente, Vasconcelos e Nicole conversavam em voz baixa, quase sussurrando. Ao perceberem a aproximação, interromperam o diálogo. O chefe de polícia fez um sinal de positivo com a cabeça, apontou para o detetive e estendeu a mão direita.

— Como vai, Rover?

— Confuso, delegado Vasconcelos. Estou confuso — respondeu, enquanto Pastoriza tentava se apresentar.

— Prazer, meu nome é...

— Eu sei quem você é, professor — disse o chefe de polícia.

Nicole ficou incomodada com a situação. Pastoriza desconfiou da intimidade entre ela e o delegado, não só pela facilidade com que tinha arranjado o encontro, como pela cumplicidade com que reagiu àquele comentário. Ela parecia ter negociado informações com Vasconcelos. Receberia um furo para veicular no telejornal e, em troca, daria o serviço sobre o ex-namorado. Mas a desconfiança estava misturada com um certo ciúme, desordenando seu raciocínio. Três meses antes, haviam confiado segredos um ao outro; portanto, ela não seria capaz de traí-lo. Ainda era sua *Nona*. Só os apaixonados davam apelidos ridículos, pois a aceitação significava reciprocidade. Obviamente, ela não conseguira esquecê-lo. Usá-lo para conseguir uma reportagem seria absurdo. Seria?

Rover interrompeu o pensamento de Pastoriza com um tapa nas costas, fora de propósito, constrangido.

— Você está famoso, meu amigo!

— Ele ainda não, Rover. Mas você está sendo procurado em toda a cidade — disse Vasconcelos.

— Eu não tive nada a ver com a fraude nas imagens do campus — respondeu Rover.

— Acredito em você, detetive. O problema é outro: explicar o teu duplo emprego. Vão acabar pedindo a tua cabeça na polícia só para ter um bode expiatório.

O delegado tentava ser simpático e deixar Rover descontraído. Parecia apoiá-lo, passando a ideia de que descartava a hipótese de culpa e poderia até defendê-lo na corporação. Afinal, ele era o chefe. Só não contava com a observação atenta de Pastoriza, acostumado com essas estratégias de aproximação, cujo objetivo era ganhar confiança para obter informações. Antes que o diálogo progredisse, quebrou o clima com duas perguntas:

— Primeiro, gostaria de saber de onde o senhor me conhece. Segundo, não entendi a expressão *ainda não*. Por que ainda não estou famoso, delegado?

— Você se subestima ou me subestima, professor? Acha que policial não lê livros de psicologia ou que os seus livros não são lidos por ninguém? — perguntou o chefe Vasconcelos.

— Nem uma coisa nem outra. Mas o senhor mesmo disse que eu ainda não estou famoso. Ainda. — respondeu Pastoriza.

— Claro. Os livros acadêmicos não trazem fama. Mas o que vou mostrar agora fará seu nome conhecido em todo o país.

O chefe de polícia apontou para a porta da unidade de terapia intensiva e fez sinal para que Pastoriza e Rover entrassem. Nicole parecia já saber o que os esperava e seguiu atrás, com a cabeça baixa. Após passarem pela primeira baia, que estava desocupada, Vasconcelos abriu a cortina da segunda, ultrapassando a fita amarela da polícia que isolava o local onde, nos últimos dois dias, Adriana Maia estivera internada. Um perito tentava colher impressões digitais e outras evidências. As máquinas de sobrevida estavam desligadas, um travesseiro cobria parte de um estetoscópio jogado no chão, um tubo sanfonado parecia ter sido cortado de forma irregular e havia dois recipientes com soro ainda pendurados no cavalete ao lado da cama. Mas o que abalou Pastoriza foi a inscrição feita com sangue no lençol branco em cima do colchão.

Nicole percebeu a angústia do ex-namorado e segurou sua mão direita. O perito, que estava agachado, olhou com curiosidade para ele. Vasconcelos permaneceu impávido, sem qualquer reação. Rover não acreditou na estranha coincidência. Duas mensagens em menos de meia hora era exageradamente folhetinesco.

Os sinais gráficos pareciam góticos não pela forma, mas pelo sangue escorrido das bordas de vogais e consoantes. As palavras agrediam o leitor, mesmo que ele não soubesse o significado. Mas, naquela sala, todos sabiam.

## 10. Os professores

O primeiro imbecil a chamar o magistério de sacerdócio condenou os professores a viver de esmolas. Receberiam dízimos pela saliva dispensada com alunos desatentos em púlpitos de madeira vagabunda esperando por cupins, enquanto envelheciam diante da própria ignorância ilustrada. Mas viveriam no imaginário de seus pupilos, doce compensação. Alimentariam o ego em festas de formatura. Tossiriam pó de giz. Morreriam na rouquidão das palavras gastas.

*Sacerdócio é o caralho!* — pensavam dez em cada dez mestres. Etimologicamente, o dízimo significava um décimo, mas a décima parte de quase nada era o que se podia chamar de salário. Se, pelo menos, houvesse equiparação com os pastores!? Poderiam terminar a carreira mais perto de Deus e ainda desfrutariam do paraíso na terra, já tendo passado pelas bênçãos que o dinheiro proporciona.

Mais fácil um camelo passar pelo buraco da agulha do que um professor entrar no reino dos burgueses. O carro velho, o apartamento de dois quartos no subúrbio, o atraso nas contas, a loja de penhores e o saldo negativo no banco seriam sua eterna realidade. Mesmo assim, não desistiriam. Reclamar era um hábito incorporado à profissão. A síndrome do coitadinho sem o devido reconhecimento.

*Quem sabe faz, quem não sabe ensina.* Não havia frase pior para um professor. A humilhação máxima. Como se fosse a própria justificativa para os baixos proventos. Em resposta, citavam sempre o exemplo dos países desenvolvidos, onde a carreira era valorizada. *Só os países que investiram em educação se tornaram potências!* — repetiam com fervor, considerando como investimento apenas o aumento de salário, é claro.

Nas universidades particulares, eram horistas. Dezoito reais e 37 centavos por hora de aula. Quem tinha mestrado ganhava mais 10%. Quem tinha doutorado, 15%. Mas, na Bartolomeu Dias, esse benefício tinha sido cortado. E os doutores ainda estavam sendo demitidos para diminuir a folha de pagamento. De nada adiantava a chiadeira do sindicato. Para cada um que saía, havia vinte esperando pela vaga. Ou era um sacerdócio mesmo ou sobravam masoquistas por aí.

Nos finais de semestre, havia brigas nos gabinetes dos coordenadores de curso para conseguir uma turma a mais. A saída de um único horário representava perdas salariais que desequilibravam o minguado orçamento familiar. Era difícil conter a fúria de docentes defendendo suas classes. Quase sempre, era necessária a intervenção do diretor. Mas, no mês de maio, o ambiente ainda era calmo, principalmente nos campi do subúrbio.

Quando Lucas entrou na sala de professores do campus Piedade, foi logo reconhecido por todos. Naquele local, havia passado no vestibular. Ali, era conhecido como o famoso analfabeto. Ao contrário dos outros campi, onde passava despercebido, já que poucos se lembravam dele, na Piedade todos o cumprimentavam.

Alguns por deboche, a maioria pelo ignóbil sentimento de revanche contra a instituição que os sustentava, sem perceber o quanto também eram prejudicados pela difamação da universidade.

— Lucas, venha tomar um café!

A frase coletiva em falso tom de cordialidade denunciava a imensa capacidade de sarcasmo do grupo. Piadas sem graça, comentários jocosos, ironias grotescas. Um repertório de maldades inundava a sala dos mestres, divididos entre o consumo de cafeína e as risadas amareladas, cujas cáries expostas confirmavam a pobreza material.

A única exceção vestia um *tailleur* azul, blusa de seda indiana, meias três-quartos pretas, *scarpin* na mesma cor e um pequeno broche prateado com o símbolo da Bartolomeu Dias. Estava sentada no canto da sala, tomando um chá de camomila, com um exemplar de revista semanal nas mãos, usada menos como fonte de informação do que como disfarce para os olhares furtivos.

Lucas a reconheceu pelo broche. Nenhum professor da casa o usaria, a menos que fosse obrigado, é claro. Havia a institucionalização da vergonha. Só lecionavam ali porque não tinham conseguido passar no concurso público para uma universidade federal, onde o nível era mais elevado e os professores minimamente valorizados. Pelo menos receberiam dinheiro para pesquisa e, pelo salário de sessenta horas, dariam apenas oito horas de aulas semanais.

Mas ela pertencia a outro grupo, o de profissionais liberais bem-sucedidos, cujo único interesse nas aulas era a convivência com os mais jovens ou a simples transmissão do conhecimento. Mesmo assim, não utilizavam qualquer artefato que os ligasse à universidade. No caso da professora de *tailleur* azul, o uso do broche era a senha para o reconhecimento de Lucas.

Ele se sentou na cadeira ao lado, tomou metade do café, evitou os jornais e revistas da estante por motivos óbvios e fingiu puxar uma conversa trivial.

— A senhora quer mais chá?

— Não, obrigada. Só quero a encomenda que está com você — respondeu a professora.

Lucas se surpreendeu com a objetividade, gaguejou um pouco, mas continuou firme, conforme as instruções do Doutor.

— A senhora quer o quê?

— Rapaz, olha para o broche. Foi o Doutor que me mandou aqui — disse a moça, rispidamente.

— Tudo bem. O chaveiro está neste envelope.

A professora abriu-o discretamente, retirou as chaves e ficou apenas com o objeto verde.

— Agora você pode ir. E leva o envelope — disse ela.

— A senhora não quer as chaves?

— Não, pode ficar com elas. Agora vai.

— Mas por que o chaveiro?

— Não é um chaveiro. É um *pen drive*. Vai embora logo antes que percebam.

Lucas levantou-se da mesa, cumprimentou os professores e saiu da sala. Não tinha a menor ideia do que era esse tal de *pen drive*.

* * *

No hospital, Pastoriza e Rover ainda estavam em estado de choque. Haviam conversado sobre o assunto minutos antes e, agora, faziam parte de um enredo policial de verdade. Esse era o grande problema: a realidade. O que viam escrito naquele lençol não tinha nada de ficcional. Em pouco tempo, viraria manchete de todos os jornais. Mesmo sendo algo que Pastoriza tratava com a mais completa discrição, por vergonha da própria incompetência.

— Você sabe o que essa inscrição significa? — perguntou o chefe de polícia.

— Sei — respondeu Pastoriza, quase inaudível.

— Obviamente, querem incriminá-lo — disse Rover.

— Não vejo como, detetive. Quantas pessoas conhecem o significado disso? — perguntou o delegado.

— Poderia ser qualquer aficionado em literatura — disse Nicole, ainda apertando a mão do ex-namorado.

Pastoriza olhou novamente para o lençol e leu o que estava escrito:

*Carlos Garsa*

Durante anos, sonhara com o dia em que os críticos literários espanhóis se interessariam por aquele pseudônimo esquisito. Imaginara a imprensa descobrindo a verdadeira identidade do autor, embora soubesse que o texto tinha pouco valor artístico. Mas e daí? A maioria dos escritores vivia de marketing mesmo. Alguns faziam *lobby* nos jornais, outros se recusavam a dar entrevistas, o que também era uma estratégia publicitária. A literatura, de fato, vinha em segundo plano.

A criação do pseudônimo Carlos Garsa era uma referência a um sacoleiro tijucano que trazia contrabando de Nova York para o Rio. Pastoriza o conhecera durante uma festa no apartamento de uma professora da Bartolomeu Dias em que metade dos convidados se ocupava com as compras de roupas, aparelhos de som e computadores. Enquanto a música rolava, a muamba ficava exposta nas mesinhas da sala com o preço fixado em etiquetas colegiais. Entre uma cerveja e outra, Garsa vendia seus produtos com tanta naturalidade e simpatia que ninguém se lembrava da origem ilegal do comércio.

Alguns anos depois, Pastoriza soube que Carlos havia largado o ofício para se casar com a viúva de um embaixador e que o casal iria morar na Quinta Avenida, em um apartamento de frente para o Central Park, herança do velho diplomata. Ele achou a história tão inverossímil, apesar de real, que resolveu colocar aquele nome em uma de suas ficções jornalísticas. Ou seja, queria apenas se convencer de que a fronteira entre ficção e realidade não existia.

Ao olhar para o lençol com seu pseudônimo, teve uma nova prova disso. Não tinha dúvidas de que o delegado já conhecia sua fracassada carreira literária. Só não sabia se as informações haviam partido de Nicole. Nem se fora Adriana quem realmente escrevera aquelas palavras. Utilizar o próprio sangue parecia impossível, portanto deveria ser obra do raptor e provável assassino da menina. Mas seria preciso esperar pelo exame da perícia.

O fato é que o reconhecimento do homem por trás de Carlos Garsa não seria mais por méritos literários. E o chefe Vasconcelos deixava isso bem claro.

— Vou indiciar vocês dois — disse o delegado.

— Não entendi. Eu não era inocente? E o que esse lençol prova contra o Pastoriza? — perguntou Rover.

— Não há indícios contra mais ninguém. Preciso de nomes para a imprensa. O governador vai me cobrar — insistiu Vasconcelos, esquecendo que havia uma repórter ao lado.

— Você vai nos levar para a delegacia? — perguntou Pastoriza.

— Não. Se vocês colaborarem, posso interrogá-los aqui mesmo.

Vasconcelos queria evitar os trâmites formais, com advogados e depoimentos oficiais. Dessa forma, poderia conseguir informações com mais facilidade. Era uma velha tática policial, que ele aprendera em um romance de Garcia-Roza, seu escritor favorito. Ao interrogar suspeitos fora da delegacia, diminuía a tensão causada por intimações e conseguia que eles falassem mais do que normalmente falariam na presença de um advogado. Entretanto, novamente cometia um erro, pois os suspeitos em questão eram um detetive e um psicólogo.

— Pergunte logo o que quer saber — disse Rover.

Antes que o delegado começasse o interrogatório, um dos policiais que vigiavam a porta da UTI se aproximou e cochichou alguma coisa com o chefe. Ele ficou contrariado, mas não perdeu a pose.

— Tenho uma proposta a fazer.

— Qual? — perguntou Pastoriza.

— Acabei de receber uma informação e terei que sair em diligência. Volto em duas horas e gostaria que vocês permanecessem aqui. Do contrário, terei que intimá-los a depor na delegacia — disse Vasconcelos.

— Não sairemos daqui, delegado.

— E é melhor mesmo. Acabaram de encontrar o corpo de um sub-reitor da Bartolomeu Dias. Só que foi perto da universidade federal. Estou indo pra lá.

Rover e Pastoriza ficaram mudos, mas ambos pensaram em Durval Santos. Nicole pegou o celular para avisar a redação da emissora e saiu junto com o chefe de polícia.

\* \* \*

Na cobertura de Jaime Ortega, a notícia chegou por telefone.

— Mataram o professor Durval! — disse a secretária, aos prantos, interrompendo a reunião com os três conselheiros.

— O quê? — perguntou o conselheiro Henrique Freitas.

— Acabei de receber uma ligação da mantenedora — disse a secretária, ainda chorando.

Todos se levantaram. Ortega pediu que cada um cuidasse das suas tarefas e deixasse o caso com a polícia.

— Sei que isso abala todos vocês. Mas precisamos ser profissionais. Tratem desse assunto apenas no âmbito dos nossos interesses. A parte policial não diz respeito a vocês. É mais um crime no meio da venda para os americanos. Não acredito em coincidências — disse o reitor.

Cada conselheiro partiu para um lugar diferente, informando o destino ao patrão. Henrique Freitas foi para a mantenedora participar da reunião financeira do mês. Gabriel Ortega para o campus Piedade, onde haveria um encontro de professores. E Manoel Capacho para a zona sul, sem mencionar o local específico.

Jaime Ortega estranhou a informação incompleta do gordo.

## 11. A concorrência

Os três conselheiros haviam mentido para o dono da universidade. No mínimo, estavam omitindo parte do que fariam no resto do dia, após a reunião interrompida pela notícia da morte do sub-reitor Durval Santos.

Henrique Freitas não seguiu diretamente para a mantenedora. Antes, passou no Barra Shopping, onde teve um encontro com um grupo de operadores do mercado financeiro interessados na possibilidade de a Bartolomeu Dias abrir o capital com a entrada dos americanos na empresa. Freitas sabia que o fato de ter informações privilegiadas sobre as negociações o transformava em uma fonte valiosa para a bolsa de valores e não pretendia desperdiçar a oportunidade de lucrar com isso. Poderia ser a sua independência financeira, a entrada triunfal no mundo dos ricos. Mas havia o medo do patrão, a quem sempre fora fiel. E se ele descobrisse toda a operação e o demitisse? Seria a volta humilhante ao mundo dos pobres. Não estava seguro. Precisava pensar.

Gabriel Ortega realmente foi para o campus Piedade, mas não havia qualquer encontro de professores. Sua verdadeira intenção era encontrar o testamenteiro do pai, um velho tabelião, professor de Direito Penal naquele campus, cuja especialidade era alterar testamentos com a velocidade exigida por seus clientes indecisos, entre eles gente famosa, como diretores de TV, artistas e políticos. Ninguém fazia tantas mudanças quanto Jaime Ortega. Era praticamente uma por mês e isso inquietava o filho mais novo, que estava à frente dos negócios. Gabriel temia ser substituído pelos irmãos e sempre arrumava uma maneira de encontrar o velho para saber das novidades.

Por último, a mentira de Manoel Capacho, a menos surpreendente, porém a mais venal. Ele entrou no Citroën preto modelo 2001, recém-comprado em uma promoção de carros usados na Tijuca, e seguiu pela avenida das Américas em direção à zona sul da cidade. Passou pelo túnel do Joá, pegou a pista de São Conrado ligeiramente engarrafada, desviou pela entrada do Fashion Mall, virou no pequeno entroncamento do prédio da prefeitura e continuou pelo túnel Dois Irmãos, famoso nacionalmente pelos tiroteios provocados pelos traficantes da Rocinha.

No final do túnel, teve que descer toda a autoestrada Lagoa-Barra e retornar pelo canal do Leblon em direção à Gávea, pois o prefeito havia fechado a agulha para o bairro, motivado pelo pedido de um ilustre morador, dono de um jornal carioca. Na entrada do Jockey, seguiu pela rua Marquês de São Vicente, passando pela PUC, pela entrada do caminho que leva à clínica São Vicente e pela pequena paróquia onde padres gêmeos celebram os mais famosos casamentos e batizados da cidade.

Quando chegou ao portão da mansão, que ficava no meio da estrada da Gávea, tocou o interfone e dois seguranças vieram recebê-lo. Na entrada principal da casa, um mordomo inglês, com roupas e acessórios que pareciam realmente pertencer à corte de Saint James, anunciou seu nome em um pequeno aparelho eletrônico e o conduziu até uma sala de estar, onde duas pessoas já o esperavam: Patrick Walton, líder dos americanos, e Raul Silvério, dono do Centro Universitário Provinciano, principal concorrente da Bartolomeu Dias.

Capacho ficou impressionado com a decoração da sala, toda revestida em madeira. Chão, paredes e teto formavam uma única massa de cedro, interrompida apenas pela janela cuja vista da favela contrastava com a riqueza do ambiente. Havia uma centena de obras de arte sacra, a maioria com mais de um século de existência. Até um leigo poderia notar algumas esculturas de Aleijadinho, além de quadros italianos da Renascença. O local era um verdadeiro santuário católico, construído com alguns milhões de dólares.

Silvério pediu ao mordomo que se retirasse, preparou ele mesmo um uísque com gelo, entregou-o ao convidado recém-chegado e foi direto ao assunto.

— Então, Manoel!? Vamos conseguir baixar o preço daquela espelunca ou não?

Capacho se assustou com a pergunta direta. Silvério era um homem poderoso. Possuía uma financeira, concessionárias de automóveis, restaurantes de luxo, imobiliárias e construtoras. Filho de um poeta que pertencera à Academia Brasileira de Letras, fora eleito senador pelo estado do Maranhão, embora morasse no Rio. No senado, envolvera-se em um escândalo do Ministério da Previdência, mas conseguira a absolvição por seus pares. Havia começado no negócio da educação por intermédio do pai, que fundara o primeiro campus no bairro do Maracanã, bem perto do estádio. Ele mesmo tinha expandido o império, formado agora por 32 unidades e mais de 80 mil alunos, a segunda maior instituição de ensino superior do Rio. Mas Silvério queria se tornar o número um do Brasil e, para isso, precisava comprar a empresa líder.

— Estamos tentando, senador. Mas é difícil. O homem é muito resistente — respondeu Capacho, dedilhando o uísque para mexer as pedras de gelo.

— Acho que está faltando um pouco de empenho — disse o americano.

— Claro que não! Eu venho fazendo tudo que posso. Nos últimos dois anos, criei diversos eventos para desvalorizar a universidade. Teve o analfabeto, a entrevista no jornal, e uma série de outras coisas. Eu estou me esforçando. Vocês sabem disso. Não tenho culpa se o Ortega é teimoso e não vê que a empresa está na bancarrota — disse Capacho, antes de tomar quase metade do copo em um único gole.

O reitor-senador não se espantou com o nervosismo, já o conhecia. Só ficou impressionado com a golada no uísque como se fosse água de coco. Desde que convencera Capacho a trabalhar para ele, sabia que o caminho para a compra da concorrente estava aberto. Afinal, ele era um dos homens de confiança do rival, o mais dedicado de seus conselheiros. Entretanto, ficava cada dia mais impaciente com a demora na concretização do negócio e resolvera atuar em outras frentes.

O contato com os americanos era sua mais recente jogada. O grupo existia de fato, mas ninguém sabia que era controlado por ele. Quando soube que Ortega procurava um parceiro estrangeiro para equilibrar as finanças, a conexão com Manoel Capacho serviu para aproximar seus executivos do negócio. A princípio, só

30% estavam à venda, mas o talentoso americano havia criado um mecanismo de abertura de capital que proporcionaria o controle majoritário para o senador.

Além disso, Silvério continuava investindo na desvalorização da Bartolomeu Dias. Não só através das armações de Manoel Capacho, mas também com a contratação de empresas de espionagem industrial e até comprando reportagens negativas em jornais. Seu arsenal era interminável.

— Você não conseguiu executar o último serviço que encomendei — disse o senador.

— É impossível. A lista fica guardada a sete chaves — disse Capacho.

— Então, como este objeto está nas minhas mãos?

Silvério mostrou o *pen drive* roubado por Lucas. Em seguida, ligou o *laptop* que estava na mesinha lateral e conectou o chaveiro em uma entrada USB. Na tela, começaram a surgir os nomes dos 12.500 alunos da pós-graduação da Universidade Bartolomeu Dias, com os respectivos endereços, telefones e e-mails.

— Amanhã mesmo vou enviar correspondência para todos esses alunos oferecendo o mesmo curso pela metade do preço. — disse o senador.

— Não acredito! O senhor está com o *mailing* da Bartolomeu Dias! — disse Capacho.

— Por enquanto, é só o da pós-graduação. Apenas 10% do total de alunos. Mesmo assim, vai ser uma porrada neles. Mas qualquer dia eu arrumo a listagem completa — disse o senador.

— Aí não vai nem precisar comprar o negócio — disse o americano.

— Como o senhor conseguiu isso? — perguntou Capacho.

— Você disse que era impossível. Tive que usar outras fontes — respondeu Silvério.

Manoel Capacho não sabia, mas o senador Raul Silvério havia comprado aquela lista de um emissário enviado pelo Doutor. Uma aproximação que teria consequências graves para ele.

* * *

No corredor do hospital, vigiados por dois policiais militares, Pastoriza e Rover tentavam entender as conexões entre as duas mensagens escritas. Como sempre, as perguntas superavam as respostas.

— Nada faz sentido, Rover. Como a Adriana conhecia meu pseudônimo? Mesmo que ela fosse estudante de Letras, isso seria quase impossível. Ninguém estuda ficção jornalística na faculdade. Muito menos um autor desconhecido como Carlos Garsa — disse Pastoriza.

— Não é isso que me intriga.

— O que é, então?

— Até agora ninguém se preocupou em saber onde ela está ou como saiu daqui. Porra, a menina levou um tiro, estava inconsciente na UTI e, provavelmente, tetraplégica. É estranho que o Vasconcelos não tenha tocado nesse assunto. Ele só queria mostrar a inscrição no lençol — disse Rover.

— Você tem razão. E ninguém sai de uma UTI sem ser notado — disse Pastoriza.

— Mas não para por aí. Temos outras perguntas a responder. Número um: quem, afinal, atirou na menina? Dois: qual é a relação entre a mensagem do papel e a do lençol? Três: qual é a relação da mensagem sobre as milícias com o tiro no campus?

Quatro: por que ela utilizou o teu pseudônimo como forma de comunicação? E, agora, ainda temos uma quinta questão, que é o assassinato do sub-reitor.

— Você esqueceu da sexta pergunta. Talvez a mais importante.

— Qual? — perguntou Rover.

— A sugestão na segunda frase do papel. Lembra? Precisamos ir pro laboratório. E tem que ser agora. Não dá pra esperar pela volta do delegado. Algo me diz que ele está ganhando tempo prendendo a gente aqui. Além disso, não gosto de ser vigiado por esses leões de chácara de baile infantil — disse Pastoriza.

Nem o detetive nem o psicólogo imaginavam como distrair os guardas para fugir. Eles tinham ordens expressas para não deixá-los sair do hospital. Um não desgrudava da porta da UTI, enquanto o outro ficava plantado no final do corredor, ao lado do acesso aos elevadores e às escadas. Ambos usavam pistolas semiautomáticas, o que os tornava muito convincentes na vigilância, embora a farda tirasse um pouco da credibilidade. Aqueles coturnos enfiados na calça azul lembravam soldadinhos de chumbo da Primeira Guerra Mundial. O boné amarrado na ombreira fazia o estilo cantor de rap americano. E a camiseta branca embaixo da blusa, com o nome e a patente em letras de forma, parecia o figurino do Recruta Zero.

Nicole havia desistido de fazer a matéria sobre o assassinato e estava de volta ao hospital. Ela convencera o chefe de reportagem da emissora de que deveria permanecer no local, pois tinha novas informações sobre o caso. Acabara de ver a gravação da conversa entre Rover e Pastoriza no furgão e sabia da mensagem escrita por Adriana no verso da letra de funk.

— Algum problema, meninos? Parece que vocês estão de castigo — disse Nicole, ironizando a dupla sentada no banco do corredor, como dois colegiais à espera de punição por grudar chiclete na mesa da professora.

A repórter sentou exatamente no minúsculo espaço entre os dois, fazendo com que o pequeno banco envergasse um pouco. Rover teve que sentar de meia banda, notadamente contrariado, enquanto Pastoriza se deliciava com devaneios da memória, despertados pela inalação da essência de lírios espalhada pelo pescoço de Nicole. Ao perceber a embriaguez olfativa do ex-namorado, ela se aproximou ainda mais, roçando as coxas volumosas, deslizando os dedos pela nuca e encostando a boca no ouvido para um leve sussurro.

— Calma, Antonio. Eu tenho como tirar vocês daqui.

Pastoriza não queria acordar do transe. A voz, o perfume, as mãos, as coxas e aquela intimidade expressa na maneira como ela sussurrava seu nome. Os amigos o chamavam de Toninho, a mãe de Ninho e uma ou outra tia usava a alcunha Antoninho. Mas o primeiro nome completo!!! *Il faut être toujours ivre!!!* — diria Baudelaire, o poeta do vício. Ela sempre o seduzia com aquela estratégia. Já era a segunda vez no mesmo dia.

Foi Rover quem interrompeu o clima.

— Vocês vão me contar o que estão cochichando ou é pedir muito?

Pastoriza demorou alguns segundos para sair do estupor, mas fingiu que sempre estivera consciente e tentou ser objetivo.

— Como você pretende fazer isso? — perguntou para Nicole, em voz baixa, mas sem sussurrar.

— Fazer o quê? — perguntou Rover, um pouco mais alto, sendo repreendido pelo casal com olhares sincronizados e o tradicional dedo nos lábios.

— Nossa amada repórter vai nos tirar daqui — disse Pastoriza.

— Como? Seduzindo os guardas? — perguntou Rover.

Nicole ignorou a dupla ironia. A irracionalidade masculina não era surpresa alguma. Muito menos vinda de um detetive ou de um psicanalista, mesmo que não fosse freudiano. Essa história toda da inveja do pênis era uma grande babaquice. Ideias anacrônicas da sociedade machista patriarcal, viabilizada pelos tabus judaico-cristãos. A testosterona só servia para prejudicar o cérebro.

Levantou-se lentamente na direção da UTI, deu três passos pelo corredor e ainda olhou para trás, ensaiando uma piscadinha, antes de chegar ao policial que estava na porta. Pastoriza não tinha dúvidas. Ela conseguiria.

Como sempre.

## 12. O marketing

Os olhos ainda estavam pesados, em luta contra a força pré-consciente que insistia em abri-los. As pernas e os braços, dormentes, pareciam acorrentados ao estrado da cama. A cabeça fazia movimentos lentos em torno de um eixo imaginário, tentando impulsionar os ombros para cima, enquanto a gravidade ignorava seus esforços. Imagens abstratas, feixes de cores intermitentes sobre formas em transformação se misturavam a sons inaudíveis, mas, ao mesmo tempo, ensurdecedores.

Adriana queria acordar, mas não conseguia. Sentia, no entanto, que seu estado era completamente diferente daquele em que se encontrava no hospital. Podia perceber os lábios mexendo, mesmo que lentamente, além de mover os dedos e as pálpebras. Os músculos do pescoço se contraíam para sustentar a nuca ligeiramente levantada. O calor nas costas suadas era um sintoma favorável, assim como a leve dor nos joelhos e na região lombar, onde havia um curativo.

Aos poucos, a visão foi se estabilizando. Primeiro, as cores. Em seguida, as formas. Uma hora depois, as imagens sem nexo deram lugar a estruturas concretas. O ambiente começou a ser mapeado, embora o cenário não tivesse nenhum significado para ela. Um quarto pequeno, entre 5 e 6 metros quadrados, com apenas quatro móveis: a cama, uma cadeira de plástico, um armário de madeira e uma mesinha de centro que devia pertencer a outro cômodo.

Não havia janelas. As paredes estavam forradas com um papel mofado e o teto tinha goteiras em três pontos, todos no canto vazio em diagonal à cama. Um abajur sobre a mesa iluminava a porta de ferro oxidado, dividida em duas, como um balcão de almoxarifado. Os batentes eram novos, a maçaneta também. Duas fechaduras da marca Papaiz garantiam a clausura, uma em cima, outra na parte de baixo.

Enfim, conseguiu se levantar. Levou a mão à glote e estranhou não haver qualquer ferimento, como se o tubo respiratório do hospital nunca houvesse existido. Lerda, sem firmeza nas passadas e ainda tomada pela tonteira, andou até a porta. Encostou o ouvido na superfície áspera, tentou identificar algum ruído, mas não ouviu nada. Bateu duas vezes com as mãos espalmadas para fazer barulho. Em nenhuma delas foi capaz de colocar a força suficiente para tal fim. Caiu de joelhos sobre o chão. Chorou. Voltou a dormir, caída sob a goteira.

No quarto ao lado, três homens tomavam conta do cativeiro. O mais velho tinha uns 30 anos. Era o líder. Os outros dois não passavam dos 15. Imberbes, mulatos, maltrapilhos, pouco mais de 60 quilos, 1,70 metro de altura. Mal conseguiam segurar as armas. Estavam impacientes e não paravam de fazer perguntas.

— A que horas o omi vai chegar?

— Segura a onda, moleque. Se ele falou que vinha, ele vem — disse o mais velho.

— Mas já não era pra tá aqui? — perguntou o outro.

— Calma, porra!!!

— É o seguinte. A gente fica nervoso mermo. Geral fica assim, tá ligado? — disse o moleque.

Antes da resposta, um carro encostou na garagem da casa, que estava aberta. Um dos garotos correu para fechar o portão. O outro foi para a cozinha preparar um café. O mais velho recebeu o homem.

— Tudo bem, meu chefe?
— Na mesma. Cadê a menina?
— Tá lá no quarto. Vou abrir pro senhor.

Quando viu Adriana caída no chão, o líder do cativeiro pegou-a no colo e levou-a até a cama. Em seguida, fechou a porta e deixou-a sozinha com o homem a quem chamava de chefe. Ele tirou um lenço do bolso, enxugou o rosto da menina, acariciou os cabelos úmidos e esperou que retomasse a consciência, poucos minutos depois.

— O que aconteceu comigo? — perguntou, ríspida, arrancando a mão pousada sobre seus cabelos.

— Vai devagar. Você acabou de acordar — respondeu o homem.

Rosto e voz eram conhecidos. Adriana demorou a interpretar os fatos. Não sabia por que estava ali, muito menos como chegara. Mas o responsável por tudo aquilo não poderia ser outro, o que só aumentava a confusão. Um mistério que, aos poucos, foi se dissolvendo nas explicações do homem.

— Está com fome?
— Não. Na verdade, sim. Mas só quero saber por que estou aqui!
— Do que você lembra?
— Apenas da correria na favela, do tiro na faculdade e de imagens esparsas do hospital, eu acho.

O homem abriu uma sacola plástica de supermercado e retirou alguns jornais do dia anterior.

— Olha essas reportagens, menina.

Adriana leu apenas as manchetes e os subtítulos. *Menina baleada no campus da Bartolomeu Dias. Tiro deve ter partido da favela. Estudante pode ficar tetraplégica.* Ainda não era o suficiente para entender a história toda.

— Bom, paralítica eu não estou, graças a Deus. Mas por que você me trouxe pra cá?

— Eu vou te explicar tudo. Só que, antes, preciso saber onde está a letra — disse o homem.

— Você não sabe?

— Se soubesse, não perguntaria.

— Puta que pariu! — Adriana se desesperou.

— Calma! O que foi?

A menina cobriu o rosto com as duas mãos e só então percebeu que sua estratégia havia sido em vão.

— Eu fiz exatamente o que você mandou. Fui ao laboratório e consegui a letra. Mas tive que subir o morro pra fazer um trabalho de aula e, quando estava descendo, vi um cara lá da faculdade com uma arma na mão. Fiquei tensa porque notei que ele estava me seguindo. Saí correndo e ele veio atrás de mim. Depois, aconteceu o que você já sabe.

— E a letra? — insistiu o homem.

— Ele levou a minha mochila, com tudo dentro. Só que a letra estava amassada na minha mão.

— E onde ela está?

— Não sei, mas o cara não levou. Disso eu tenho certeza. Na confusão, algum aluno deixou cair um lápis sem ponta. Eu aproveitei e escrevi uma mensagem pra você no verso da folha. Achei que, a essa altura, ela estivesse contigo.

— Que mensagem?

— É muito grave. As milícias vão invadir o morro. Estão atrás da letra. Sabem que esse é o negócio do futuro. Vão fazer qualquer coisa pra consegui-la.

O homem se levantou da borda da cama e começou a andar pelo pequeno quarto, pensativo, tentando encontrar uma solução para o problema. Adriana ainda estava confusa. Queria mais explicações.

— Eu me lembro de estar com olhos abertos no hospital. Tentava me comunicar com as pessoas, mas não conseguia mover um músculo. Foi angustiante — disse, voltando a chorar.

— Essa foi a parte mais brilhante.

— Mais brilhante? Não entendi. Você diz isso porque não era você que estava lá.

— Menina, o problema é que estudante de Farmácia tem pouca cultura literária. Você já leu Rubem Fonseca? — perguntou o homem.

— Não.

— Então, toma mais um presente — disse o homem, tirando um livro da sacola.

Adriana leu o título curto, em letras grandes, sobre um fundo verde-floresta: *Bufo & Spallanzani*.

— O que isso tem a ver comigo? — perguntou ela.

— Leia e você vai entender tudo que aconteceu no hospital — disse ele. — A propósito, quem era o homem da faculdade que te seguiu?

— Era o Lucas, aquele analfabeto que passou no vestibular. Até agora não sei qual é a dele.

— Quem é o chefe dele na universidade?

— É o sub-reitor Durval Santos — disse Adriana, que ainda não sabia do assassinato. — Mas ele trabalha direto com o gordo — concluiu.

— Quem?

— O conselheiro Manoel Capacho.

— Bom saber. Preciso ver esse cara. Tenho que ir. Uns amigos meus vão cuidar de você durante sua estada aqui.

— Peraí. Eu não quero ficar aqui. Você não pode fazer isso comigo. Tem que me deixar sair! — implorou Adriana.

— Infelizmente, não posso, querida. Você está oficialmente desaparecida. Leia o livro. Será sua melhor companhia — disse o homem, antes de sair e trancar a porta.

Apesar do desespero, Adriana não voltou a chorar. Sinal de que estava retornando à velha forma. Tinha sido traída pelo próprio chefe, mas não ia deixar barato. Daria um jeito de fugir daquele barraco. Como costumava acontecer antes do tiro, substituiu o medo pela música. Improvisou uma batida de funk na cadeira de plástico e cantarolou em voz baixa. *E se tu tomar um "pá", será que você grita? Seja de ponto 50 ou então de ponto 30. Mas se for alemão eu não deixo pra amanhã. Acabo com o safado, dou-lhe um tiro de fazan.*

Olhou de novo para o livro. *Bufo & Spallanzani*. Rubem Fonseca. *Que porra de título é esse?*

Abriu na página sete. Começou a ler.

\* \* \*

Depois da reunião com o americano e com o dono do Centro Universitário Provinciano, Manoel Capacho foi direto para a mantenedora. Tinha que aprovar os anúncios da universidade que sairiam nos jornais do dia seguinte. Entre outras coisas, ele era o responsável direto pelo marketing da Bartolomeu Dias, o segundo maior anunciante da imprensa carioca, só perdendo para uma rede de lojas de varejo. A verba para publicidade era de 1 milhão de reais por mês.

O marketing se transformara em mais uma forma de sabotar os negócios da universidade. Talvez a mais eficaz. Capacho aprovava anúncios ineficientes, investia em mídias sem qualquer relação com o negócio, criava projetos estapafúrdios, contratava profissionais incompetentes e tinha a palavra final sobre toda a comunicação da empresa, externa e interna. Ninguém dava uma entrevista sem falar com ele. Se um repórter queria conversar com um especialista em qualquer das áreas de conhecimento da instituição, era o gordo quem indicava o professor. Além disso, controlava a internet e os serviços telefônicos, através dos quais podia investigar a vida de qualquer funcionário. Os e-mails eram monitorados e os celulares dos principais executivos estavam grampeados. Capacho tinha centenas de horas de gravações de conversas de diretores, sub-reitores e até dos companheiros de conselho. Era o verdadeiro araponga do grupo.

De nada adiantavam as investidas de alguns diretores junto ao reitor para mudar o marketing da instituição. Ele parecia cego, concordava com tudo que o gordo apresentava. Além disso, havia o medo de contrariar o todo-poderoso conselheiro Capacho, que se encarregava pessoalmente de conseguir a demissão de seus desafetos. Dessa forma, as peças publicitárias continuavam, como sempre, incapazes de construir uma imagem favorável da universidade na opinião pública. Para a maioria das pessoas, os cursos da Bartolomeu Dias não passavam de caça-níqueis. Era realmente incrível que ela ainda continuasse sendo a maior universidade do país.

Nem o próprio Capacho conseguia entender essa lógica. Mesmo depois de diversos escândalos na mídia, o número de matrículas continuava aumentando. Parecia uma adesão inercial, ou então, o simples entendimento de que todas as faculdades particulares eram iguais e, portanto, escolher-se-ia a que fosse mais próxima de casa. Nesse ponto, a Bartolomeu era imbatível. Tinha unidades espalhadas por todos os cantos da cidade, o que lhe valia o apelido de McDonald's do ensino.

Ao chegar para o encontro com seus assessores, Manoel Capacho ainda estava com a imagem da reunião com o concorrente na cabeça. Como ele conseguira o *mailing* de alunos da pós-graduação? Quem seria o outro espião dentro da universidade? O que faria para acelerar o negócio com os americanos?

Fumou três cigarros em menos de dez minutos, acendendo um no outro, enquanto lia os anúncios preparados pelos redatores. Lembrou-se da frase do Doutor sobre sua dupla negociação. Ele sabia de suas relações com o senador Raul Silvério, dono da principal concorrente da Bartolomeu Dias. É óbvio que sabia. Mas como? E o que aconteceria? Eram dois tipos de serviço completamente diferentes. Se não havia relação, não havia conflito, pensou, sem muita convicção.

Os olhos embaçados e as mãos trêmulas dificultaram a análise das peças publicitárias. Acendeu o quarto cigarro. Bebeu uma lata de refrigerante diet quase de um único gole. Só não pediu uísque à secretária porque já estava um pouco alcoolizado com o que tomara na mansão da Gávea. Uma nova lembrança aumentou a angústia: a morte do sub-reitor Durval Santos. Correria o mesmo risco?

A pressão devia estar lá em cima. As funcionárias da criação publicitária notaram a face obesa se ruborizando, mas não disseram uma palavra. Não se atreveriam. Manoel Capacho tomou dois comprimidos, um diurético e um antidistônico. Não podia contar para os colegas de conselho sobre o sumiço do *pen drive*. O diretor da pós ainda não comunicara o fato. O melhor a fazer era se concentrar nos anúncios.

— Em que página está a chamada para o vestibular? — perguntou a um dos assessores.

— Na onze, dentro da editoria país, na primeira separata. Exatamente como o senhor pediu — respondeu o rapaz.

— Muito bem. E onde está o croqui da nova logo?

— Ainda não ficou pronto. Estará na sua mesa amanhã pela manhã.

— Amanhã?! Puta que pariu! Eu quero apressar isso. Terminem essa merda hoje! — gritou Capacho.

Ele havia sugerido não só a mudança da logomarca, mas também do próprio nome da universidade, que passaria a se chamar Bartô, simplesmente Bartô, assim mesmo, com chapeuzinho e tudo. Dizia que era mais simpático e marcante e que os alunos poderiam se referir à faculdade como um lugar íntimo. Como de hábito, ninguém havia contestado seus argumentos, exceto um estagiário, que fizera uma inglória comparação com a Sorbonne.

— Imaginem se alguém em Paris ia dizer que estuda na Sorbô?! Essa ideia é ridícula! — dissera o menino, oportunamente demitido no dia seguinte.

Para Manoel Capacho, só valiam as observações favoráveis às suas ideias. Às vezes, nem olhava os anúncios, mas, se dissesse que estavam bons, ninguém podia fazer críticas. Exatamente como naquele dia.

— Podem aprovar tudo isso que está na mesa — disse, nervoso, saindo rapidamente da sala.

Antes de acender o quinto cigarro, olhou para o visor do celular, que estava no módulo silencioso. O rosto ficou ainda mais vermelho, as mãos começaram a suar, as tremedeiras aumentaram.

Chamada desconhecida.

Só podia ser o Doutor.

\* \* \*

Os operadores do mercado financeiro adoravam o Barra Shopping. Alguns até tinham investimentos em lojas, franquias e no próprio grupo que o administrava, um dos maiores do país, dono de outras dezenas de centros comerciais espalhados pelo Brasil. Dos cinco que haviam marcado o encontro com o conselheiro Henrique Freitas, apenas dois eram cariocas. Os três paulistas trabalhavam em uma multinacional inglesa e encabeçavam o esquema montado na Bolsa de Valores.

— Tudo certo, então? — perguntou Henrique.

— Tudo certo — repetiram os cinco, em um único som, que parecia coreografado.

— Você só não pode esquecer de nos avisar em dois momentos: na hora em que o negócio for fechado com os americanos e na decisão de lançar ações na bolsa — disse o paulista mais velho.

— Mas como nós teremos a certeza de que você continuará no conselho da universidade após a venda para nos avisar sobre a oferta pública de ações? — perguntou um dos cariocas.

— Não se preocupem. Está tudo arranjado — respondeu Henrique.

— Vamos confiar no nosso sócio — disse o outro carioca.

— Bom, sendo assim, negócio fechado. No momento da venda para os americanos, a primeira parte do dinheiro vai para a sua conta. E o resto será depositado conforme o andamento. Além disso, você fica com 5% do que o nosso grupo comprar no mercado de ações.

— Fechado — finalizou Henrique.

\* \* \*

Do outro lado da cidade, no campus Piedade, o terceiro conselheiro, Gabriel Ortega, terminava a reunião com o tabelião responsável pelo testamento do pai. Ele estava irritado com as últimas alterações.

— Quer dizer que o meu irmão fica com a maioria das cotas? — perguntou Gabriel.

— Calma, meu jovem. O Dr. Jaime muda o texto todo mês. No último, era você o maior beneficiário, lembra? — perguntou o velho.

— Mas não pode ser assim. Quem trabalha sou eu, porra. Então sou eu que mereço ficar no controle. Não dá para contar com essa instabilidade — disse Gabriel, transtornado, sabendo que, mesmo após a venda, ainda poderia ser o sócio majoritário, caso juntasse a herança do pai com as ações que compraria no mercado financeiro.

O tabelião fechou a pasta onde estava o testamento, levantou da cadeira, apanhou o blazer no espaldar e se despediu.

— Vou embora. Já está na minha hora. Fique calmo, rapaz. Não há nada que você possa fazer. Quem manda é seu pai.

— Há sim. Sei exatamente o que tenho que fazer. Não vou ficar na mão do velho — disse Gabriel.

## 13. O provão

Nicole pediu ao guarda para entrar na UTI e gravar imagens da mensagem escrita no lençol com a microcâmera que carregava na bolsa. Já tinha acertado tudo com o delegado Vasconcelos. Seria um grande furo de reportagem.

— Não sei, não. Vou ter que falar com meu superior — disse o PM.

— Que superior? O Vasconcelos é o chefe da Polícia Civil — argumentou Nicole.

— Mas eu sou militar, dona. PM: Polícia Militar.

— Isso não tem nada a ver. Foi o Vasconcelos que te deixou aqui, não foi? Quer que eu ligue pra ele?

O policial se assustou com a hipótese de levar uma bronca pelo telefone e resolveu ajudar a repórter.

— Tudo bem, mas eu vou com você. E serão apenas cinco minutos — disse o guarda, com o óbvio desconhecimento de que cinco minutos são uma eternidade em televisão.

No corredor, Pastoriza e Rover acompanhavam, admirados, a movimentação da repórter. Ambos conheciam sua capacidade de convencimento, um deles de forma íntima. Sabiam que ela estava armando alguma coisa. O outro guarda, plantado no hall de acesso aos elevadores, não tinha visto o colega entrar na UTI e se espantou com a ausência dele, abandonando o posto para se dirigir ao corredor.

— Onde está o outro policial? — perguntou.

— Entrou lá na sala — disseram Rover e Pastoriza.

Assim que o PM virou de costas para Rover, ele arrancou sua arma do coldre e a apontou para a cabeça, encaixando uma gravata com a mão esquerda. Pastoriza ficou mais assustado que o policial. Agora tinha motivos para ser um foragido. Estava, de fato, infringindo o Código Penal.

— Que porra é essa, Rover?

— Calma aí, eu sei o que tô fazendo.

— Tu é policial. Tá fazendo merda. Os dois vão em cana por causa disso — disse o PM.

— Se a gente vai em cana, então não custa nada apertar o gatilho, não é isso? Fica quietinho e colabora — disse Rover.

Saíram pelo corredor, assustando os médicos, enfermeiras e acompanhantes que circulavam pelo local. Logo que entraram no elevador vazio, uma gritaria tomou conta do terceiro andar. O guarda que estava na UTI com Nicole saiu com a arma em punho e assustou ainda mais os parentes dos internos. Ele ficou tão atrapalhado que deixou o revólver cair no chão, causando um tiro acidental, que ricocheteou na parede e se alojou no telhado. Com a microcâmera, Nicole gravou toda a cena. Agora tinha duas matérias, uma sobre o caso Adriana e outra sobre o despreparo policial.

Apesar da imperícia, o guarda ainda conseguiu dar o aviso pelo rádio. Descreveu os fugitivos, apresentou a localização e alertou para a presença de um refém, sem deixar, é claro, de proferir o velho clichê das mensagens radiofônicas: *Estão armados e são perigosos*. Na escuta, o delegado Vasconcelos, homem de fino gosto literário, franziu a testa ao ouvir a frase. Como estava a poucos minutos do hospital, colocou a sirene no teto da viatura e acelerou pela rua Conde de Bonfim.

Os fugitivos desceram no térreo. Antes de sair do elevador, Rover apertou o décimo andar. Quando as portas fecharam, o policial pressionou o botão de emergência, mas ficou preso entre dois andares. A arma já estava na cintura do detetive, e eles caminharam tranquilamente pelo hall até as escadas, em direção à garagem, onde Nicole, que pegara o elevador de serviço, já os esperava.

— Você virou adivinha? — perguntou Pastoriza.

— Queridão, esse é o único lugar por onde vocês podem fugir. Ou você esqueceu que lá fora está cheio de repórteres? — disse Nicole.

— É isso mesmo, Pastoriza. Por isso, eu vim pra cá. Vou ter que fazer ligação direta num carro desses e tentar sair sem ninguém notar — disse Rover.

— O que seria de vocês sem mim? — ironizou Nicole, segurando um chaveiro com os dedos médio e indicador, enquanto arqueava o pulso e colocava a outra mão na cintura, fazendo pose. — Podem levar o meu carro!

Pastoriza não perguntou como ela havia conseguido estacionar ali. Em um movimento rápido, pegou as chaves, jogou-as para Rover e roubou um beijo úmido e estalado, cujo ruído ecoou pela garagem e deixou a repórter paralisada, surpreendida com a ousadia, mas tomada pelo desejo de prolongar o momento.

— Obrigado, *Nona*! — disse Pastoriza, invertendo o jogo de sedução que se arrastava pelos últimos meses, ao mencionar o apelido que só os dois conheciam, da mesma forma que ela fazia quando mencionava seu primeiro nome.

Entraram no Audi turbo A3, motor 2.0, com suficientes cavalos de potência para a fuga. Rover ajeitou o banco, arrancou o enfeite do retrovisor e deu a partida, tomando cuidado para não cantar os pneus e chamar a atenção. Na saída, reduziu a marcha para passar pelos repórteres, que não os reconheceram. Ainda contornaram o chafariz da praça central antes de cruzar o portão de saída, onde estavam os caminhões das emissoras e os carros dos jornais.

Na rua Conde de Bonfim, tiveram que seguir em direção à praça Saens Peña, embora o campus estivesse na direção contrária. Tentaram pegar o retorno mais próximo, 200 metros à frente, mas foram surpreendidos pela viatura de Vasconcelos, que os reconheceu imediatamente. O delegado puxou o freio de mão, girou o volante para a esquerda e executou um cavalo de pau no meio do trânsito, sem qualquer preocupação com os outros motoristas.

A perseguição começou pela principal rua da Tijuca. Os pilotos ignoravam sinais, pedestres e demais veículos. Como estava na hora do rush, Rover teve medo de ficar preso no engarrafamento e virou na esquina do colégio Pallas, seguindo para o Morro da Formiga. Mesmo preocupado em entrar sozinho na favela, Vasconcelos continuou atrás dele. Moradores se abaixaram, crianças gritaram, e os fogueteiros do pé da favela, ao ouvirem a sirene, avisaram os traficantes que a polícia estava subindo. Os bandidos atiraram.

Uma rajada de fuzil atingiu a lataria do Audi, na parte entre o pneu e o porta-malas. Se fosse um pouco mais à direita, acertaria o tanque de gasolina. Os dois se entreolharam, em pânico. Pastoriza, ex-tijucano e profundo conhecedor dos hábitos e da geografia do bairro, se abaixou no banco do carona e tentou bancar o copiloto.

— Vira na primeira à esquerda que a gente vai sair lá no Colégio Santos Anjos!

Os tiros continuaram. A viatura blindada de Vasconcelos foi atingida várias vezes pelos traficantes. O para-brisa já estava coberto pelas rachaduras em formato de estrela, causadas pela deformação da película protetora no interior do vidro. Por sorte, ele mandara colocar a proteção máxima, que resistia a munição de grosso calibre. Até os pneus poderiam prosseguir por vários quilômetros, mesmo furados.

O Audi entrou pela pequena rua à esquerda, conforme a orientação de Pastoriza. O carro derrapou na curva, saiu de traseira, mas Rover conseguiu controlá-lo. Era um trecho em declive, sem asfalto, calçado com pedras coloniais. Os amortecedores quase quebraram. O chassi encostou diversas vezes no solo, o que até ajudou a manter a estabilidade. Trezentos metros adiante, chegaram à rua Dezoito de Outubro. A viatura de Vasconcelos ainda aparecia no retrovisor.

Passaram a 120 por hora pelo prédio da companhia de iluminação, pelos diversos pontos de jogo de bicho e pela academia Mário Perrota, em frente ao número 176, onde morava o subprefeito do bairro. Na esquina com a rua Alves de Brito, bem em frente ao Colégio Santos Anjos, dobraram à esquerda e depois à direita, para voltarem à rua Conde de Bonfim.

No cruzamento com a rua Uruguai, Rover quase atropelou um grupo de crianças que atravessava no sinal. Virou à direita, logo depois à esquerda. Pelo horário, a rua Andrade Neves deveria estar congestionada, mas o movimento era apenas normal, o que significava poder fazer ultrapassagens em alta velocidade, cortando os outros veículos pelo caminho.

Na altura da Aliança Francesa, Vasconcelos abriu o vidro do veículo e deu um tiro para o alto. Foi seu primeiro e único erro. Os demais motoristas se assustaram e pararam os carros no meio da pista. Pastoriza e Rover só ouviram a freada brusca da viatura policial, que rodou duas vezes antes de bater no poste em frente ao Colégio Batista. A blindagem quase derrubou os cabos de luz, cujas faíscas causadas pelo choque fizeram a pequena praça redonda parecer um arraial de São João. O delegado não se machucou, mas a perseguição havia terminado.

Os dois seguiram pela Andrade Neves, entraram na José Higino e pegaram uma pequena contramão na rua Desembargador Isidro. No primeiro prédio à esquerda, de número 160, a garagem estava aberta. Rover entrou rapidamente. Quando o porteiro se aproximou para tomar satisfações, ele agiu como se fosse íntimo no edifício.

— Tudo bem, amigo. Esse carro é do árabe da cobertura. Pode interfonar pra ele.

O porteiro desconfiou do detetive e, principalmente, das marcas de tiro no automóvel. Mesmo assim, fez a ligação. O tal árabe de fato existia e, além de pedir para os dois subirem, ainda ordenou que o porteiro colocasse o carro em sua vaga privativa, coberta por uma lona, onde seria impossível localizá-lo.

— O que a gente veio fazer aqui, Rover?
— Calma, Pastoriza. O velho do último andar é meu avô.

\* \* \*

A cobertura lembrava uma das histórias das mil e uma noites. Tudo incrivelmente exagerado. Dezenas de tapetes, defumadores, incensos e tecidos espalhados pela sala. No centro, um chafariz tão grande que parecia uma adutora da Cedae. Só que ornamentada com estátuas de odaliscas e pequenos camelos estilizados. Da cozinha, o inconfundível cheiro de hortelã misturado a um aroma de ervas finas encobria as frituras preparadas pela cozinheira, que, pela lógica intuição de Pastoriza, só podiam ser quibes, já que as esfirras são assadas e essas eram as duas únicas iguarias árabes que ele conhecia. O ser estranho à decoração era a imagem de umbanda em cima da cômoda, ao lado de um exemplar do Alcorão.

— *Salaam Aleikum, Baba!* — disse Rover, com perfeito domínio do idioma, desejando paz ao avô.

— Que ela esteja com você, meu filho! — respondeu o velho.

Chamava-se Manssur Elhajib, um dos mais famosos e ricos comerciantes do bairro. Rover era seu neto favorito. Diferentemente dos outros 24 pidões interesseiros, só aparecia para cumprimentá-lo, rir de suas piadas ou conversar sobre a história da família. Nunca pedira um único tostão, nem mesmo nos momentos de apertos financeiros. Mesmo assim, o avô o recriminara por ter seguido a carreira policial, que, para ele, não diferia muito da criminosa. De qualquer forma, era a primeira vez que ele o visitava com aquela cara de fodido, precisando de ajuda, o que havia sido confirmado pela descrição do carro baleado feita pelo porteiro.

— Ainda é o problema daquele tiro na universidade? — perguntou o velho.

— É sim, vovô. Estávamos fugindo da polícia.

— *Charmutas!* Eu disse para você não se meter com essa gente. Você é um deles e mesmo assim eles te perseguem!

— Vovô, precisamos de um carro pra continuar nossa viagem. O que está na sua garagem não pode circular pela cidade. Nós estamos sendo procurados — disse Rover.

— Eu sei, você já disse isso. Mas é melhor comer alguma coisa antes. Você está muito magrinho.

Pastoriza interrompeu a conversa familiar.

— Pra onde você quer ir, Rover?

— Pro laboratório do campus Tijuca.

— Isso é loucura. Vão nos prender lá! — disse Pastoriza.

— Eu sou policial, sei como agem. Esse é o último lugar onde acham que nós vamos. E você se esqueceu de que eu sou o chefe da segurança? Só tem pessoal meu trabalhando lá.

Foi a vez de o velho Manssur interromper os dois fugitivos.

— Bom, já vi que não querem comer nada. Toma, meu filho — disse, entregando uma chave de carro. — Pega o meu Chevette e vai à luta!

Pastoriza olhou para o chafariz, as odaliscas e os tapetes. *Um Chevette, porra!* — pensou.

Era um Chevette. Cinza. Modelo 1984.

\* \* \*

A poucos metros dali, o delegado Vasconcelos se recuperava do acidente. Não havia sofrido qualquer ferimento, mas ainda estava tonto. O joelho doía mais do que a cabeça, que tinha batido no volante, apesar do cinto de segurança. Assim que recobrou a consciência, pediu uma nova viatura pelo rádio. Em seguida, pegou o celular e discou os números que havia anotado em um guardanapo. Não tinha tempo a perder.

— Alô! Gostaria de falar com o conselheiro Manoel Capacho.

— Sou eu mesmo. Quem está falando?

— Delegado Vasconcelos. Precisamos conversar.

\* \* \*

Pastoriza e Rover chegaram ao campus Tijuca em menos de vinte minutos, apesar de o Chevette não passar dos 80 quilômetros por hora. Estacionaram na rua mesmo e entraram pelo portão principal, misturando-se aos alunos que chegavam para o turno da noite. Na guarita, Rover pegou um dos rádios dos seguranças e deu ordens ao supervisor da noite para avisá-lo se houvesse qualquer movimentação policial. Eram pouco mais de sete horas, o laboratório deveria estar ocupado. Mesmo assim, tinham que arriscar. Não podiam passar mais um dia sem resolver aquele mistério.

— Eu conheço a coordenadora. Hoje é dia da aula dela — disse Rover.

— Mas como ela vai fazer pra tirar os alunos de lá? Não preciso te lembrar que somos foragidos e, a essa altura, até famosos. A imprensa inteira deve estar mostrando a tua foto e a minha — disse Pastoriza.

A composição do campus era completamente irregular. Havia começado em um pequeno sobrado da rua São Miguel, mas, com a incessante expansão, crescera para os lados e, principalmente, para cima, confundindo-se com o morro do Borel. O décimo oitavo e último bloco a ser construído, que abrigava os laboratórios de Anatomia, Motricidade e Farmácia, ficava a quase 500 metros do asfalto. Para chegar até lá, era preciso subir diversos lances de escada entre as planícies de salas de aula. Nada demais para um triatleta como Rover. Muito esforço para um sedentário como Pastoriza.

— Puta que pariu! Ainda bem que a Psicologia fica no bloco um. Se eu tivesse que subir essa merda todo dia, iria enfartar.

— Você vai enfartar é se continuar na vida sedentária. Gabinete, sala de aula, consultório. Você só faz isso. Além do mais, quase não te vejo fora do campus Barra. Você vem aqui no máximo três ou quatro vezes por mês.

— É verdade. E no consultório nem vou mais. Desde que assumi a direção, tenho pouquíssimos clientes. Mas tudo vai mudar quando eu me demitir — disse Pastoriza, lembrando-se do projeto de deixar a universidade e voltar a escrever.

Chegaram ao laboratório sem chamar a atenção, embora o segurança do bloco tivesse sido avisado para proteger o chefe. O vidro fumê impedia a visão de quem estava do lado de fora. Não sabiam se a sala estava cheia ou vazia. Rover ia pedir ao guarda para verificar, mas resolveu tentar ele mesmo e se aproximou da porta. Antes que tocasse na maçaneta, a coordenadora a abriu para ele.

— A que devo a honra, detetive Rover? Achei que já estivesse preso — disse ela.

Eram amigos desde a infância. A professora Ana Tereza, ou Tetê, como era conhecida, havia estudado no mesmo colégio que ele, o Santo Inácio, na zona sul do rio. Durante a adolescência, tiveram um daqueles casos precoces, mediados por hormônios de mais e neurônios de menos. Casaram-se com o segundo amor da vida de cada um, mas nunca deixaram de se falar. O emprego dela, inclusive, havia sido arranjado pelo amigo, que a indicara ao diretor da faculdade de Farmácia.

— Não brinca com isso, Tetê. Estamos, de fato, foragidos. Onde estão seus alunos? — perguntou Rover.

— Eu liberei a turma hoje. Há uma palestra do secretário de Saúde no auditório. Um daqueles eventos políticos que só têm quórum se a gente obrigar os alunos a assistir — respondeu a coordenadora do laboratório.

Trinta e cinco microscópios, divididos em sete bancadas, com pipetas, tubos de ensaio, compostos químicos e outros utensílios modernos misturavam-se a recursos arcaicos, como um retroprojetor e a indefectível caixa de giz. Aquela sala servia apenas para as aulas. O verdadeiro laboratório, onde eram realizadas as únicas pesquisas patrocinadas pela universidade, localizava-se numa sala contígua, que ficava trancada durante a noite.

— Tem alguém aí ao lado? — perguntou Rover.
— Não. A sala está fechada — respondeu Tetê.
— Você tem a chave?
— Claro. Sou a coordenadora.
— Precisamos analisar esse papel.

Tetê olhou atentamente para a folha entregue por Rover, leu a letra de funk, achou-a curiosa, mas não entendeu nada. Virou-a ao contrário e viu a mensagem escrita por Adriana: *As milícias vão invadir. Leve para o laboratório.*

— Analisar o quê, Rover?
— Como é que eu vou saber? Você é que é a especialista.
— Eu preciso de um parâmetro — explicou Tetê.
— O parâmetro foi dado por uma aluna sua. Ela deixou essa mensagem antes de ser baleada aqui no campus — disse Rover.

*Os cientistas são mais racionalistas do que a média dos mortais* — pensou Pastoriza. Achava a definição um tanto reducionista, mas, influenciado pela formação psicanalítica, não conseguia deixar de pensar assim. Para ele, a psicanálise não era uma ciência, pois não podia ser quantificável nem refutável, como requer o método científico. Considerava a obra de Freud especulativa em muitos pontos, já que não continha dados objetivos e seu grupo de amostragem limitava-se a pacientes de classe média alta. Mas isso não diminuía seu valor, muito menos os resultados práticos alcançados no tratamento das neuroses e principalmente na descoberta do inconsciente. Conclusão: nenhuma disciplina precisava do status de ciência para ser importante. A não ser na cabeça dos cientistas e em sua mania de ver o mundo pelas lentes da quantificação objetiva.

Por isso, irritou-se com aquela conversa metodológica.

— A menina pode estar morta, professora. Não vamos ficar discutindo parâmetros! Temos que descobrir o conteúdo da mensagem. Devemos isso a ela — disse Pastoriza.

— Calma. Estou tentando ajudar. Faço ciência, tenho que pensar no que vou pesquisar — disse Tetê.

Pastoriza confirmava sua tese sobre o pensamento científico. E, apesar da tensão dos últimos dias, não perdera a ironia, destilada na imediata pergunta:

— Então, o método se sobrepõe ao cientista?

— O que você disse? — perguntou Tetê.

— Que o método se sobrepõe...

— É isso! — gritou ela, interrompendo a fracassada tentativa irônica de Pastoriza. — Você é um gênio! — concluiu, como se estivesse devolvendo o sarcasmo.

Não estava.

— Sobreposição. Ou superposição, se você preferir — continuou Tetê.

— Estou completamente perdido — disse Rover.

— Eu também. Na verdade, não sei que língua sua amiga está falando — disse Pastoriza.

Entusiasmada com o próprio *insight*, a cientista finalmente abriu a porta da sala ao lado, cujo tamanho e luxo impressionaram os dois visitantes. Nenhum deles conhecia aquele imenso salão coberto de mármore, cinco vezes maior do que o laboratório usado pelos alunos e com equipamentos de última geração, inclusive dois supercomputadores comprados diretamente da fábrica americana, cuja memória tinha capacidade para armazenar dados de todas as máquinas do campus ao mesmo tempo.

Somente a coordenadora e uns poucos pesquisadores estrangeiros podiam utilizar a sala. Até os seguranças eram proibidos de entrar no local, sob o pretexto de que poderiam atrapalhar alguma pesquisa em andamento. A própria Tetê tinha acesso limitado, embora fosse a coordenadora. Na parte da manhã e nos finais de semana, um grupo diretamente ligado à mantenedora se trancava no laboratório e a impedia de entrar. Havia até um compartimento exclusivo, utilizado como depósito, cuja chave ela não possuía. Mesmo assim, não se incomodava, pois, como cientista, sabia que havia segredos industriais que poderiam ser estratégicos para a universidade. Trabalhara durante anos em uma empresa farmacêutica onde o procedimento era idêntico.

— *Voilà!* Este é o nosso paraíso — disse a coordenadora.

— Quem, na mantenedora, libera verba para vocês? — perguntou Pastoriza.

— Mando a conta direto para o conselheiro Manoel Capacho — respondeu Tetê.

— Agora entendo a situação financeira da universidade — disse Rover.

— Vamos ao que interessa — interrompeu Tetê. Começamos nossa pesquisa com a hipótese da superposição. E acho que estamos no caminho certo. Lembro que Adriana teve uma aula sobre o tema pouco antes do tiro.

— Do que se trata? — perguntou Rover.

— Vocês vão ver — respondeu.

A cientista colocou a folha com a letra de funk sobre uma mesa de vidro fosco, pintado de branco. Em seguida, apanhou três longas lâmpadas azuis instaladas em cilindros feitos com um material isotérmico cuja procedência ela tentou explicar, sem sucesso. Por último, ligou os fios na tomada e encaixou os cilindros em um suporte de aço posicionado exatamente em cima da mesa, a uma distância de mais ou menos um metro.

— Por favor, apaguem as luzes — disse Tetê.

Pastoriza e Rover levaram alguns segundos para se acostumar à coloração azulada do ambiente. Quando a visão se adaptou, puderam conferir que a hipótese de Tetê estava correta. A luz fosforescente projetada sobre o papel revelara o segredo do funk proibido. Parecia simples, e de fato era.

A tinta preta utilizada para imprimir a letra desapareceu como mágica, enquanto três consoantes, dois numerais e o que parecia ser uma forma geométrica emergiam na superfície da folha. Tetê transferiu a imagem direto para o computador ligado à mesa, que também funcionava como scanner. O programa calculou as combinações possíveis e arrumou os sinais gráficos, formando um modelo estrutural cuja interpretação química foi imediatamente realizada pela cientista.

— O que é isso? — perguntou Pastoriza.

— Isso, professor, é a MDMa, mais conhecida como 3,4 metilenodioximetanfetamina, ou seja, uma base sintética derivada da feniletilamina, relacionada estruturalmente com a substância estimulante psicomotora anfetamina e a substância alucinogênica mescalina, compartilhando propriedades de ambos os compostos — disse Tetê.

— Puta que pariu! Que língua é essa? — perguntou Rover.

— Trata-se da fórmula do *ecstasy*. A droga sintética mais vendida na cidade e uma das mais perigosas. Só que tem algo mais aqui.

Duas outras pequenas fórmulas desconhecidas também apareceram no papel. Pareciam ter relação direta com o ecstasy, mas a cientista não conseguia entendê-las.

— O que é isso? — perguntou Pastoriza.

— Não sei. Além do ecstasy, o computador separou esses dois compostos químicos no filtro azul. O problema é que não se encaixam em nenhuma fórmula conhecida.

— O que pode ser então?

— Vai demorar para descobrir. Terei que fazer alguns testes.

\* \* \*

A ligação não era do Doutor. *Graças a Deus!!!* — pensou Manoel Capacho, aliviado, mas ao mesmo tempo preocupado com o telefonema do delegado Vasconcelos. Afinal, Capacho havia sido o responsável pela adulteração das imagens das câmeras de segurança após o incidente com Adriana, e o chefe de polícia estava investigando o caso pessoalmente, o que era muito estranho. E ainda havia a misteriosa morte do sub-reitor. O que o delegado poderia querer com ele? Se tivesse descoberto alguma coisa, poderia ser preso por ocultação de provas. Mas, nesse caso, ele não ligaria antes. Voltou a se acalmar.

Já passavam das nove da noite quando Vasconcelos chegou à casa do gordo, que o recebeu no escritório.

— Qual é exatamente a sua função na universidade? — perguntou o delegado.

— Sou um dos membros do conselho, junto com o Henrique Freitas e o Gabriel Ortega. Nós administramos a mantenedora para o Dr. Jaime Ortega.

— Sim, compreendi. Mas qual é a sua função exata?

— Eu cuido de toda a parte de marketing, relações institucionais e coisas do gênero.

— E o senhor tem muitos subordinados?

— A estrutura é grande, assim como a universidade. Tenho sim.

— Por acaso, entre eles, estava o sub-reitor que morreu? — perguntou o delegado, em um tom mais agressivo, o que deixou Manoel Capacho intimidado.

— Os sub-reitores respondem aos três membros do conselho, não apenas a mim.

Vasconcelos sabia que o gordo era o verdadeiro chefe do sub-reitor Durval Santos e, consequentemente, de Lucas. Mas achou que ainda não era o momento de perguntar sobre o analfabeto, pois Capacho poderia alertá-lo e ele desapareceria da cidade. Além disso, seu foco ainda estava nos dois fugitivos do hospital.

— E a quem respondem o chefe da segurança e o diretor da faculdade de Psicologia?

— O senhor se refere ao Ignácio Rover e ao Antonio Pastoriza?

— Eles mesmos.

— Bom. O chefe da segurança responde ao Henrique, que é mais administrativo, e os diretores de faculdades aos sub-reitores.

— Esses dois funcionários estão oficialmente foragidos. Quase os prendi hoje. Ainda não tenho provas contra eles, mas há sérios indícios de que estão envolvidos no caso da menina baleada no campus.

— Delegado, não tenho qualquer interesse em proteger nenhum deles. Pode contar comigo. Mas quais são os indícios?

— A adulteração das imagens da segurança e...— Vasconcelos gaguejou, quase se entregando em um ato falho. Não podia contar que fora ele mesmo quem escrevera o nome do pseudônimo literário de Pastoriza no colchão com uma tinta vermelha, imitando sangue, apenas para verificar sua reação. Sabia que ele investigava o caso ao lado de Rover, o que só podia significar que era cúmplice da ocultação de provas. Daí para ter participação no crime era só uma questão de conseguir provas, e um susto como aquele poderia arrancar uma confissão, o que acabara não acontecendo. Entretanto, só o fato de terem fugido provava que eram culpados.

— Não entendi, delegado — disse Capacho.

Vasconcelos não sabia o que responder. Para começar, achava que aquele sujeito gordo, com jeito de pequeno burguês, não devia ler nem história em quadrinhos, quanto mais conhecer literatura. Muito menos um autor underground espanhol, como era Carlos Garsa, na verdade o pseudônimo de Antonio Pastoriza, como descobrira semanas antes, após alguns meses de pesquisa, com a ajuda de amigos da Interpol. Tudo para satisfazer sua incomum curiosidade literária. Jamais poderia imaginar que um de seus escritores favoritos seria perseguido por ele durante uma investigação. Sentia-se num de seus enredos, que, para a maioria dos críticos eram previsíveis e pessimamente narrados, opinião da qual obviamente discordava.

— Deixa pra lá. Já vi que o senhor não tem informações sobre os dois. Se souber de qualquer coisa, por favor, me telefone. Tome. O número está no meu cartão. Passe bem.

— Passe bem — despediu-se Capacho.

\* \* \*

No mesmo horário, começava a aula de Telejornalismo III no campus Barra. Os alunos do último período, quase formados, já não tinham a mesma paciência de antes, mas a presença de uma famosa repórter como professora tornava a classe concorrida, apesar de ser no último tempo da noite.

Ela sempre começava a aula com a matéria que fizera no dia. Naquela quinta-feira, era o sumiço de Adriana, a mensagem no colchão do hospital e a fuga de dois suspeitos, apimentada pelo flagrante da trapalhada do policial militar cuja arma disparara ao cair no chão. Ninguém poderia imaginar que a professora estava implicada na fuga, apesar de o caso envolver funcionários da universidade. E ela ainda havia colocado um molho extra na reportagem ao dizer que os fugitivos tinham roubado seu carro, que estava na garagem.

Nicole era um dos trunfos do diretor da faculdade de Comunicação Social. Além das aulas, muito elogiadas, ela também coordenava um projeto de preparação dos alunos para o provão, o terror de todos os diretores acadêmicos. Uma nota baixa naquela avaliação do MEC significava demissão sumária na Bartolomeu Dias. Em outras palavras, o emprego deles estava nas mãos dos próprios alunos, pois eles precisavam apenas fazer o exame para receber o diploma, não importando a nota tirada. A maioria deixava as questões em branco, derrubando os conceitos das principais universidades do Brasil. No caso das particulares, derrubava também os dirigentes.

Na verdade, a avaliação não tinha qualquer consequência prática. Quando a imprensa divulgava os resultados, atestando o baixo rendimento dos alunos de todo o país, em todas as áreas, nas universidades públicas e privadas, o ministro vinha a público para dizer que haveria sanções e muitas faculdades perderiam suas licenças. Mas, passados alguns dias, o assunto era esquecido e só voltava a ser comentado no ano seguinte. Nunca houve notícia de qualquer instituição de ensino superior que tivesse sido proibida de funcionar por causa do provão. Mesmo assim, todas se preocupavam muito com ele. Mais pelos efeitos publicitários do que pelas ações do governo, obviamente.

O programa criado por Nicole era muito simples. Chamava-se pró-Ranking. Consistia em avaliar mensalmente os alunos dos últimos períodos com exames regulares sobre a matéria cobrada no provão e atribuir notas aos resultados. Os melhores colocados seriam indicados para empregos conseguidos por ela e outros professores da faculdade com atuação no mercado. Entretanto, o aluno estaria automaticamente desclassificado caso tirasse menos de sete na avaliação do MEC.

A universidade apoiava o projeto, praticamente sem custos. Outras instituições chegavam a oferecer carros para os primeiros colocados, encarecendo muito a conquista da nota. Nicole aproveitava a segunda metade da aula de Telejornalismo III para repassar os conteúdos de todo o curso. Já estava sendo paga por aquilo mesmo. Além disso, gostava de ostentar o bom desempenho de seus alunos no provão.

Só que o dia havia sido muito pesado. Toda aquela adrenalina no hospital consumira suas energias. Não estava disposta a encarar a turma até às onze e meia da noite. Em vez disso, logo após exibir a reportagem, deixou algumas perguntas do último provão no quadro. Os alunos poderiam respondê-las em casa. A discussão seria feita na aula seguinte.

As provas do MEC eram feitas por professores afastados das redações havia muitos anos, ou seja, completamente desligados da prática profissional. Por isso, o conteúdo era fundamentalmente teórico, embora houvesse a exigência de escrever um texto jornalístico e de preparar a pauta para uma reportagem. O grande problema é que as discussões na universidade estavam muito contaminadas por divergências ideológicas e isso se refletia no provão. Em suma, a avaliação tornara-se anacrônica e, portanto, ineficiente.

Nicole sabia disso, mas precisava preparar os alunos para aquela realidade. Tinha horror ao que os acadêmicos chamavam de teoria do Jornalismo, embora devesse ensiná-la. Estudara o assunto com profundidade, lera os principais livros da área e até entrevistara um jovem autor universitário cuja obra sobre o tema era adotada nas principais faculdades do país. Estava preparada para as teorizações.

Mas, naquele dia, precisava ir para casa, tomar um banho e relaxar. Às dez e quinze, recolheu o material de aula e se despediu. Desceu dois lances de escada, passou pela sala dos professores, assinou a ficha de presença e apanhou um táxi na esquina do campus, embora morasse a menos de cinco minutos dali.

Às dez e vinte e cinco, entrou na portaria do edifício. Precisou da ajuda de uma vizinha, pois não tinha a chave, já que sempre entrava pela garagem, cujo portão abria com um comando eletrônico. Não havia porteiro àquela hora, mas era possível destrancar a porta pelo interfone. Às dez e vinte e seis, embarcou no elevador de serviço. Desceu no décimo segundo andar, sozinha, estranhando a baixa iluminação do corredor, onde duas lâmpadas estavam queimadas. Às dez e vinte e sete, conseguiu, finalmente, encontrar a chave de casa, perdida entre as mil e uma inutilidades jogadas em sua bolsa Louis Vuitton. Girou a maçaneta, ligou a luz e bateu a porta.

Às dez e vinte e oito, gritou.

Havia um homem sentado no sofá da sala olhando diretamente para ela.

## 14. A cidadania

O livro era bom. Romance policial. Suspense, assassinatos, perseguições. Agora, conseguia entender o título: *Bufo & Spallanzani*. Bufo era o nome de um veneno, e Spallanzani era o detetive do livro. *O tal de Rubem Fonseca devia ser um cara muito esclarecido mesmo — pensou. Saber todas aquelas coisas sobre cobras, sapos e venenos não era pra qualquer um não. Se bobeasse, era farmacêutico. Só mesmo um sujeito formado em farmácia conseguiria entender tantas fórmulas.* O problema era que a publicação desses segredos dava condições para outras pessoas executarem suas maldades, como tinha acontecido com ela. O homem que a envenenara havia tirado a ideia justamente do livro que estava em suas mãos.

A leitura foi interrompida na página 97. O chefe do cativeiro abriu a porta com dificuldade, equilibrando a bandeja com comida e uma garrafa de água. Adriana sentou na cama e esperou. Ele arrumou tudo na pequena mesa de centro e puxou a cadeira de plástico para acompanhá-la. Trazia um sanduíche dentro da blusa, cuidadosamente acomodado ao lado da pistola ponto 30.

— Come. Você deve estar com fome — disse o homem, calmamente, como se fosse um garçom e não um sequestrador, pois havia sido instruído para tratá-la com educação.

— Obrigada. Você é a segunda pessoa que me diz isso hoje. Devo estar muito magra mesmo — respondeu Adriana, tentando não demonstrar irritação. Sabia que o melhor a fazer era tratar o algoz com cordialidade.

— Na verdade, foi ontem. Já é de manhã.

— Que dia é hoje?

— Sexta-feira. E você não comeu nada que o homem deixou para você ontem.

— Não consegui. Estava confusa. Não sabia o que tinha acontecido comigo. As coisas estão mais claras agora.

— Que bom. Vamos comer.

Adriana acomodou o prato com arroz, feijão e ovo sobre as pernas, deu duas garfadas e voltou a abrir o livro.

— Você já ouviu falar de catalepsia?

O chefe do cativeiro quase engasgou com o sanduíche.

— Cata o quê?

— Está aqui, na página 75. Catalepsia profunda. Foi isso que fizeram comigo. Ou melhor, foi nesse estado que me colocaram. Ou pelo menos tentaram, porque alguma coisa deu errado.

— Do que você está falando?

— De zumbinismo. Página 71. Pode ser causado pela tetradoxina, uma substância encontrada em um peixe, o baiacu, e em algumas plantas. A pessoa fica fisiologicamente morta. Só que a memória e outras funções cerebrais continuam preservadas. Todo mundo acha que você está morto, mas você não está. Fica parecendo um zumbi, daí esse nome popular. Dura dez horas, e pode ser prolongada através de uma outra droga chamada *pyre-*

*thurum parthenium*. Passei três anos estudando farmácia e nunca ouvi falar nisso. Devia ter passado para uma universidade federal!

— Não estou conseguindo te entender. Você tá me dizendo que tomou alguma droga?

— Tomei, mas estava inconsciente. Página 64. O Rubem Fonseca cita vários livros de história natural no diálogo de um personagem do romance para explicar a ação da droga.

— E daí?

— E daí que quem leu a receita descrita pelo personagem fez o mesmo comigo. Misturou o veneno de um sapo chamado *Bufo marinus* com essa droga, causando a catalepsia. E tirou essa ideia de um romance policial. Aliás, daí o título, *Bufo & Spallanzani*.

— Por isso você entrou em coma?

— Não. Eu nunca cheguei a entrar em coma, conforme disseram no jornal. Estava em estado cataléptico. Eu era uma morta-viva. Ou melhor, quase isso, porque havia algumas diferenças.

— Quais?

— Pra começar, eu não deveria ter pulsação nem qualquer outro sintoma de vida. Pelo jeito, o objetivo era me enterrar. Queima de arquivo mesmo. Só que alguma coisa deu errado. Eu li no jornal que o coma foi induzido pelos médicos. Muito estranho também. Como eles não perceberam o envenenamento? Só podiam ser cúmplices do envenenador! Além disso, tive consciência de várias coisas durante o período na UTI, embora não conseguisse mover músculo algum. Resumo da ópera: ou erraram na dose ou esqueceram alguma coisa na fórmula.

— Acho que você tá viajando. Quem iria tirar a fórmula de um veneno de um livro policial?

— Um delegado de polícia, é óbvio. Como o seu chefe.

— Não vamos falar nisso, menina. Come a tua comida!

— Você também é?

— O quê?

— Policial.

— Já disse pra mudar de assunto.

— Eu trabalhava pra ele e olha o que ganhei. Seu chefe também era o meu chefe. Eu fui traída. Você também pode ser. Pense nisso.

\* \* \*

No Centro Universitário Provinciano, o reitor Raul Silvério se deliciava com a própria astúcia. Nas mãos, tinha uma entrevista do principal concorrente, publicada em um jornal paulista. Nela, o dono da Universidade Bartolomeu Dias falava sobre diversos temas relacionados à educação, desde a prova do MEC até o analfabetismo, passando pela produção de pesquisas e a eterna divergência entre centros universitários e universidades.

A repórter estava na folha de pagamento de Silvério e havia deturpado várias das declarações de Jaime Ortega, transformando a entrevista em um escândalo nacional, o que debilitava ainda mais a já combalida imagem da instituição. Como se não bastassem os problemas causados pelo tiro que atingiu a menina no campus Tijuca, as palavras de Ortega deram munição para novos ataques à instituição.

— Porra, essa repórter é boa mesmo. Tenho que aumentar o salário dela. A entrevista ficou sensacional. Faz o Jaime Ortega parecer um nazista — disse Silvério.

— O que eu gostei mesmo foi dessa pergunta sobre cidadania. Aqui ele se fodeu — disse o líder dos americanos. — Além do mais, como vocês dizem, cidadania é o caralho! — riram todos.

A pergunta era sobre a mudança de ramo de Ortega, que deixara de ser um simples economista para montar uma faculdade. Ele respondera que não importava o ramo, pois estava interessado apenas na qualidade do que fazia. Portanto, preocupava-se somente com a Bartolomeu Dias e não com a educação como um todo ou com a difusão de valores universais através do ensino, como a cidadania e a solidariedade. Seu negócio era oferecer instrumentos práticos para que os alunos ganhassem a vida depois de formados.

O que foi publicado, no entanto, deturpava amplamente o conteúdo. A reportagem simplesmente afirmava que o dono da maior universidade do país não se importava nem com a educação nem com a cidadania nem com a solidariedade. A repórter não inventara nenhuma palavra, mas, ao tirar a resposta do contexto, conseguira dar-lhe um significado muito diferente.

— Com essa entrevista, o preço vai baixar ainda mais — disse outro americano.

— Vou acabar com a raça do Ortega. Tenho repúdio por esse sujeito. É um asno sifilítico!

A declaração de péssimo gosto chamou a atenção dos gringos. Parecia xingamento de novela mexicana. Não conseguiam imaginar o motivo de tanto ódio. Tinham até medo de perguntar.

— Mesmo depois dessa reportagem, acho que ele ainda não está acabado — disse um terceiro americano. — O Ortega tem muitos amigos em Brasília.

A fúria de Raul Silvério cresceu ainda mais.

— Amigos porra nenhuma. São só deputados chantageados por ele. Metade do Congresso deitou na cama com as mulheres que o Jaime Ortega cafetinava. Ele tinha um circo para festas na casa de Brasília, com um plantel de prostitutas. Por isso tem tantos contatos na capital.

— O que vamos fazer se ele não quiser vender? — voltou a perguntar o líder do grupo.

— Eu ainda tenho um trunfo, meu caro. Como diria Don Corleone, farei uma proposta que ele não poderá recusar. Aliás, eu não. Vocês.

\* \* \*

O café da manhã na cama era um luxo com o qual já estava desacostumado. Mas poderia se habituar novamente sem o menor problema. A bandeja, milimetricamente arrumada, trazia suco de laranja, *croissants*, manteiga, geleia de damasco, patê, frutas, iogurte e leite achocolatado. O cafezinho viria depois, para não esfriar. Três gotas de adoçante, duas mexidas na xícara e um prolongado beijo umedecido. A sequência preferida para começar bem o dia.

— Você me deu um baita susto ontem à noite! — disse Nicole.

— Desculpe. Não foi minha intenção — disse Pastoriza.

O susto da noite anterior havia durado poucos segundos. Apenas o tempo suficiente para a dona da casa reconhecer o inesperado visitante. As explicações, no entanto, demoraram um pouco mais e valeram cada instante. Da sala até o quarto, o caminho fora mediado por uma longa e angustiada conversa, facilitada, é verdade, por duas garrafas de Châteauneuf du Pape, mas sempre pontuada por uma racionalidade mútua, em que um se esforçava para entender o ponto de vista do outro. No lugar da embriaguez, o vinho trazia uma solidariedade pragmática, de quem sabe o valor da recompensa que está por vir.

Não era propriamente uma reconciliação amorosa, mas as circunstâncias pareciam amenizar as diferenças e, conforme conversavam, os defeitos tão arduamente lembrados ao longo dos últimos meses simplesmente desapareciam. A cumplicidade absolvia os erros. A necessidade exaltava os acertos.

Após sair do laboratório, Pastoriza percebera que não tinha para onde ir. Era um fugitivo. Se voltasse para casa, seria preso. Se procurasse amigos próximos ou parentes, também, pois os locais certamente estariam vigiados. Lembrou, então, que nunca devolvera a cópia da chave do apartamento da ex-namorada. E ninguém imaginaria que pudesse se esconder ali.

— Não queria te envolver mais do que você já está envolvida, *Nona*.

Ela sentiu o golpe baixo novamente, àquela altura já perdoado e até desfrutado. Chamá-la pelo apelido não era incompatível com a noite que acabavam de compartilhar. Mais do que nunca, adorou ser chamada de Nona.

— Você não tem com o que se preocupar. Sou repórter, sempre posso dar a desculpa de que estou tentando uma entrevista exclusiva — disse Nicole.

— Jamais vou encontrar alguém como você. Não sei por que nos separamos — disse Pastoriza.

O lamento da separação mudou completamente a direção do vento cortês que soprava pelo apartamento. Nicole levantou abruptamente, derrubando a xícara de leite e o suco de laranja. O rosto enrijeceu. As pernas tremeram. A voz subiu todos os decibéis possíveis.

— Sabe sim, Antonio. Ficamos quase um ano juntos, dividindo prazeres e angústias, alegrias e frustrações, enfim, tudo que um casal pode querer dividir. Confiávamos um no outro, nos admirávamos, a cama era ótima, ríamos muito, gostávamos das mesmas coisas. A perfeição, eu diria. Ou, pelo menos, o mais próximo disso que eu já vi e vivi. De repente, você começou a sabotar cada minuto do nosso dia. No começo, eu achei que era problema no trabalho. Depois, pensei que fosse a crise da meia-idade. Só depois de um tempo, parei de dar desculpas a mim mesma e percebi o que realmente estava acontecendo. Você estava com medo. Um medo idiota, mas ainda assim um medo.

— Você acha que eu estava com medo de casar com você?

— Quem falou em casamento? É muito mais profundo do que isso. Por que os homens acham que a finalidade única da mulher é conseguir alguém para levar pro altar? Como psicanalista, você tem muitos estereótipos e, mais grave, esquece de analisar a si próprio. Seu medo é ancestral, vem do inconsciente. É o medo de passar o resto da vida com alguém, mesmo gostando disso. Medo da dependência que isso traz. Medo de perder aquela aura machista de possuir várias mulheres. Medo de não poder mais exercer o poder de sedução com quem quiser sem se sentir um traidor. Medo de deixar de ser o grande conquistador, disputado por donzelas no cio. Esses são os seus medos.

— Mas eu sempre te amei.

— Isso não basta. Que porra de amor é esse? De novela, de música, de literatura? Não estamos numa letra do Chico Buarque. Falar de amor com poesia, escolhendo as palavras, usando metáforas, é mole. Mas, na vida real, o amor é feito de clichês mesmo. Mais companheirismo e menos lirismo. São repetições no cotidiano. Demonstrações claras. Mandar flores, elogiar a unha, reparar no cabelo, acompanhar no médico, fingir que gosta da sogra. Enfim, tudo isso que você nunca me deu.

— Você devia ter me alertado.

— Eu tentei. Mas lutar sozinha é duro. Dei vários sinais, mostrei minhas insatisfações, até passei por cima das minhas certezas e voltei a ser a menina de dúvidas de antigamente. Você foi muito burro. Não percebeu nada. Deixou que seu medo o consumisse e continuou sabotando o relacionamento. Sempre em pequenos detalhes, justamente aqueles que marcam. Eu estava nas tuas mãos, completamente apaixonada. Mas você jogou tudo fora.

— Desculpe, *Nona*. Só posso te pedir perdão e dizer que agora percebo tudo isso.

— Não me chame de *Nona*, porra!!!

Nicole chorou. Estava na cama com sua verdadeira certeza, a única que não fora construída artificialmente, como parte da falsa determinação em ser decidida. Passara a noite com essa certeza, sentira sua pele, seu cheiro e a respiração ofegante que a encharcava. Mas percebia que a estava perdendo.

Sem Antonio Pastoriza, sua vida seria uma estiagem.

## 15. Os cursos gratuitos

A briga entre os dois mais famosos reitores de universidades privadas do Brasil era antiga. Começara em 1998, quando a Bartolomeu Dias conseguiu o título de universidade e as faculdades provincianas o de Centro Universitário, mas se agravara em 2002, quando o Conselho Brasileiro de Educação (CBE) aprovou o parecer 0361, igualando a autonomia de ambos para abrir e fechar cursos, aumentar e remanejar vagas e registrar diplomas.

As universidades e os centros universitários passavam a ter os mesmos direitos, embora os deveres não fossem iguais. Enquanto as primeiras eram obrigadas a manter cursos de mestrado e doutorado, fazer pesquisa e ter um terço de seus professores com dedicação exclusiva e título de doutor, os segundos estavam liberados desse compromisso. Uma distorção devidamente avaliada pelo Ministério da Educação.

Jaime Ortega acusava o concorrente de subornar os membros do CBE para conseguir a aprovação do parecer. De fato, um ano antes, dois deles haviam prestado serviços de consultoria para Raul Silvério, sendo que um ocupava o cargo de chefe de gabinete do próprio ministro da Educação, ou seja, um posto estratégico cujo poder e a ascendência sobre os demais conselheiros eram inegáveis. Por outro lado, o Centro Universitário Provinciano acusava uma terceira integrante do CBE, que havia votado contra a autonomia, de estar na folha de pagamento da Bartolomeu Dias.

O caso teve ampla cobertura da imprensa. O chefe de gabinete foi demitido pelo ministro, as diversas partes envolvidas entraram com processos de injúria e difamação e houve até uma ação de inconstitucionalidade junto ao Superior Tribunal de Justiça, já que um artigo da Carta Magna brasileira determina que o ensino não podia estar dissociado da pesquisa.

Se fosse nos Estados Unidos, nada disso ocorreria, pois o próprio mercado trataria de disciplinar a concorrência. Entre as vinte melhores escolas americanas, apenas uma era estatal, a de Berkeley. Mas, no Brasil, o discurso ideológico impedia a pronúncia desse palavrão neoliberal. Falar em mercado significava ser contra a educação, embora ele já estivesse dominando a cena, conforme comprovado pela briga entre Ortega e Silvério.

A guerra tornara-se ainda mais visível nos preços. Os centros universitários aproveitavam os custos mais baixos para fixar mensalidades em torno de 400 reais, menos da metade do que era cobrado nas concorrentes. A pós-graduação *lato sensu* e a extensão seguiam pelo mesmo caminho, o que parecia benéfico para os consumidores/alunos, embora houvesse denúncias de baixa qualidade nos diversos setores do ensino superior privado.

Como resposta, a Universidade Bartolomeu Dias resolveu radicalizar e passou a investir em cursos gratuitos que, na verdade, eram pagos, pois o aluno arcava com o custo do diploma, em torno de 50 reais. O objetivo era fazer novas pessoas circularem pelos campi e atraí-las para a graduação. Duravam, no máximo, vinte horas e os inscritos saíam com um certificado de extensão. Na prática, eram estudantes universitários como quaisquer outros. Podiam até tirar carteira da UNE e usar a biblioteca. Mesmo que fossem analfabetos.

Lucas se matriculava em vários ao longo do semestre. Como funcionário, tinha direito a bolsa integral. Além disso, não precisava fazer prova para entrar, o que significava que não passaria novamente pela humilhação de expor a própria ignorância em rede nacional. Desde que o curso de alfabetização de adultos fora interrompido, ele já estudara as mais variadas disciplinas: culinária nordestina, fotografia artística, auxiliar de direção, operador de câmera, moda, design de interiores, entre outros. Um amigo lia a ementa para que ele escolhesse o que queria fazer. Quando as aulas terminavam, apanhava o certificado, mandava emoldurar e pendurava na parede de casa. Até o documento de identidade havia sido substituído pela carteirinha da faculdade. Assim, podia se apresentar como universitário em qualquer lugar. Como naquele começo de tarde, no cinema do shopping Downtown.

— Boa-tarde, quero uma meia-entrada para a primeira sessão.

O caixa do cinema olhou para a foto, verificou a validade no verso, pegou o dinheiro, conferiu o troco e entregou o bilhete. Lucas sentou no meio da segunda fileira, conforme as orientações do Doutor. O filme começou. Era em inglês, com legendas. *Que merda, não vou entender nada!* Tentou se fixar nas imagens para razoavelmente compreender o enredo, mas não adiantou. Aquelas letras amarelas pulsavam na tela. Era impossível se concentrar em qualquer outra coisa.

Atrás dele, uma voz suave sussurrou em seu ouvido.

— Não se vire. O Doutor manda lembranças — um envelope foi passado pela lateral da poltrona. — Aí dentro tem uma foto. É seu próximo alvo. Não falhe.

* * *

Pastoriza ainda estava abalado com o desabafo de Nicole. Homens e mulheres pareciam seres ontologicamente inconciliáveis. O próprio Freud definira o gênero feminino como o continente negro. Mas esse não valia, pois seu machismo era famoso, evidenciado na teoria que criara. A tese de Pastoriza era diferente, baseada em preceitos neurológicos. Sabia que a parte do cérebro responsável pela linguagem, chamada de área de Wernicke, era muito mais desenvolvida na mulher do que no homem. Daí a maior capacidade em transformar os sentimentos em palavras e a consequente necessidade de discutir a relação. Além disso, elas também conseguiam realizar uma comunicação mais eficaz entre os dois hemisférios do cérebro devido ao diâmetro maior do corpo caloso, a estrutura que dividia as duas partes em questão. Dessa forma, as informações circulavam com mais facilidade e, portanto, tornavam-nas seres mais inteligentes e sensíveis.

Enquanto esperava por Jaime Ortega na sala de estar de sua cobertura, Pastoriza se dirigiu à pequena estante ao lado do sofá e pegou um dos livros teóricos que escrevera anos antes, relatando a tese sobre o cérebro feminino. Estranho que aquela obra estivesse entre as favoritas do patrão, junto com clássicos da psicanálise e da literatura, entre eles Lacan, Jung, Balzac e Proust. Só poderia ser uma tentativa de conhecer melhor os empregados. Ou, então, uma estratégia para massagear o ego.

Abriu na primeira página. Era o relato de um caso tratado por ele. Terapia de casal. Homem e mulher contavam um episódio em que brigaram e tiveram que discutir a relação. Cada um deles tinha uma versão para o fato. Ambas eram narradas em terceira pessoa e não citavam nomes, para despersonalizar a análise e levar o leitor a se concentrar apenas nos fatos.

Quando se preparava para ler, o patrão chegou na sala.

— Como é, Pastoriza? Novidades? — perguntou Jaime Ortega.

— Muitas.

— Vamos conversar, então. Mas não podemos demorar muito. A polícia veio aqui ontem, atrás de você. Estou preocupado. Pelo visto, alguém quer te envolver no caso. Eu te pedi para investigar e agora você está sendo investigado.

— Não se preocupe. Eu cheguei num táxi azul, desses que têm vidro fumê. Ninguém me viu. Além disso, não havia policiais vigiando o prédio.

— O que descobriu até agora?

— Que o senhor está no meio de uma guerra, Dr. Ortega.

— Sempre estive, meu filho. Meus concorrentes são desonestos. É uma batalha por dia.

— Não me refiro a essa guerra, mas sim à que está acontecendo entre grupos de traficantes e milícias no Rio de Janeiro.

— Como é?! — perguntou Ortega, assustado.

— Vou explicar. Pra início de conversa, aquele papel que estava com a menina tinha duas mensagens. A primeira dizia que as milícias iriam invadir o morro do Borel. A segunda mostrava a fórmula de uma droga muito vendida na cidade, o *ecstasy*, e mais duas substâncias que nós ainda não identificamos.

— Nós quem, Pastoriza?

— Eu, o Ignácio Rover e uma professora de química, ou melhor, de farmácia, lá da Bartolomeu Dias.

— Eu li nos jornais que esse menino também está foragido. Você não acha que ele pode ter culpa nesse negócio de sumir com as imagens da câmera de segurança?

— Não, de jeito nenhum. Ele está tão empenhado quanto eu em resolver o caso.

Pastoriza fez uma pausa para refletir. Na verdade, nunca havia pensado nessa possibilidade. Desde o começo, Rover estivera o tempo todo com ele. Poderia ter algum interesse por trás de tanto empenho. Mas achava a hipótese improvável.

— Não. Definitivamente, não. O Rover só está me ajudando.

— Então continue. O que mais você sabe?

— As milícias e os traficantes estão disputando o controle de diversas comunidades pobres do rio. É uma guerra de fato. Os milicianos são policiais, bombeiros, soldados do exército e outros homens treinados em combate. Eles já dominam 92 favelas da cidade e, a cada mês, invadem um novo ponto. Pra isso, contam com apoio oficial. Não só dos colegas, mas de pessoas muito poderosas na máquina do estado. Até os blindados da polícia são utilizados nas invasões.

— E os traficantes não reagem?

— Claro. Pela primeira vez na história do crime organizado, as facções rivais estão se unindo para enfrentar as milícias. Foi criado até um sistema de locação de armas. Os traficantes de favelas com maior poder bélico alugam fuzis e metralhadoras para os morros mais fracos. Um HK G3, por exemplo, que custa 35 mil reais, é alugado por dois mil. Uma CZ, de fabricação tcheca, sai por 3 mil. E assim por diante. Além disso, algumas quadrilhas estão se unindo em cooperativas criminosas para defender suas posições.

— E o que a universidade tem com isso?

— Geografia, meu reitor. Simplesmente geografia. Os especialistas acreditavam que a Rocinha seria o palco da grande batalha entre os grupos, por se tratar da maior favela da cidade. Mas estavam enganados. O morro do Borel, que fica praticamente dentro do nosso campus, é que se tornou o ponto estratégico. E, pelo jeito, o papel que o senhor me deu tem importância vital nessa história toda.

— Não acredito nisso. Você disse que o papel contém apenas a fórmula do ecstasy. Ela já é conhecida. E ninguém tem condições de fabricá-la. As drogas sempre vêm de fora.

— O senhor está enganado. Algumas drogas sintéticas são fabricadas até em fundo de quintal. Outro dia foi preso um veterinário que transformava tranquilizantes para cavalo em comprimidos alucinógenos e os vendia em festas *rave*. Meu medo é que o laboratório da faculdade esteja sendo utilizado para a fabricação em massa de drogas sintéticas. Se isso for verdade, temos participação fundamental nessa guerra. Provavelmente é esse o motivo que torna o Borel tão estratégico. Afinal, quem controlar a fabricação, controla a venda.

— Meu Deus! Isso é muito grave. Não posso acreditar que esteja acontecendo na minha universidade.

— Bom, eu ainda não sei se está de fato acontecendo. Mas é uma suspeita. O senhor sabia que um grupo de cientistas trabalha a portas fechadas no laboratório do campus? Nem a coordenadora tem acesso quando eles estão lá. Muito menos os seguranças.

— Não é possível. O diretor do campus permite isso?

— Ele recebeu ordens para não interferir.

— De quem?

— De um dos conselheiros da mantenedora, o Manoel Capacho. O que ele fala é lei na universidade.

— O Manoel trabalha comigo há muito tempo. Tem minha total confiança. Quem disse que a ordem partiu dele? — perguntou Jaime Ortega.

— A coordenadora do laboratório. E o Rover confirmou.

— Por que eu deveria confiar mais neles do que no meu conselheiro? Não passou pela sua cabeça que essa coordenadora possa estar enganando todo mundo? Talvez até com a ajuda do Rover, que é o chefe da segurança. Nesse caso, tudo se encaixaria. Até o fato de ele sumir com as imagens. Poderia até ser o atirador do campus ou o mandante do crime.

Pastoriza ficou confuso novamente. Não poderia ter sido tão ingênuo. Na noite anterior, saíra do laboratório antes do casal e ainda deixara o papel com eles. Tetê dissera que precisava fazer uns testes para descobrir a que substâncias as duas fórmulas extras se referiam. Mas e se aquela experiência com a luz fosse apenas um truque? A essa altura, estariam rindo alto, brindando à sua estupidez.

Não teve tempo para continuar pensando. Jaime Ortega ainda tinha outra dúvida.

— Qual é a função dessa menina que foi baleada, a Adriana Maia?

— Ainda não sei. Ela é estudante de Farmácia. Podia ser o contato do laboratório. O problema é que eu virei suspeito do desaparecimento dela depois que encontraram um pseudônimo que eu utilizo escrito no colchão do hospital. A essa altura, acho que o senhor deveria desconfiar de mim também.

— Calma, rapaz. Fui eu que pedi pra você investigar o caso, lembra?

— Só há duas hipóteses para a participação da Adriana. Ou trabalhava para os traficantes ou trabalhava para as milícias. Mas se eu não conseguir provar isso, estou perdido.

— Quem é o chefe do tráfico no Borel?

— Na verdade, isso não tem a menor importância. Esses chefes do tráfico são simples camelôs, donos de barracas. Morre um a cada semana. Por trás deles, há figurões da sociedade. Esses são os verdadeiros donos do negócio. O que a polícia precisa descobrir é qual deles sustenta a comercialização de armas e drogas no Borel. Ou, então, quem é o comandante das milícias no Rio de Janeiro. Um deles mandou matar a Adriana e, provavelmente, matou o Durval.

— E qual foi a participação do sub-reitor nisso tudo?

Antes da resposta, o celular de Pastoriza tocou. Era Rover. Não sabia se ficava feliz ou irritado com a ligação. Ainda não tinha uma opinião formada sobre as hipóteses formuladas por Ortega. Precisava pensar no assunto. Na dúvida, resolveu atender.

— Alô!

— Alô! Pastoriza? Sou eu, Rover.

— Eu sei. O que houve?

— Preciso te encontrar.

— O que foi? Descobriu o que eram os outros elementos químicos?

— Não eram outros, meu amigo. É apenas um. Só conseguimos resolver o enigma quando os juntamos em um único componente. Chama-se elemento Z e está ligado ao ecstasy. O negócio é muito maior do que você imagina.

## 16. Os bacharéis

— Na cúpula da Bartolomeu Dias, quem tem mestrado e doutorado não entra. Isso é uma regra. Vocês são a maior prova disso. Eu quero agilidade. Não suporto masturbações sociológicas — disse Jaime Ortega, abrindo a reunião do conselho.

— O senhor tem razão, Dr. Ortega. Isso se aplica à nossa administração. Mas não pode se estender aos cursos da universidade. Somos obrigados por lei a ter um terço de mestres e doutores no corpo docente — disse o conselheiro Henrique Freitas, com o pensamento longe, mais precisamente no dinheiro oferecido pelos operadores da bolsa de valores e na decisão que já havia tomado sobre o negócio.

— Pode sim. Não vamos ser hipócritas. Os melhores professores vêm do mercado. Não têm títulos. Vamos passar por cima dessa exigência. Melhoramos nossas aulas e ainda diminuímos os custos — continuou Ortega, enquanto o filho tentava contra-argumentar.

— Mas, papai...

— Nem papai, nem mamãe. Assunto encerrado.

Gabriel Ortega abaixou a cabeça humilhado. *Um filho não podia ser tratado daquele jeito!* — pensou. A descompostura só aumentava o desejo de prosseguir com o plano que vinha arquitetando. O pai não teria tempo nem para vender a universidade.

— Vamos, então, privilegiar os bacharéis — disse Freitas.

— Essa é outra palavra de que eu não gosto. No fundo, é a mesma coisa. A tal mania brasileira de que o sujeito precisa estudar pra ser alguém. Fulano é doutor: todo mundo diz amém. Grande bobagem. A pessoa pode ser analfabeta e ser muito expressiva, muito inteligente, bem-sucedida. E pode ser um pós-graduado e ser uma besta completa. A cultura dos bacharéis é a mais imbecil das invenções nacionais — disse o reitor.

Jaime Ortega conhecia bem o assunto. A cultura bacharelesca começara no Brasil em 1827, quando D. Pedro II e o visconde de São Leopoldo criaram os dois primeiros cursos de Ciências Jurídicas do país, em Olinda e em São Paulo. Mas só em 1854 um decreto do ministro Couto Ferras transformou os dois cursos em faculdades.

A carência das primeiras décadas e a herança cultural portuguesa, tributária da exaltação aos doutores, valorizaram excessivamente o diploma de Direito. Naquela época, só uns poucos gatos pingados, membros da aristocracia rural ou da Corte, conseguiam chegar ao status de bacharel. Os endinheirados mesmo mandavam os filhos para Coimbra ou Oxford. Na volta, eram tratados com pompa e circunstância.

Mas a situação atual era completamente diferente. O número de cursos de Direito havia crescido descontroladamente. Qualquer um poderia se tornar advogado, desde que pudesse pagar, é claro. Nos últimos dez anos, então, a multiplicação de faculdades jurídicas chegara a índices inacreditáveis. Bastava observar as estatísticas. De 1827 a 1980, a quantidade de fábricas de advogados saltara de 2 para 130. Em 1990, chegara a 153. No ano 2000, já eram 442. E, agora, passavam de mil. Em todo o país, havia mais de 400 mil estudantes de direito.

— A educação não é para todos. O cara pode ser feliz sem nunca ter pisado numa sala de aula. E pode estar em completa depressão com diversos diplomas. Olha o exemplo do Manoel. Desde que começou a reunião, não falou nada. Só pode ser depressão — disse Ortega.

Capacho estava tão distraído que nem ouviu a ironia do patrão. Não conseguia parar de pensar no Doutor. Tinha certeza de que ele fora o mandante da morte do sub-reitor Durval Santos. Provavelmente utilizara o Lucas, que, amparado pelo novo patrão, havia sido muito arrogante com ele. Mas sua maior angústia era com a própria vida. Tinha medo de ser o próximo. Não esquecera as palavras do Doutor: *Você está servindo a dois senhores.* Se o rótulo de traidor fosse carimbado em sua testa, ninguém confiaria nele. A consequência: seria mais um a virar queima de arquivo.

— Está me ouvindo, Capacho?

— Desculpe, patrão. O que o senhor disse?

— Deixa pra lá. Vamos ao que interessa. Vocês souberam a última do Raul Silvério?

— Não. O que houve? — perguntaram os três conselheiros ao mesmo tempo.

— Hoje, todos os alunos de pós-graduação da Bartolomeu Dias receberam um e-mail do Centro Universitário Provinciano convidando-os a mudar de faculdade e pagar a metade da mensalidade até o fim do curso. E ainda prometeram mandar uma carta explicando todos os detalhes. O que significa que também estão de posse dos endereços e, provavelmente, dos telefones.

— Não acredito. Como eles conseguiram nosso *mailing*? — perguntou Henrique Freitas.

— O diretor do campus tinha um *backup* na gaveta do escritório. Era um *pen drive*. Pelo jeito, foi roubado.

— E por que ele não nos avisou?

— Disse que ainda estava procurando pelo *pen drive* e tinha esperança de encontrá-lo.

— O que o senhor vai fazer?

— Já fiz. Demiti o incompetente.

Capacho continuou em silêncio. Raul Silvério, o dono do Centro Universitário Provinciano, era um de seus dois senhores. O outro era o Doutor. Mas ainda havia um terceiro, o próprio Jaime Ortega, seu patrão de fato. Se ele o demitisse por não ter contado que já sabia do roubo do *pen drive*, estaria arruinado. Fora da Bartolomeu Dias, deixaria de ter informações privilegiadas e nenhum dos outros senhores precisaria mais dele. Queima de arquivo. Queima de arquivo. Queima de arquivo. Não conseguia pensar em outra coisa.

\* \* \*

Os policiais chegaram pela rua que margeia o canal, entraram numa travessa e alcançaram o beco no começo da tarde, um pouco antes de a chuva começar. Cercaram a casa em poucos segundos. Três deles pularam o muro do barraco vizinho e se posicionaram nos fundos. Outros dois subiram na laje. Os cinco restantes foram pela frente mesmo. Ao sinal do líder, arrombaram as portas e já entraram atirando.

Dois bandidos morreram na hora. Eram adolescentes, tinham pouco mais de 15 anos. Nem tiveram tempo de pegar as armas, pesadas demais para eles. O chefe do cativeiro ainda olhou para um dos agentes da Divisão Antissequestro e tentou se identificar. Mas quando colocou a mão no bolso para pegar o distintivo, foi atingido na cabeça com um tiro certeiro, bem no meio da testa.

A refém estava no quarto, com um livro nas mãos. Parecia calma, consciente, senhora da situação. Não se emocionou em momento algum. Olhava com desconfiança para a equipe da DAS que acabara de libertá-la. O curativo nas costas tinha caído e parte do ferimento estava exposto, já que alguns pontos haviam arrebentado. Ela pediu um copo de água e perguntou se poderia ir ao banheiro. Foi atendida.

O diretor interino da Divisão Antissequestro comemorou o sucesso da operação com pancadas espalmadas nas costas de cada um. Nem reparou na identificação policial de um dos mortos, jogada no canto da sala. Com o titular em férias, o comando daquela ação renderia uma boa publicidade, projetando seu nome na mídia. Poderia até ser promovido. Quem sabe, assumiria uma das delegacias especializadas ou o comando do CORE? Acendeu um cigarro, soltou a fumaça em forma de círculos pelo ar e curtiu o sabor do sucesso. Só tinha uma dúvida: esperava pela imprensa ou levava a menina para a delegacia? Optou pela segunda alternativa.

Adriana saiu do banheiro direto para a viatura. Quase não acreditou no local que servira de cativeiro. Estava em Rio das Pedras, uma das 92 favelas dominadas por milícias no Rio de Janeiro, a dez minutos da Barra da Tijuca. Entre os moradores curiosos com a movimentação, havia diversos milicianos, surpresos com a operação policial. Alguns deles falavam discretamente em rádios e telefones celulares. O descontentamento era evidente.

O motorista deu a partida. Adriana estava sentada no banco de trás, entre dois agentes, enquanto o delegado ocupava o lugar do carona. Os outros policiais ficaram na favela para esperar a perícia.

— Como vocês chegaram ao cativeiro? — perguntou ela.

— Bom, vejo que você está mais animada.

— Agora estou mais tranquila.

— Foi através de uma ligação do disque-denúncia. Ainda existe muita gente boa por aí, menina — disse o delegado.

— Você é o diretor da Antissequestro?

— Interino. O titular está de férias.

— Sei.

— O seu caso é o de maior repercussão na cidade. Quando te vi no cativeiro, custei a acreditar que era você. A denúncia só falava de uma garota, não dava identidade. Mas eu te reconheci logo.

— O que a imprensa anda falando de mim?

— Estão todos confusos. Primeiro, você leva um tiro na faculdade. Depois, some do hospital. E agora é encontrada num cativeiro! Amanhã vai ser manchete em todos os jornais e televisões.

— Para onde vocês estão me levando?

— Para a sede da DAS, no Leblon.

A chuva deixou o vidro lateral da viatura embaçado. Por uma fresta, ela acompanhou o trajeto até a zona sul da cidade. Como estava no meio do banco traseiro, também conseguia enxergar pelo para-brisa, mas a paisagem se resumia a carros enfileirados. Apesar do horário aparentemente tranquilo, o trânsito estava engarrafado. Não só por causa do mau tempo, mas pelo excesso de movimento mesmo. A autoestrada Lagoa-Barra havia sido subdimensionada, não tinha mais capacidade para escoar o tráfego. Trinta anos após a inauguração, nenhuma ampliação fora feita. A situação caótica já era crônica no local.

— Delegado!
— Sim.
— Só uma última pergunta.
— Claro.
— O senhor avisou ao chefe de polícia?
— Tentei, mas o telefone estava fora de área. O Vasconcelos é um homem muito ocupado. Deixei recado para ele nos encontrar na DAS.

Adriana ficou calada durante o resto do caminho. Sabia que o perigo não havia terminado.

## 17. Os cursos técnicos

O delegado Vasconcelos estava almoçando sozinho em um restaurante da rua Gomes Freire, a poucos metros da chefia da Polícia Civil, no centro da cidade. Desligara o celular e dispensara os agentes que faziam sua segurança. Precisava colocar as ideias no lugar, entender o que estava acontecendo.

O filé à cubana estava um pouco salgado para o seu paladar. Pediu uma cerveja para aliviar o gosto. A batata palha, misturada com cebola, ervilhas e outros ingredientes que não conseguia identificar, estava mais saborosa do que a carne. Raspou a travessa, juntamente com o arroz branco e a farofa de ovo, servidos à parte. A ansiedade não tirava seu apetite. Apenas embaralhava o raciocínio, já bastante confuso após as declarações de Adriana.

Ao contrário do que pensara, a estudante não era uma traidora. Havia guardado a letra com a fórmula para ele, mesmo depois de ser baleada. Mas alguém tinha chegado na frente. Quem? Como? Por quê? Não poderia ser um traficante do morro, ou a notícia já teria se espalhado. Seus espiões, os famosos X9s, já teriam lhe contado. Além disso, seria necessário contratar um químico e ter um laboratório especializado para produzir a droga, cuja fórmula estava escondida embaixo da letra de funk. Bandidos de morro não teriam capacidade para isso. Eram apenas revendedores, espalhados por barracas de venda pela cidade, sem estrutura, sem inteligência, sem iniciativa.

Só poderia ser algum dos figurões endinheirados, os financiadores do tráfico de drogas e armas na cidade, que não precisavam se esconder da polícia ou frequentar favelas. A maioria fazia parte da alta sociedade carioca e frequentava os salões da Vieira Souto, da Delfim Moreira e da Atlântica, em cujas festas se formava o círculo de contatos que lhes garantia imunidade: políticos, juízes e grandes empresários. Mas qual deles? Como descobrir sua identidade se tinha tanta proteção?

Havia dois meses, recebera um relatório da inteligência da Polícia Civil sobre um tal de Doutor, codinome utilizado pelo suposto chefão do crime organizado no Rio. O perfil do Doutor se encaixava perfeitamente nas características dos socialites cariocas. De acordo com o documento, nenhum chefe de morro o conhecia. Os contatos eram sempre feitos por emissários que, por sua vez, reportavam-se a outros emissários. Destes, só um havia sido preso e fora através dele que a polícia tomou conhecimento da existência do Doutor.

Em seu depoimento, o preso dizia que só recebia ordens por telefone, carta ou e-mail, jamais pessoalmente. A voz estava sempre distorcida, metalizada, impossível de ser reconhecida. Mas dava para perceber que a linguagem era correta, sem gírias, inclusive com palavras difíceis de compreender. A perícia nas cartas apreendidas com o preso revelara que a caneta utilizada nas mensagens escritas em letra de forma era uma *Montblanc*, mas nada fora descoberto no exame grafológico, a não ser o perfil psicológico do autor, que indicava uma personalidade esquizofrênica, com mania de grandeza, hábitos sofisticados e impulsos destrutivos.

Vasconcelos desprezava os exames psicológicos. Achava-os superficiais, enganadores, como, aliás, toda a Psicologia. No perfil do Doutor, por exemplo, o único dado aproveitável eram os hábitos sofisticados, mas isso já havia sido confirmado pela tinta da caneta *Montblanc*. Quando queria realmente conhecer a personalidade de um suspeito, recorria à literatura. Essa sim fornecia informações proveitosas, principalmente os romances policiais. Os escritores Garcia-Roza, Prendi, Licínio, Lamazière, Bellotto e Moreira da Costa eram os verdadeiros conhecedores da mente criminosa.

Lembrou-se de Pastoriza. Esse também era um bom escritor, apesar de pertencer a um outro gênero. Não entendia por que só usava pseudônimos e publicava em outra língua. Provavelmente insegurança ou esquizofrenia. Esquizofrenia? Não. Não. Não. Seria muita coincidência. Além disso, não acreditava em exames psicológicos, e o escritor estava longe de pertencer à alta sociedade, embora pudesse ter hábitos sofisticados. Se fosse verdade, a estratégia do nome no lençol seria uma grande cagada. Atirara no que vira, acertara no que não vira. Ao escrever o pseudônimo Carlos Garsa, seu objetivo era culpar Pastoriza apenas pelo desaparecimento de Adriana, que, na verdade, havia sido planejado e executado por ele mesmo, Vasconcelos. Jamais imaginou que o pacato diretor da faculdade de Psicologia pudesse ser bandido, muito menos chefe do crime organizado. Só o tinha escolhido como bode expiatório por um reservado motivo pessoal e porque sabia que ele estava investigando o caso e trabalhando ao lado do chefe da segurança no campus, a quem culpava pela adulteração das imagens da câmera de vigilância. A ligação entre ambos seria um prato cheio para a imprensa e mais um argumento para acusá-lo. Quando os dois fugiram do hospital, a tese ganhou ainda mais força e a estratégia parecia solidificada. Só isso, nada mais. Apenas uma boa obra de ficção, engendrada por ele, um delegado de primeira classe, chefe da Polícia Civil, mas que poderia ter sido escrita por um bom romancista. Embora o tal motivo pessoal reservado tivesse uma grande influência em seu inverossímil enredo ficcional.

Voltou a pensar em Adriana. Usar o veneno de sapo havia sido um erro. Processaria o escritor Rubem Fonseca e todos os falsos feiticeiros literários. A dosagem estava bem explicada no livro, não entendia o que tinha acontecido. Ela não poderia ter pulsação e entrar em coma. Se a catalepsia funcionasse, a menina seria considerada clinicamente morta. Dessa forma, poderia desenterrá-la para saber onde estava a letra com a fórmula, o que seria impossível enquanto estivesse no hospital, sob os holofotes da mídia.

Pretendia obrigá-la a falar, pois achava que havia passado para o lado dos traficantes. Quando a contratara, seis meses antes, para ser sua assessora, dissera que o trabalho seria clandestino, porém oficial, já que ela responderia diretamente ao chefe da Polícia Civil. Mas era tudo mentira. O verdadeiro objetivo da contratação era investigar os boatos de que uma nova droga, muito mais forte e barata que as demais, seria produzida no morro do Borel. Adriana preenchia dois requisitos fundamentais: estudava na faculdade ao lado da favela e cursava Farmácia, ou seja, não despertaria suspeita na comunidade e ainda poderia identificar a fórmula da nova droga, sua missão principal.

A investigação não tinha qualquer tipo de registro na chefia de polícia. Vasconcelos a conduzia por motivos pessoais, ligados à sua ilimitada ambição política, que precisava de dinheiro para ser alimentada. Mas Adriana só descobriu isso no dia em que ele apareceu no cativeiro. Sequestrá-la havia sido a única saída que o delegado encontrara para resolver o impasse criado pelo fracasso do plano inspirado no livro. Mas agora precisava se livrar da menina. Do contrário, o projeto de se candidatar a deputado nas próximas eleições estaria encerrado.

Ainda no restaurante, terminou a sobremesa, chamou o garçom e pediu a nota fiscal para reembolso, enquanto tomava um café sem açúcar. Ao sair, reparou na movimentação das equipes de jornalismo da TVE, que ficava bem em frente. Perguntou o motivo ao cinegrafista, que o reconheceu imediatamente.

— O senhor não sabe, Dr. Vasconcelos?

— Não, estava almoçando. Deixei o celular no gabinete. O que houve?

— A menina que levou o tiro na faculdade foi encontrada. Tremenda matéria. Ela estava sequestrada. Nós estamos indo para a DAS, no Leblon.

— Puta merda!

Vasconcelos entrou apressado no prédio da Polícia Civil. A testa franzida formava pequenos canais por onde escorria o suor nervoso que desembocava na pequena cicatriz ao lado do ouvido direito. Do nariz vermelho pendiam secreções endurecidas misturadas a gosmas amareladas que emolduravam um bigode artificial em torno do lábio superior. Sentia o refluxo do almoço queimar o estômago e o esôfago, deixando um gosto de vômito na garganta irritada.

Não respondeu aos cumprimentos dos colegas que encontrou pelo caminho. Embarcou no elevador privativo, desceu no décimo quinto andar e, literalmente, meteu o pé na porta de seu chefe de gabinete, um obscuro inspetor que havia sido surpreendentemente alçado a um dos postos mais cobiçados do prédio.

— Você é um imbecil! Como é que não me avisou sobre essa porra de sequestro? — gritou o delegado.

O inspetor ainda teve que passar pelo constrangimento de encaminhar os dois visitantes que estavam em sua sala até a saída, antes de responder.

— O senhor não levou celular, doutor. Ninguém sabia onde estava. Pensei que fosse voltar logo do almoço.

— Celular é o caralho! Você tinha que me catar pela cidade inteira. Mandar gente atrás de mim, passar um rádio, sinal de fumaça, sei lá.

— Desculpe.

— Como foi que descobriram o cativeiro?

— Pelo disque-denúncia. Mas só souberam que era a menina da faculdade quando chegaram lá. O diretor interino da Antissequestro fez tudo sozinho. Recebeu a informação pela manhã e antes do almoço estourou o cativeiro.

— Em plena luz do dia? O cara é um irresponsável. Tinha que esperar anoitecer e me avisar. Quem manda nesse barraco sou eu!

— Calma, doutor. Ainda há tempo para o senhor chegar na DAS, dar entrevistas e aparecer nas fotos — disse o inspetor.

O delegado se irritou de vez.

— Você não tem a menor noção de nada! Fala a verdade: você nasceu estúpido ou aprendeu isso na faculdade? Não sei onde eu estava com a cabeça quando te coloquei nesse cargo! E ainda me aparece com esse diploma de gestão de segurança! Que porra de gestão é essa?

Vasconcelos arrancou o diploma da parede, quebrou a moldura de vidro com o joelho e jogou os pedaços no chão.

— Estou indo para o Leblon. Liga pra esse moleque na DAS e diz para não interrogar a menina antes de eu chegar. E nem pensar em falar com a imprensa! Também quero que proíba entrevistas dela e dos agentes. Silêncio total! Entendeu? — perguntou o delegado, batendo a porta e saindo sem esperar pela resposta.

O inspetor se agachou lentamente e começou a recolher os cacos pelo assoalho de madeira. Aquele diploma era a única coisa de valor que tinha na vida. Não um valor material, medido em cifras, como o resto de suas posses. Mas um valor representado pelo esforço para consegui-lo. Dois anos de sacrifício, estudando à noite, longe da família, praticamente sem ver os filhos pequenos, cujos horários não batiam com o dele. Finais de semana divididos entre plantões e livros, discussões com professores, dificuldades com as matérias jurídicas, mensalidades atrasadas. E, ainda por cima, o preconceito dos colegas, para quem o único canudo válido era o de Direito. Um certificado conseguido na metade do tempo não poderia ser superior.

Estavam errados. A LDB de 1995 criara os cursos sequenciais conferindo-lhes o status de superior. Eles deveriam se concentrar em carreiras não contempladas na graduação tradicional, ter um caráter de formação para o trabalho e não ultrapassar cinco semestres de duração. Também chamados de politécnicos, davam direito aos formados de disputar concursos públicos cujo requisito era o diploma de terceiro grau e possibilitavam o ingresso em cursos de pós-graduação *lato sensu*. Enfim, uma ideia revolucionária com o objetivo de dinamizar o ensino superior, proporcionando novas alternativas tanto para estudantes como para empreendedores, cada vez mais necessitados de mão de obra especializada e bem-formada.

Só a Bartolomeu Dias tinha mais de cem cursos sequenciais, com duração entre quatro e cinco semestres, que respondiam por 30% do faturamento da empresa. O cardápio de opções era o mais variado possível. Havia formação para atores, chefes de cozinha, pilotos de helicóptero, produtores culturais e até sambistas. Mas os que tinham mais procura eram os tradicionais, ligados às áreas de saúde e gestão.

O grande problema era exatamente o que vivia o inspetor, o preconceito. Ele tivera professores competentes, passara por um currículo moderno e fora submetido a avaliações práticas. Não era um simples policial, era um gestor de segurança, embora sua habilitação não fosse devidamente compreendida. A não ser pelo chefe de polícia, que o contratara sem conhecê-lo, confiando na recomendação de um dos coordenadores do curso. Mas agora nem ele parecia reconhecer sua competência. E ainda o havia humilhado na frente de outras pessoas.

Pediria demissão no dia seguinte. Mas nem por um caralho ligaria para o diretor da DAS.

O Vasconcelos que se fodesse!

## 18. Os funcionários

Pastoriza tinha duas preocupações quando saiu da casa de Jaime Ortega. A primeira era a suspeita que o patrão levantara sobre Rover e a coordenadora do laboratório. A segunda, não ser identificado pelo taxista. Já estava arrependido de ter deixado o Chevette do árabe na casa de Nicole, que, obviamente, não o usaria. Aliás, ainda bem que ela havia esquecido do Audi. Pelo menos, por enquanto. Teria que dar um jeito de pagar o prejuízo o mais rápido possível.

O motorista olhou pelo retrovisor e o encarou. Parecia um sujeito bem-informado, como a maioria dos taxistas. Já deveria ter visto a foto dele no jornal.

— Vai pra onde, mestre?

Estranhou ser chamado de mestre, apelido que, entre outras coisas, identifica os professores. Mas aquele era um epíteto comum, valia para quase tudo, diferentemente de doutor, só usado para deferências especiais. Mestre todo mundo podia ser. Um título vulgar, sem muita importância na cultura nacional. Talvez em concordância com a desvalorização do magistério. Não, não estava sendo reconhecido.

— Academia da Praça. Ali na Coutinho Fróes, perto do Pepê.

— Pode deixar, eu sei. É a academia das gostosas. Vou voando pra lá.

Definitivamente, o homem não o havia reconhecido. Aquela simpatia toda não podia ser fingimento.

— Não tem pressa. As gostosas não vão fugir — disse, para deleite do taxista.

Voltou a pensar na primeira preocupação: Rover. O sujeito podia até ser inocente, o que, inclusive, parecia o mais provável. Mas era, no mínimo, irresponsável. Onde já se viu marcar um encontro numa academia de ginástica, logo a mais famosa do bairro, frequentada até por atores de novela!? Precisaria lembrar ao colega que ambos eram fugitivos oficiais da polícia.

— Posso ligar o rádio, mestre?

— Por favor.

Pastoriza achou que teria de ouvir alguma rádio de pagode, cheia de diminutivos em forma de melodia. Mas, para sua surpresa, o taxista ligou na CBN, cuja programação era composta exclusivamente de notícias. Logo na primeira delas, o impacto da novidade:

"Reviravolta no caso da estudante baleada no campus da Universidade Bartolomeu Dias, no Rio de Janeiro. Adriana Maia havia desaparecido misteriosamente do Hospital da Ordem Terceira, na Tijuca, onde estava internada. Mas uma ligação para o disque-denúncia revelou que a jovem estava sequestrada. A polícia acaba de invadir o cativeiro, que ficava na favela Rio das Pedras, e libertar a menina. Três bandidos foram mortos. Neste momento, Adriana presta depoimento na sede da Divisão Antissequestro, no Leblon. Outras informações a qualquer instante."

\* \* \*

Na DAS, Adriana e o delegado que a libertara esperavam por Nicole em uma sala reservada do segundo andar. Ele havia feito um acordo com a repórter, que conhecera durante uma operação liderada pelo titular da Divisão Antissequestro. O trato era o seguinte: no dia em que ele comandasse pessoalmente uma ação de impacto, daria a notícia exclusivamente para ela. Em troca, queria ser a estrela da reportagem e o único policial a dar entrevista. Um bom negócio para ambos. Furo de reportagem para a jornalista, ascensão profissional para o delegado.

O dia havia chegado e a repórter já estava subindo as escadas da delegacia. Só então os outros órgãos da imprensa seriam avisados. Ela teria uma vantagem de pelo menos meia hora sobre os concorrentes. E, mesmo assim, Adriana só seria liberada para falar com os demais repórteres após prestar depoimento, o que levaria mais umas três ou quatro horas. Até lá, a entrevista exclusiva já teria sido veiculada na emissora de Nicole.

\* \* \*

Na Academia da Praça, o cenário era de comício popular. Parecia comitê de partido político, não um templo de culto ao corpo. Faixas, cartazes, panfletos pelo chão e gritos de ordem uniam um grupo de quarenta pessoas que se aglomerava em volta da piscina, ao lado da sala de pilates. Eram amigos de Rover, que, além de chefe da segurança da Bartolomeu Dias, também trabalhava como *personal trainer* no local. Os manifestantes haviam organizado um evento de apoio ao detetive, que, segundo eles, estava sendo usado como bode expiatório no caso da menina baleada no campus. Queriam chamar a atenção da mídia e protestar contra a injustiça, palavra presente em nove de cada dez cartazes.

A notícia do aparecimento de Adriana chegara minutos antes. Rover, que estava escondido na sala da direção, havia sido carregado pelos amigos até a piscina e estava sendo cumprimentado por cada um dos presentes, que faziam questão de acariciar seu longo bigode mexicano. Aos gritos de *Uh! Uh! O negão é nosso!*, jogavam-no para o alto como se fossem atletas de um clube campeão atirando o técnico para cima e comemorando o título. A libertação da menina significava que tudo seria esclarecido e, portanto, ele seria inocentado.

※ ※ ※

Na garagem do prédio, Nicole levou um choque quando viu aquele Chevette velho estacionado na sua vaga. Não acreditava que Pastoriza fosse tão irresponsável. Haviam conversado muito, discutido a relação, colocado as mágoas em dia. Mas ela se esquecera de perguntar pelo Audi. O que teria acontecido? A raiva do ex-namorado voltou a emergir, mas logo foi diluída pela lembrança de que ele havia fugido com seu carro, portanto, deveria tê-lo escondido em um lugar seguro.

Pegou um táxi e chegou à Antissequestro dez minutos depois de Adriana e o diretor interino, que já a esperavam. O acordo que fizera com aquele ambicioso delegado estava dando mais frutos do que imaginara. Ele a avisara sobre a libertação da menina logo que percebera de quem se tratava. Provavelmente, ganharia mais um prêmio com aquele furo, pensou, no momento em que abriu a porta da sala reservada e viu os dois conversando, sozinhos, em um tom amistoso e cordial. Trazia com ela uma câmera Mini DV, com iluminação autônoma e microfone profissional acoplado. Colocou-a no tripé e começou a entrevista.

※ ※ ※

Pastoriza ainda estava atônito com a notícia que acabara de ouvir no rádio, quando entrou na Academia da Praça. A gerente o recebeu na portaria. Era uma morena linda, de formas sutis, porém definidas, estilo falsa magra, cujo ligeiro estrabismo, longe de comprometer a beleza, tornava-a ainda mais charmosa.

— Oi, professor Pastoriza. O Rover está lá na piscina. Estão todos te esperando — disse ela.

— Todos? Qual é o motivo da festa?

— Não é festa. É uma manifestação de apoio.

Quando chegou à piscina, foi logo reconhecido pelos amigos de Rover e recebeu o mesmo tratamento. Fizeram um círculo, juntaram as mãos e jogaram-no para o alto, mas, como não tinha bigode, foi cumprimentado com efusivas carícias na longa cabeleira, tão fortes que chegaram a arrancar alguns tufos das laterais. Como não poderia faltar, também foi homenageado com um grito de guerra, cujo prosaico conteúdo comprovava a sinceridade do grupo: *Ih! Ih! É Pastoriza!*

O *personal trainer* pediu a palavra e fez um breve discurso. Os amigos fizeram silêncio para ouvi-lo.

— Eu gostaria de agradecer a presença de todos. Sou morador da Barra há vinte anos. Vocês me conhecem, sempre procurei ajudar os moradores daqui, mesmo antes de fazer concurso para a polícia e vir para a 16ª delegacia, aqui no bairro. Quando abandonei a carreira de atleta, precisava de outra para me sustentar. Escolhi ser policial, mas tive que complementar meu salário, de forma honesta, trabalhando para uma universidade. Jamais imaginaria que uma tragédia como a dessa menina aconteceria. Muito menos que iriam me culpar por esconder um bandido. Nenhum dos meus patrões está aqui hoje. Eles me esqueceram. Deixaram que eu fosse jogado aos lobos — Pastoriza se impressionou com a frase de efeito. — Mas vocês estão aqui. É o que me basta. Vocês confiaram em mim e me deram apoio. E, agora que a menina apareceu, tudo será esclarecido. Muito obrigado. Amo todos vocês.

Os aplausos duraram cinco minutos. Várias pessoas se emocionaram, entre elas a ex-mulher e os filhos de Rover, para quem os últimos dias haviam sido de verdadeiro desespero. Os dirigentes da Bartolomeu Dias haviam proibido que qualquer funcionário comparecesse à manifestação, divulgada no campus uma hora antes. Mesmo assim, dez deles arriscaram o emprego e compareceram ao evento para cumprimentar o chefe da segurança. Um estava especialmente comovido, chorava muito, quase não conseguia falar.

— Calma, rapaz. Está tudo bem — disse Rover, tentando acalmá-lo.

— Não é isso, chefe. Quer dizer, não é só por causa disso — disse o funcionário da universidade.

— O que houve?

— A tua situação é muito parecida com a nossa. Também estão nos abandonando. Há uma série de demissões programadas. Eles estão tentando vender a universidade e, por isso, precisam diminuir os custos. Parece que vão cortar 30% dos funcionários. Todo mundo está inseguro. Ninguém sabe se vai ter emprego amanhã.

— Isso é mais um motivo para eu te admirar. Mesmo assim, você ainda veio aqui por minha causa. Obrigado.

— Não tem o que agradecer. Estou aqui em causa própria. O reitor não entende que a insegurança dos funcionários prejudica a universidade. Ninguém consegue fazer o trabalho direito. Os alunos são mal atendidos, os professores não têm suporte, os laboratórios ficam às moscas, sem gente pras operações técnicas.

Ao ouvir a palavra laboratório, Rover lembrou que o caso ainda não estava encerrado. Despediu-se do funcionário, prometendo acionar o sindicato e organizar um grupo para falar com os conselheiros da mantenedora. Em seguida, pediu licença a todos, chamou Pastoriza e o levou para uma sala no segundo andar, de onde era possível ver a sala de ginástica localizada e a musculação. Ambos ficaram alguns segundos admirando as mulheres saradas suando nos aparelhos antes de começarem a conversar. Mas logo saíram da hipnose estética.

— O problema é muito mais grave do que imaginamos — disse Rover, mostrando a folha com a letra de funk, que ainda estava com ele.

— Porra, achei que nunca mais fosse ver esse papel! — disse Pastoriza.

— Quase que não vê, mesmo. Eu e a Tetê passamos a madrugada inteira no campus pesquisando essa fórmula. Ela fez diversas experiências químicas para descobrir o que eram os dois elementos ao lado da fórmula do ecstasy. A mulher é doida. Misturava tudo que via pela frente. Teve uma hora que quase botou fogo no laboratório. Fiquei assustado, meu amigo.

— Mas o que ela descobriu, afinal?

— Ela ficou horas examinando cada um dos componentes e comparando as respostas que eles apresentavam em reações com diversos elementos químicos diferentes. Mesmo assim, não conseguiu descobrir do que se tratava. Ela me disse que nunca tinha visto aquilo. Até que...

— Até que?

— Até que ela fez o mais simples: juntou um com o outro.

— E o que aconteceu?

— Ela finalmente descobriu o que era.

— E o que era, porra? Fala logo.
— O elemento Z.
— O que é isso?
— Isso é o maior dos nossos problemas.

\* \* \*

Na Divisão Antissequestro, Nicole conduzia a entrevista com todo cuidado, para não assustar Adriana. O cenário era constituído apenas de duas cadeiras, colocadas frente a frente, para que pudessem conversar olhando nos olhos uma da outra. A câmera estava posicionada atrás da repórter, de modo que focalizasse o rosto da estudante. O diretor interino aparecia ao fundo, como se fosse um jarro, fingindo que falava ao telefone. Ele estava tão curioso quanto a repórter, pois a menina ainda não contara nada sobre o caso.

A primeira pergunta foi direta.

— Adriana, o que aconteceu no dia do tiro?

Ela pensou por alguns instantes antes de responder. Não tinha certeza se deveria contar toda a verdade. Poderia ser sua sentença de morte. Dessa vez, uma morte real, sem catalepsias e outras esquisitices literárias. Entretanto, a entrevista também poderia funcionar como uma apólice de seguros. Depois que fosse veiculada em rede nacional, ninguém ousaria tocar nela.

— O que a senhora quer saber? — perguntou, aflita, porém decidida.

— Se você viu quem atirou em você?

— Vi sim. Foi um funcionário da Bartolomeu Dias. O nome dele é Lucas.

— Lucas? Esse nome não me é estranho.

— Claro que não. Há dois anos, ele ficou famoso em todo o Brasil depois de passar no vestibular mesmo sendo analfabeto.

— Isso mesmo. Agora lembro. Você tem certeza?

— Tenho. Olhei diretamente nos olhos dele.

— Mas que motivos ele teria para atirar em você? — perguntou Nicole, ansiosa, parecendo preocupada com a possível resposta.

Adriana conhecia bem os motivos. Agora, mais do que nunca, entendia toda a trama em que estava envolvida. Sabia que o verdadeiro patrão de Lucas era o conselheiro Manoel Capacho. Ele investira milhões no laboratório de Farmácia do campus Tijuca para desenvolver uma nova droga sintética, muito mais poderosa do que o ecstasy. Havia vários cientistas envolvidos, todos contratados a peso de ouro. Mas, apesar da grana que rolava na Bartolomeu Dias, o investimento era muito pesado, e ele se associara a um figurão do tráfico de drogas. Não um bandido qualquer, mas um grande empresário, com contatos nas altas rodas. Esse sujeito é que mandara Lucas atrás dela depois que descobrira a fórmula, intermediado, é claro, por Manoel Capacho. Entretanto, se contasse essa história, não teria uma segunda chance. Bastava falar de Lucas. O tal figurão se encarregaria dele e tudo seria esquecido, inclusive a participação dela.

O único problema era o chefe de polícia. Ainda não conseguia entender por que ele agira daquela forma. Afinal, ela havia cumprido todo o serviço. Descobrira a fórmula e iria entregá-la a ele. Além disso, pensara em uma maneira de alertá-lo sobre as milícias e o código na letra de funk, mesmo depois de ser atingida. O que fizera de errado?

— Você não respondeu à minha pergunta — insistiu Nicole.

— Desculpe. Você pode repetir?

— Que motivos o funcionário Lucas teria para atirar em você?

— Realmente não sei.

— Tudo bem. Vamos mudar de assunto. O que aconteceu no hospital?

— Só lembro de estar numa cama e não conseguir me mexer. O resto se apagou da minha memória.

— Alguém tirou você daquela cama. Você lembra quem foi?

— Não. Eu devia estar inconsciente.

— E o que aconteceu no cativeiro? Você conhecia o chefe do bando, que morreu no tiroteio com a polícia.

— Ele não era o verdadeiro chefe.

— Quem era então?

— O homem que veio conversar comigo ontem à tarde.

— Você é capaz de reconhecê-lo? Sabe o nome dele?

Novamente, teve que pensar na resposta. Estava numa delegacia. Como poderia denunciar o chefe da Polícia Civil? Seria a palavra dela contra a dele. Teria que ter provas. E tinha.

O livro que Vasconcelos lhe dera ainda estava em suas mãos. Não o largara por um instante sequer. As páginas estavam marcadas e o texto anotado, duas claras evidências para identificar o dono. Era sua carta de alforria, além de uma irônica vingança contra o homem que a envenenara.

Pegou um saco plástico que estava ao lado da cadeira e colocou o livro dentro. *O filho da puta vai ser desmascarado pelo Rubem Fonseca!*, pensou. E tomou a decisão de levar a entrevista até o fim. Mas, em vez de responder para a repórter, virou-se para o delegado que dirigia interinamente a DAS.

— Delegado, neste livro o senhor vai encontrar duas digitais: a minha e a do chefe dos sequestradores. Vai perceber também que há anotações em algumas páginas. Um simples exame grafológico será capaz de mostrar que a caligrafia é dele também. As anotações dizem respeito a um veneno que foi utilizado em mim. Apesar de já ter passado algum tempo, acho que ainda será possível encontrar vestígios no meu sangue. Espero que o senhor tenha coragem. Principalmente porque está tudo gravado nesta entrevista.

— Quem é ele? — perguntou Nicole.

— Joaquim Vasconcelos, o chefe da Polícia Civil.

O diretor interino da DAS quase caiu da cadeira. A repórter ficou muda. Um silêncio constrangedor inundou o ambiente. Mas Adriana estava decidida.

— A senhora garante que a emissora colocará a entrevista no ar?

Nicole gaguejou, pensou um pouco e disse que sim. Bastava usar a câmera para gravar imagens da letra no livro e compará-las com algum documento escrito por Vasconcelos para produzir uma prova televisiva. Poderiam fazer essa comparação no computador, pedindo ao departamento de arte para jogá-la na tela. Tudo certo: dava pra bancar a matéria! Seria prêmio Esso com certeza.

Enquanto o delegado tirava uma amostra de seu sangue, Adriana contou a história toda, desde o dia em que fora contratada pelo chefe de polícia para ajudar na investigação sobre a nova droga até a conversa no cativeiro. Só omitiu a parte sobre o laboratório dentro da universidade e a provável participação de um figurão do tráfico. A repórter ficou impressionada com a história do veneno e, principalmente, com a frieza da menina. Entre uma explicação e outra, ela cantarolava pequenos trechos de letras de funk, entoados em forma de mantra. Havia uma segurança inabalável em sua voz.

— Então, é o seguinte — continuou Adriana, como se fosse ela a chefe e os demais seus assistentes. — Todo mundo tem a ganhar aqui. Eu fico viva. Você ganha um furo de reportagem. E o amigo aí vira o grande herói da história, desmascarando o próprio chefe. Será promovido rapidinho.

O delegado gostou do que ouviu e concordou com os termos da menina. Ela iria com Nicole para a emissora, onde estaria segura, já que ninguém se atreveria a invadir uma rede de televisão. Ele trataria de enrolar Vasconcelos e o resto da imprensa enquanto as provas eram periciadas por alguém de sua confiança. Assim que o perito desse o ok, a matéria iria pro ar e Adriana falaria com os outros repórteres.

— Temos um acordo?

— Sim, temos um acordo — respondeu o diretor interino da Divisão Antissequestro.

Três minutos após a saída de Nicole e Adriana, chegaram os primeiros carros de reportagem de outros jornais e TVs. Vasconcelos veio em seguida. Atrasado, suado e com uma azia infernal.

## 19. O crescimento

Os primeiros milicianos chegaram às quatro da tarde. Alguns ainda vestiam farda e tinham a fisionomia cansada do plantão recém-concluído. Vinham do 16º Batalhão da Polícia Militar, em Olaria, no subúrbio do Rio. O sargento que os comandava tratou de distribuir armas e roupas camufladas, além de esconder os objetos pessoais na mala de um Santana prateado. Nada deveria identificá-los.

Em seguida, vieram os companheiros do 22º Batalhão, na Maré, que ficava bem próximo do ponto de encontro, no estacionamento de uma churrascaria da estrada do Galeão, na Ilha do Governador. Estes já chegaram devidamente camuflados, prontos para a batalha. Com eles, estavam alguns bombeiros, soldados do exército e policiais aposentados.

Às quatro e meia, o grupo já estava completo. Quarenta homens fortemente armados, bem-treinados e disciplinados. Acima de tudo, disciplinados. Para fazer parte de uma milícia, essa era a palavra-chave. Submeter-se à mesma hierarquia que pautava a conduta de todos em seus postos oficiais. Como bem lembrou o sargento, agora promovido a comandante, ao ler o discurso escrito pelo tenente de um dos batalhões:

— Vocês foram os escolhidos. São leais e competentes. Seus chefes confiam em vocês. A missão que têm a cumprir é fundamental para a sobrevivência de todos. Hoje, vamos livrar a sociedade de mais um câncer. Salvaremos a comunidade desses ratos. Se Deus quiser, eliminando cada um deles. Não pensem, atirem pra matar. Do lado de lá, só tem criminosos da pior espécie. São traficantes, sequestradores, estupradores e ladrões, que só estão soltos porque o estado não consegue puni-los. Mas nós vamos. Lembrem-se do lema de nosso padrinho: para cada crime corresponde um castigo.

O final do discurso foi aplaudido com entusiasmo. Principalmente pela citação ao padrinho, como era chamado o chefe de todas as milícias no Rio de Janeiro, cuja ascendência sobre as 92 comunidades já dominadas estava explícita na taxa mensal que recebia de cada uma delas. Todos sabiam que o dinheiro arrecadado se destinava à sua campanha para deputado federal, o que até justificava a cobrança, pois acreditavam que, depois de eleito, ele ficaria ainda mais poderoso e os protegeria melhor.

O padrinho era o ícone do grupo, o comandante supremo. Todos o conheciam e respeitavam. Não só pelo poder que detinha, mas também pela capacidade de articulação e ampla cultura. Por isso, a citação daquela frase foi recebida com tanto entusiasmo. Um dos milicianos até comentou com o colega do lado, orgulhoso, que comprara o livro de onde o chefe havia tirado aquelas palavras.

— É Dostoiévi. Um escritor russo — disse.

— É bom? Tem tiro? — perguntou o colega.

— Deve ter. Ainda não cheguei lá. Pô, o livro é grossão — respondeu.

Muitos estranharam a ausência do padrinho no dia da invasão, pois ele sempre dava um jeito de aparecer para dar moral ao grupo, mas foram avisados de que não viria devido a compromissos políticos. Entretanto, havia mandado um reforço que levaria a tropa ao delírio: o blindado da Polícia Civil, conhecido como Caveirão.

Quando o veículo entrou no estacionamento da churrascaria, os homens pularam e gritaram. O furgão blindado tinha lugar para oito homens armados com fuzis e era temido por todas as facções do tráfico. Inteiramente revestido de aço impenetrável, também era equipado com metralhadora e lança-granadas. Podia circular dezenas de quilômetros com os pneus furados e suportava tiros de qualquer calibre. Uma verdadeira máquina de guerra.

Às cinco da tarde, o grupo chegou na estrada de Maracajá, virou à esquerda na estrada das Canárias e chegou à entrada da favela vila Joaniza, também conhecida como morro do Barbante, bem no centro da Ilha do Governador, ao lado do aeroporto internacional. Além do Caveirão, eram oito carros, cada um com quatro homens.

Metade subiu pela localidade conhecida como Machado, enquanto o restante entrou pela rua Stella Maris, do outro lado do morro. Em 15 minutos, já tinham cercado os traficantes, que estavam desprevenidos e concentrados numa praça no alto da favela, onde havia um churrasco para comemorar o aniversário do chefe do tráfico. Nem os fogueteiros, meninos de 10 a 12 anos que soltam fogos para avisar sobre a presença da polícia, estavam em seus postos. Foi um massacre. Só não morreram trabalhadores e outras vítimas inocentes porque a comemoração era restrita aos bandidos.

\* \* \*

No mesmo horário, Pastoriza e Rover estavam na gerência da Academia da Praça, de onde tinham uma visão panorâmica da sala de musculação e da ginástica localizada. A aula das cinco estava terminando e as alunas da turma das seis chegavam lentamente, desfilando seus modelitos especialmente comprados para ressaltar os resultados da malhação.

Havia basicamente dois tipos de roupa. O primeiro era composto por uma peça única, que ia do meio das coxas até o pescoço, deixando as costas nuas e, em alguns casos, também o abdômen. O tecido colante, utilizado sobre uma calcinha cavada, deixava as bundas ainda mais empinadas, agravando escolioses e produzindo um efeito lisérgico sobre o público masculino.

Já o segundo modelo era dividido em duas peças, como um biquíni. A diferença é que era um pouco maior do que os trajes usados nas praias cariocas. Entretanto, ficava mais sensual, pois valorizava as coxas trabalhadas nos aparelhos de *leg press* e os seios inflados em cirurgias plásticas, além de instigar a curiosidade pelo pouco que estava escondido. Para completar, detalhes, como meias até os joelhos, tênis importados e maquiagem completa, porque ninguém é de ferro.

A troca de turno era o melhor horário da academia. Enquanto as alunas das seis chegavam para a aula mais concorrida, comandada por um dos sócios, a turma das cinco fazia os últimos exercícios de glúteo, antes dos abdominais, que fechavam a sessão. A posição em que ficavam causava um alvoroço disfarçado nos homens, que fingiam nem ligar, embora não conseguissem tirar o olho do cenário formado à frente.

Em torno de trinta mulheres apoiavam os joelhos e as mãos no solo, ficando de quatro para os babões dissimulados do outro lado da sala, onde estava a musculação. Com as bundas apontadas para eles, iniciavam o movimento indicado pelo professor. Primeiro, esticavam a perna esquerda, depois a direita. Em seguida, faziam semicírculos, imitando cachorrinho no poste, para exercitar a parte posterior do glúteo. Naquela posição, o tecido colante e suado deixava a pélvis em alto relevo, quase tão imponente quanto o músculo que estava sendo trabalhado. E elas ainda faziam caras de sofrimento prazeroso, gemendo a cada movimento executado, apertando os lábios delineados por batom e fechando os olhos para aumentar a concentração.

Com essa cena a poucos metros de distância, protegidos pelo vidro fumê da sala da gerência, Rover e Pastoriza tinham uma certa dificuldade em retomar a conversa sobre a universidade. Nem pareciam envolvidos em uma investigação policial.

— Quem é aquela loira de roupa amarela, Rover?

— Não é pro teu bico, Pastoriza.

— Que é isso? Tá com ciúme das alunas?

— Não é minha aluna, mas acho que ela tem namorado.

— Você acha ou ela tem mesmo?

— Eu acho. Quer que eu verifique?

— Não precisa.

Pastoriza ficou impressionado com a menina de amarelo. Quando a aula terminou, acompanhou seus passos rumo à musculação. Ela se posicionou na cadeira extensora, esticando as pernas delicadamente, aproveitando a parte negativa do esforço que, segundo os professores de educação física, faz o músculo inchar. O rosto sereno, sem maquiagem, diferentemente das outras alunas, não buscava a autocontemplação. Parecia imersa em si mesma, dona de uma solidão à espera de salvamento. Ele passaria o resto do dia admirando-a, não fosse o corte brusco de Rover.

— Cara, vamos parar de babar! Temos um problema sério!

Pastoriza voltou a si. Embora preferisse continuar naquela epifania estética, sabia que a situação era grave.

— O que você descobriu, Rover?

— Basicamente, o seguinte: se ninguém tiver uma cópia dessa fórmula, o papel vale uma fortuna. A Tetê disse que é um composto inédito, chamado elemento Z, cujas propriedades potencializam o efeito do ecstasy.

— Como assim, inédito?

— Inédito porque ninguém na área de química conhece.

— Então como é que tem nome?

— Essa é outra história. Depois que a Tetê juntou os dois elementos no laboratório, nós resolvemos arrombar aquela terceira porta, lembra?

— Lembro.

— Lá, havia vários comprimidos de ecstasy. A Tetê adicionou o composto na base de um pra cinquenta. Ou seja, 98% de ecstasy e 2% de elemento Z.

— Você ainda não me explicou sobre o nome.

— Calma, eu chego lá — disse Rover. — O resultado da mistura mostrou que o efeito alucinógeno aumenta até cinco vezes. Isso significa que os custos da droga vão cair absurdamente. Com um quinto da quantidade atual, você garante ao usuário a mesma viagem. Alguém vai ganhar muito dinheiro com isso.

Pastoriza estava impaciente. Rover continuou:

— Foi então que nós resolvemos vasculhar tudo e descobrimos que o composto se chamava elemento Z. Havia um relatório com esse nome em um arquivo trancado. Ele mostra que as pesquisas vêm sendo realizadas ali há mais de um ano.

— Um ano? E ninguém reparou nada no campus?

— Calma que tem mais. A última página indica que a pesquisa já foi finalizada. Há um relato final, rubricado pelos cinco cientistas estrangeiros contratados para o trabalho, dizendo que entregariam a fórmula ao emissário de um sujeito que responde pelo nome de Doutor.

— Doutor?

— É. Doutor. Mas não dá pra saber se eles chegaram a entregar a fórmula pro tal emissário. Provavelmente, não.

— E a Adriana?

— Talvez a Adriana trabalhasse pra esse Doutor. O que faz todo sentido, pois, como aluna de Farmácia, não levantaria suspeitas.

— E quem seria esse Doutor? — perguntou Pastoriza.

— Não sei. Mas poderia ser, por exemplo, o próprio Dr. Ortega, dono da universidade.

— Tá maluco, Rover? Isso não faz sentido.

— Como não? A instituição tá na falência. O dinheiro da nova droga salvaria a pele dele. Tudo muito conveniente, já que tinha o laboratório e o revendedor principal bem ao lado, no morro do Borel. Ele pode ser um dos grandes financiadores do tráfico de drogas no Rio. Um dos figurões, como você os chama.

— Não acredito. Por que, então, ele me daria o papel com a letra?

— Porque precisaria de alguém para decifrá-la. Seria impossível reunir os cientistas novamente. Além disso, logo após o tiro, havia a informação de que a menina estava em estado grave. Se ela morresse, levaria o segredo para o túmulo. Acho que o Dr. Ortega te usou pra descobrir o código.

— Não posso acreditar nisso. Sei que a universidade está na bancarrota, mas ele não faria isso. Na verdade, bastaria fechar alguns campi pra sanear a empresa, ou vender uma parte, como ele vem tentando, para os americanos.

— Mas fechar alguns campi significaria deixar de ser a maior universidade do Brasil. A vaidade não permitiria isso.

— Ele não é vaidoso. O filho é que é: o Gabriel Ortega. Foi ele o responsável pelo crescimento desmedido. De uma hora pra outra, começou a comprar colégios por toda a cidade. Depois, invadiu o estado. Em seguida, abriu unidades por todo o país. E agora, até fora do Brasil já tem Bartolomeu Dias. Foi essa expansão que afundou o negócio.

— Mas será que o pai sabe disso?

— Sabe. Ele é muito mais perspicaz que nós dois juntos.

— Outro que pode ser o cabeça dessa operação é o Manoel Capacho. É ele que aprova as verbas para o laboratório — disse Rover.

— Não. Ele é, por natureza, um pau-mandado. Não teria coragem para liderar um negócio dessa envergadura. Tenho certeza de que ele está envolvido, mas recebe ordens de alguém — disse Pastoriza.

— E o terceiro conselheiro? Pode ser ele?

— Quem? O Henrique Freitas?

— Esse.

— Não sei. Ele é mais inteligente do que os outros. Mas, por essa mesma razão, acho que não se envolveria com o tráfico de drogas.

— Então, meu amigo, estamos na estaca zero. Não temos um suspeito.

Pastoriza e Rover ainda ficaram por mais duas horas e quarenta minutos conversando na gerência da academia. Esqueceram até da manifestação de solidariedade e das gostosas malhando lá embaixo. Não chegaram a uma conclusão sobre os suspeitos. A única maneira de desvendar o caso seria conversando com Adriana. Mas como? Ela deveria estar sob proteção policial. E se contassem o que descobriram, poderiam ser acusados de fazer parte de uma conspiração. Precisavam de provas.

Às oito e meia, Pastoriza resolveu dar mais uma olhada na folha com a letra de funk. Pegou o papel, viu os rabiscos a lápis com as duas mensagens, pensou na fórmula do ecstasy e do elemento Z, analisou o conteúdo das frases originais do funk e soltou um *puta que pariu* que pôde ser ouvido na sala de ginástica.

— O que foi? — perguntou Rover, assustado.

— Símbolos, meu caro. Símbolos. Eu não mereço o título de psicólogo. Como pude ser tão burro? Passamos tanto tempo tentando descobrir o que estava por trás da letra que não nos concentramos no que estava na superfície.

— E o que era?

— A letra, meu amigo. A letra. Por que os cientistas resolveram colocar a fórmula justamente embaixo de uma letra?

Sei lá, Pastoriza. O psicólogo é você. Quem entende da alma humana não sou eu.

— É óbvio, Rover. Os pesquisadores estrangeiros também passaram uma mensagem. Só que muito mais sutil, sem essas babaquices que parecem tiradas do *Código Da Vinci*.

— Mas que mensagem? E como?

— A mais antiga forma de codificação. E, por isso mesmo, a mais eficiente.

— Qual, Pastoriza? Qual?

— A metáfora, Rover. A boa e velha metáfora.

— Não entendi.

Pastoriza pegou um lápis e sublinhou o título do funk.

— Aqui está a chave — disse.

Uma letra e um número, escritos em caixa-alta, maiúsculos, indicavam a metáfora: X9.

— Puta que pariu! — dessa vez foi Rover quem soltou o palavrão. — Claro! Os gringos queriam dizer que havia um informante no grupo!

— Exatamente. Um deles era português e adorava funk, o que explica a utilização da letra.

— Maravilha de metáfora!

— Isso nem é mais metáfora. É linguagem referencial mesmo. Mais direto, impossível. E você sabe quem é o X9, não sabe?

Rover fechou os olhos, mordeu os lábios e acenou com a cabeça.

\* \* \*

Vasconcelos já havia saído da Divisão Antissequestro quando recebeu a notícia de que a invasão da vila Joaniza havia sido um sucesso.

— Tudo certo, padrinho. A área tá dominada — disse o sargento ao telefone.

— Dê meus parabéns ao grupo. Fala pra eles que o Borel será o próximo. Mas lá não vai ser tão fácil não. Ninguém dá bobeira naquele morro. Não tem festinha nem churrasco. Todo mundo fica ligado. São mais de cem homens armados.

— Tô sabendo, padrinho. A gente vai planejar bem.

— Outra coisa. Aí, na vila Joaniza, manda construir um muro na entrada principal pra evitar invasões — ordenou o chefe da Polícia Civil.

— Sim, senhor. Será providenciado — disse o sargento.

Era com homens como esse que podia contar. Não com aquele imbecil da DAS. Um interino. Filho da puta. Liberou a menina sem autorização da chefia. Seria suspenso, mas o estrago já estava feito. Era a pior hora para o titular, que fora nomeado por ele, ficar doente. Se Adriana desse com a língua nos dentes, estaria perdido. Seria engolido pela imprensa. O fim de sua carreira.

Passava das sete horas quando recebeu duas mensagens pelo celular. A primeira era um desastre: dizia que seus auxiliares não haviam encontrado a menina. A segunda deixou-o mais animado: Pastoriza e Rover tinham sido localizados em uma academia da Barra da Tijuca. Entretanto, como estava em Copacabana, a caminho do centro da cidade, levaria mais de uma hora para chegar à Barra. Sexta-feira, hora do rush, sem sirene no carro. Tudo conspirava contra ele.

Mesmo assim, ordenou que os auxiliares não fizessem nada, apenas vigiassem os fugitivos, pois queria chegar de surpresa e interrogá-los pessoalmente.

Deu meia-volta pela avenida Atlântica e seguiu para a Barra. No trajeto, um telefonema o deixou ainda mais irritado. Era uma repórter.

\* \* \*

Enquanto isso, na Cidade de Deus, Lucas recebia uma mensagem gravada. A voz metálica, distorcida, era inconfundível. O Doutor foi claro:

— Cancele sua última missão e fuja do estado. Você foi descoberto.

## 20. A falência

O táxi com Adriana e Nicole saiu da sede da Divisão Antissequestro, na avenida Afrânio de Melo Franco, no Leblon, em direção à Lagoa. O motorista podia ter ido pela orla, mas preferiu a avenida Borges de Medeiros. Enquanto a menina olhava distraidamente para os pedalinhos e barcos de remo, a repórter pensava no que ela havia falado na entrevista. Algumas informações daquela história ainda não estavam bem explicadas.

Nicole se lembrou da mensagem na letra de funk que estava com Pastoriza e Rover. Ela gravava imagens daquele pedaço de papel quando os dois estavam no furgão da emissora, em frente ao hospital. Entretanto, não conseguira enxergar o conteúdo, embora soubesse muito bem do que se tratava. Sabia também que a folha havia sido deixada por Adriana no local onde levara o tiro. Precisava arrancar outras respostas da menina.

— Você se incomoda de responder mais duas perguntas, em off, só para mim? — perguntou Nicole.

— Tudo bem. Qual é a segunda? — disse Adriana, mostrando sarcasmo e irritação.

— Pra começar, tem uma coisa que eu não entendi — continuou Nicole, fingindo que não notara a ironia. — Você disse que não sabe os motivos que levaram Lucas a atirar em você. Eu acredito. Mas você devia saber que alguém estava te perseguindo! Isso é óbvio.

O táxi atravessou a primeira galeria do túnel Rebouças, virou à direita em direção ao Cosme Velho e seguiu pela rua das Laranjeiras, a caminho da Glória, onde ficava a emissora.

— Por que eu deveria saber? — perguntou Adriana, após tentar mudar de assunto por quase dez minutos.

— Que outro motivo você teria para deixar uma mensagem num pedaço de papel?

A menina ficou assustada. *Como a repórter sabia da mensagem?* Só Vasconcelos e alguém que ela não conhecia tinham essa informação. Esse alguém, inclusive, era o chefe de Lucas, o homem que mandara matá-la. E não se referia a Manoel Capacho, mas sim ao figurão da alta sociedade que estaria por trás de tudo. *Será que a jornalista estava ligada a ele? Não. Muito difícil! Devia ter conseguido a informação com alguma fonte na Chefia de Polícia. Afinal, esse era o trabalho dela.*

Relaxou e respondeu à pergunta cinicamente:

— Não sei do que você está falando.

— Não sabe. Aham! Tudo bem. Mas se você quisesse deixar uma mensagem, para quem seria? E o que estaria escrito?

— Agora já são três perguntas. Sua cota esgotou!

No bairro da Glória, a poucos metros da emissora, Adriana pediu para sair do táxi. Nicole ficou confusa. Tentou impedi-la, mas não conseguiu. O motorista parou em frente ao bar Amarelinho. A repórter ainda insistiu na argumentação:

— O que houve? Nós não combinamos com o delegado da DAS que você ficaria comigo, em segurança?

— Eu sei. Mas tem uma coisa que eu preciso fazer primeiro. Obrigada por tudo.

Adriana sumiu entre os transeuntes. Contrariada, Nicole seguiu para a emissora. Tinha que editar a entrevista e colocá-la no ar. Apesar das dúvidas, a matéria ainda valia o prêmio Esso. Antes, porém, precisava de uma declaração de Vasconcelos. Era uma das regras do jornalismo: sempre ouvir o contraditório. Mesmo que já estivesse condenado pelos fatos.

Telefonou para o chefe de polícia. Também tinha um trato com ele, mas estava na hora de descumpri-lo.

\* \* \*

Na cobertura de Jaime Ortega, a reunião já durava algumas horas. As noites de sexta eram sempre as piores. Os assuntos tratados nunca eram agradáveis. E, embora o encontro estivesse no fim, os argumentos ainda eram os mesmos do começo. Os três conselheiros discutiam a venda da universidade com o patrão.

— Estamos na bancarrota. Não temos alternativa — disse Manoel Capacho.

O reitor Ortega lembrou que Pastoriza falara sobre o dinheiro liberado por Capacho para o laboratório no campus. Imaginou que aquele poderia ser um dos motivos da falência, pensou em lhe perguntar sobre o assunto, mas achou melhor seguir a pauta.

— O que você acha, meu filho? — perguntou para Gabriel.

— Não sei, papai. Tenho medo dessa venda. Não só pelos 30% que vão para os americanos, mas pelos outros 40% que vão para o mercado financeiro com a abertura do capital. É isso que me preocupa. Nós podemos perder o controle — disse o filho.

— Abrir o capital é o que vai nos salvar de verdade. Esse dinheiro servirá para pagar nossas dívidas, investir em tecnologia e nos manter na liderança do mercado — disse o conselheiro Henrique Freitas, pensando nos operadores do mercado financeiro.

— Então está decidido. Na terça-feira, fechamos o negócio com os americanos — disse Jaime Ortega.

\* \* \*

Na mansão do reitor Raul Silvério, dono do Centro Universitário Provinciano, também havia uma reunião. Só que muito mais animada. Os americanos planejavam o ataque final, constituído de uma proposta irrecusável para a compra da concorrente e mais *algunas cositas*, como diziam, rindo do próprio maquiavelismo.

— Fique tranquilo, senador Silvério. O Ortega vai entregar os pontos — disse o chefe dos gringos.

— Por que você está tão seguro? — perguntou o reitor.

— Ele não tem alternativa. Está quase falido. Além disso, sei que a decisão está sendo tomada neste exato momento. Quando acabar a reunião, aquele seu espião lá na Bartolomeu Dias, o tal do Capacho, vai nos avisar — respondeu Patrick Walton.

— Eu só acredito depois que tudo estiver concretizado. Há vinte anos eu luto contra esse crápula do Ortega. Já fiz de tudo para derrubá-lo. Desde o roubo de malas postais, como vocês viram, até aquele plano maravilhoso do analfabeto no vestibular. Eu sempre consigo feri-lo, mas nunca matá-lo. Não posso perder essa oportunidade — concluiu Raul Silvério.

Quando acabou de falar, o telefone tocou. Era Manoel Capacho, contando as novidades.

— Tudo certo, senador. A venda foi decidida.

— Parabéns, meu rapaz. Você será devidamente recompensado.

— Obrigado. Só tenho uma dúvida. Já que está tudo sacramentado, posso suspender o plano da rampa?

— Não. Quero que você continue com o plano. Assim, baixamos o preço ainda mais.
— O senhor tem certeza? Pode acontecer uma tragédia!
— Não me importo. Faça o que eu digo!
Capacho respondeu com o "sim, senhor" habitual. Já estava acostumado. Era da sua personalidade, do seu caráter de pau-mandado, expresso com fidelidade no nome de batismo.

O plano da rampa seria aplicado no domingo.

\* \* \*

Na televisão, as imagens de Adriana acusando o chefe de polícia de ser o mandante de seu sequestro chocaram a população. A matéria tinha quase sete minutos, uma infinidade em telejornal, e esclarecia toda a história, desde o tiro disparado por Lucas até o sequestro no hospital, passando pela caligrafia do delegado no livro sobre o veneno do *Bufo marinus* e o exame de sangue da menina, que comprovava o envenenamento. Em seguida, a repórter Nicole Barros fazia um texto enxuto para encerrar a matéria, informando que o delegado Vasconcelos havia se recusado a responder às acusações e o funcionário da universidade não tinha sido encontrado.

"Até agora, não conhecemos as razões que levaram o chefe da Polícia Civil, que não quis falar com a imprensa, a sequestrar a estudante Adriana Maia. Mas temos provas concretas produzidas pela perícia. Da mesma forma, ainda não é possível saber as motivações do funcionário que atirou na menina. Ele não foi encontrado pela nossa equipe. A história não está completa. Novas informações devem surgir nas próximas horas. E nós estaremos aqui para trazê-las até vocês. Nicole Barros, ao vivo, do Rio de Janeiro."

## 21. O animal

A reunião já havia terminado, mas Jaime Ortega não podia deixar de receber o ilustre convidado que acabara de chegar. O conselheiro Manoel Capacho estava com pressa e foi embora, mas os outros dois continuaram na cobertura para acompanhar o visitante, que trazia com ele um pastor alemão preso numa coleira revestida com diamantes e pérolas.

— Opa! Pensei que fosse um aluno novo. Já ia matricular na faculdade — brincou Henrique Freitas quando viu o animal.

— Não brinca, não. Ele é mais inteligente do que muito ser humano. Tenho certeza de que passa no vestibular — disse o visitante, um dos vereadores mais atuantes da cidade e presidente de uma ONG de proteção aos animais.

Amigo íntimo do prefeito, ele fora escolhido por Ortega para tentar conseguir um empréstimo oficial para a universidade. Os cofres da prefeitura estavam cheios e o alcaide carioca já oferecera dinheiro a juros baixos para várias organizações não governamentais, outros municípios e até estados da federação. Não custava nada pedir.

O pastor alemão sentiu o cheiro da cadela de Ortega, que estava presa na cozinha, e ficou inquieto. Solto pelo dono, passou a vasculhar a sala em uma frenética busca olfativa. O focinho roçou os sofás, as mesinhas laterais, o arranjo central e o tapete persa, cheio de pelos da weimaraner do reitor. Mas o que deixou o animal enlouquecido foi o uivo esganiçado que partiu da cozinha. A cadela estava no cio.

— Fica quieto, porra! — disse o vereador, desferindo dois golpes na cabeça do bicho, que reagiu com um latido intimidador, logo interrompido com a ameaça de um novo tapa.

Pelo interfone, Ortega ordenou à empregada que levasse a cadela para passear na praia e pediu uma rodada de café e biscoitos para adoçar a conversa. Foi direto ao assunto, antes que o animal voltasse a monopolizar as atenções:

— Então, vereador? O prefeito concordou com o empréstimo?

— O senhor é um homem de sorte, Dr. Ortega. Se fosse um cachorro, eu diria que nasceu com o rabo virado para a lua.

A comparação não foi muito bem recebida por Jaime Ortega, embora não tivesse a intenção de demonstrar qualquer descontentamento. Em vez disso, tentou quantificar a declaração do vereador:

— E quanto vale a minha sorte?

— Exatamente o que o senhor pediu. Trezentos milhões, divididos em quatro parcelas, com os mesmos juros cobrados pelo BNDES.

— O prefeito é um homem bom. Transmita a ele meus agradecimentos. A Bartolomeu Dias está de portas abertas para o que vocês precisarem.

— Nós sabemos, reitor. E, conforme nossa conversa anterior, já contamos com sua pequena colaboração para a próxima campanha eleitoral. Infelizmente, o sistema político é injusto. Eleição custa muito dinheiro.

— Claro. Não podemos medir esforços para a reeleição. Tanto a sua quanto a dele. O governo municipal está em boas mãos. Assim como a Câmara Legislativa, representada por homens como o senhor.

— Muito obrigado, reitor.

— Meu assessor financeiro, o conselheiro Henrique Freitas, cuidará disso.

— O senhor pode me procurar na segunda-feira, lá na mantenedora, a qualquer hora — disse Henrique.

— Eu irei, não tenha dúvida — disse o vereador.

— Apenas, para que fique claro: como deverá ser nossa contribuição? — perguntou Gabriel Ortega, sob o olhar reprovador do pai.

— Isso já foi tratado. Como disse ao Dr. Jaime, a forma fica a critério de vocês. De preferência, em notas ou moeda estrangeira. Eu mesmo cuidarei do assunto. Somos modestos. Cinco por cento já nos bastam. Nossa campanha será austera.

O café e os biscoitos chegaram. O pastor alemão meteu as narinas por baixo da saia da empregada, constrangendo o dono da casa, não o do animal. Ortega tratou de mudar de assunto para evitar que o filho voltasse a fazer uma pergunta indiscreta, dessas que não se faz na presença de um número de pessoas superior a dois. Apesar do contratempo, mostrava-se satisfeito, com um sorriso largo que ampliava a extensão do bigode.

A venda da universidade estava cancelada.

\* \* \*

A entrada principal do morro do Borel estava vigiada por quatro meninos de 12 a 14 anos de idade, munidos de *walkie-talkies* e telefones celulares. Não portavam armas, nem precisavam.

Todos sabiam que eram os olheiros do tráfico, primeiro grau na hierarquia do bando, assim como os vapores, que entregavam drogas em domicílio. Enquanto observavam a movimentação em busca de qualquer suspeito que pudesse ser "alemão" ou policial. Exibiam com orgulho a condição de integrantes da firma, como era chamado o negócio criminoso na favela.

Um deles estranhou a presença da menina loira, de olhos verdes, que se aproximava. Com certeza, não era da comunidade, mas achava que a conhecia de algum lugar. Ela mancava e trazia o braço direito apoiado numa tipoia improvisada. Os dois cruzaram olhares. Mesmo assim, ele não conseguiu saber quem era, muito menos o que fazia no local. Ela caminhou na direção do menino e puxou conversa.

— Tu é olheiro?
— Coé, dona? Tá me estranhando?
— Fala pro chefe do morro que eu quero conversar com ele.
— E tu é quem?
— Diz pra ele que é a Adriana, da faculdade.

O moleque finalmente reconheceu a menina. Só não entendeu como ela tinha chegado ali. No morro, diziam que ela tinha sido sequestrada e agora estava com a polícia. Achou estranho, mas passou um rádio para o soldado do tráfico que fazia plantão no primeiro ponto de observação.

— Aê, Dadinho. Tá na escuta?
— Fala, moleque.
— Tem uma mulé aqui que qué falá com o patrão.
— Quem é?
— Pô, é aquela maluca que levô o pipoco lá na faculdade.
— Segura aí que eu vô vê lá em cima.

Dois minutos depois, chegou a ordem autorizando a subida. O olheiro ainda levou uma bronca por tratá-la com desrespeito e pediu desculpas. Um motoboy levou-a na garupa até o alto da favela, passando pelos cinco postos de observação localizados nas margens da viela principal. Adriana contou pelo menos trinta homens armados com fuzis e escopetas, além de granadas penduradas em cintos improvisados. E eles eram apenas uma parte da quadrilha, estimada em mais de cem homens. Os outros cuidavam das nove bocas de fumo espalhadas pela comunidade, cada uma com um faturamento estimado pela polícia em 120 mil reais por mês. Ou seja, a arrecadação total passava de um milhão, o que garantia grande poder de fogo ao bando.

Quando chegaram no alto, dois homens revistaram a menina, tomando o máximo de cuidado para não tocar nas partes sexuais. Como ela caminhava com dificuldade, um deles pediu licença e a carregou no colo até a casa do chefe, localizada na parte mais íngreme, de onde era possível ter uma visão completa da cidade do Rio, desde o maciço da Tijuca até a baía de Guanabara.

O dono do morro estava acompanhado do gerente do tráfico e do contador, seus dois homens de confiança. Quando a menina entrou, pediu que todos saíssem, inclusive os três seguranças pessoais que nunca desgrudavam dele.

— Porra, patrão! Tu num pode ficá sozinho. E se os homi chega de repente? — perguntou um deles.

— Tá tranquilo, bagulhão. O movimento tá calmo e a menina é de responsa. Temo que levá um lero — disse o chefe.

Saíram todos. Adriana abraçou o bandido, que lhe deu um beijo na testa. O chefe do morro a conhecia desde o começo do ano anterior, quando iniciara um trabalho na comunidade junto com outros colegas da faculdade. Apesar de achá-la atraente, nunca a vira como mulher. Na verdade, considerava-a como irmã, pois ela salvara a vida de sua mãe ao levá-la ao hospital durante uma crise aguda de apendicite, mesmo contra a vontade do gerente do tráfico. Na época, o dono do morro estava fora do estado, tratando da compra de drogas e armas, e o comando estava com o gerente. Ele achava que a presença da mãe do chefe no hospital poderia levar a polícia a prendê-la para fazer chantagem. Mas Adriana, percebendo a gravidade, desrespeitou a ordem e colocou a mulher no carro para levá-la ao Souza Aguiar. Quando o gerente apontou o fuzil para a cabeça dela, disse que podia matá-la, mas, em seguida, teria que explicar a morte da mãe do chefe. Com medo do que poderia acontecer, ele liberou a saída do carro e a velha foi salva. O filho chegou a visitá-la no hospital, disfarçado de ambulante. Foi quando ouviu do médico que, se ela chegasse dez minutos depois, teria morrido. Desde então, o dono do morro do Borel tinha uma dívida de gratidão com a estudante de Farmácia da Bartolomeu Dias.

— E aí, minha flô? Que bom que tu tá viva!

— Foi por pouco, mano. Ainda não acredito que estou aqui.

— Pô, eu fiquei maluco quando soube que tu levô um pipoco lá embaixo. Esculachei geral aqui em cima. Mandei nego atrás do filho da puta que fez isso contigo. Ia queimá o cara lá no micro-ondas.

— Mas não foi ninguém daqui, não.

— Tô ligado. Como é que foi o bagulho?

— Foi o seguinte. Vou te explicar. Lembra do dia em que eu levei o tiro?

— Lembro. Tu saiu daqui. Veio me avisá sobre os verme dos polícia, que eles iam invadir o morro. Porra, até reforcei o cerco. Suspendi os bonde da semana e botei mais gente no trampo.

— Pois é. Na verdade, eu te avisei sobre a milícia. Que havia um plano pra ela tomar o Borel.

— É tudo igual. Nas milícia só tem polícia. Essas mineira são antiga. Mas aqui eles não se criam não. Passo o dedo neles tudo!!!

— Pô, mano. Você precisa me ajudar.

— O que tu quisé, minha princesa. Fala aí!

— Bom. Naquele dia, eu tinha acabado de pegar um papel importante no laboratório da faculdade e ia entregar pro meu chefe.

— Ih! Que parada sinistra! Que papel é esse, mana?

— Você tem que confiar em mim. Não posso te contar nada nem sobre o papel nem sobre o meu chefe. Mas eu preciso te perguntar uma coisa.

— Manda aí!

— É importante, mano. Eu sei que você tem um contato lá em cima, nas altas rodas, que garante as armas e as drogas não só do Borel, mas de vários outros morros. Preciso saber quem é esse cara.

— Puta que pariu! Tu virô X9? Assim tu quebra a firma, mana! Num tô sacando coé a tua!

— Porra, você sabe que nunca ia te entregar. Tu é meu irmão, como se fosse de sangue. O problema é que eu acho que foi esse cara que mandou me pegar.

— Aí, mana, a parada é a seguinte. Tu é minha irmã. Salvô minha velha e eu tô em dívida pra sempre contigo. Mas tu tá metida numa parada foda. Eu vi tua entrevista hoje. Que porra é essa de ser sequestrada pelos verme, justo pelo chefe dos polícia? Neguinho até me olhô atravessado aqui no morro! Tu sabe que eu tenho que mantê a moral! Pra evitá caguetação, só eu tenho contato com Deus. Nem meu gerente sabe quem é.

— Deus é o caralho, mano! Esse cara quer me matar!

— Mas não é só ele. Os verme também! Tu tá fodida! Vai ter que rapá fora da área!

— Porra, tu não vai me ajudar?

— Vô, mas conta coé a parada com o chefe de polícia. Sem caô pra cima de mim! Tu me ajuda, eu te ajudo.

Adriana resolveu falar. Contou que trabalhava para Vasconcelos havia seis meses, mas achava que ele era um homem sério. Até tinha deixado uma mensagem contando sobre as milícias, pois pensava que ele podia evitar a invasão. Em momento algum pensara em entregar alguém da favela. O chefe nem sabia da amizade dela com o dono do morro. Também falou da nova droga, criada por pesquisadores estrangeiros no laboratório da faculdade, e de como ela mudaria o tráfico no Rio. Disse que não queria causar prejuízo para o mano, pensava até que o melhor para ele era que a maconha e a cocaína continuassem como os principais produtos da firma. Pediu desculpas, jurou fidelidade e implorou que a ajudasse.

O dono do morro ouviu toda a história com serenidade. Embora acostumado às traições, não imaginava que ela pudesse partir da irmã postiça, a menina que salvara sua mãe e tinha sua total confiança. O problema é que não podia aplicar nela a mesma pena que aplicava nos julgamentos na favela, onde os traidores eram queimados vivos. Tratava-se de uma questão de honra. Tinha uma dívida com aquela garota.

— Caralho, mana! Tô na merda! Tu é mermo X9!

— Não sou, não!

— Então, como tu chama isso, porra?

— Não sei.

Um silêncio nervoso tomou conta do barraco. O chefe do morro olhou para cima, deu um longo suspiro e sacou o revólver

38 que estava na cintura. Para relaxar, abriu o tambor de seis balas e o fez girar com um leve movimento do pulso direito. Ao mesmo tempo, usou a mão esquerda para acariciar a escopeta posicionada ao lado da cadeira, enquanto tentava pensar no que fazer.

Depois de alguns segundos, tomou uma decisão.

— Aê! Vô te batê uma parada. Tu tem culhão, sabia? Vir aqui e falá isso tudo na minha cara? Puta que pariu! Tô cabrero! Aí, na moral, se fosse outro, tava na vala hoje mermo! Mas contigo é diferente. Tenho que te respeitá! Então, vai sê o seguinte. Nossa dívida acaba aqui. Tá ligada?

— Tô.

— Se aparecê no morro de novo, sento o dedo na tua fuça.

— Entendi.

— E eu vô te batê a parada que tu qué. Já tava afim de mudá de fornecedor mermo. Mas é o seguinte. Se sair da tua boca que fui eu que falei, vô te buscá até no inferno. Tu qué sabê quem é o dotô, não é isso?

— Se o Doutor é o cara, é isso mesmo que eu quero saber.

\* \* \*

Adriana foi escoltada até o pé do morro por dois seguranças. Ao entrar no táxi, a pele branca parecia ainda mais clara, mas a palidez nada tinha a ver com o medo. Era uma reação de espanto, de surpresa, de estupefação.

Ela sabia quem era o Doutor. Mas não conseguia acreditar na informação.

## 22. O jogador

Pastoriza tentava contar a Rover sua tese sobre a letra do funk, que tinha o título de X9, quando a gerente da academia entrou na sala. Usava um vestidinho preto que realçava as formas já devidamente esquadrinhadas pelos olhares de ambos. Estava muito nervosa, quase não conseguia falar.

— Sujou, Rover! Tem três policiais aí na porta. Disseram que sabem que vocês estão aqui. Querem que os dois desçam agora. Deram cinco minutos.

— Puta merda! Eu sabia que isso ia acontecer — disse Pastoriza.

— Calma, meu amigo. O lance da Adriana tá resolvido. Ela já deve ter identificado o atirador e dito que não sabia nada sobre o nome escrito no lençol. Não têm nada contra a gente. Não há o que temer — disse Rover.

— Vocês não viram o jornal das oito? — perguntou a gerente.

— Não. Estávamos aqui, conversando.

— A confusão é muito maior. Parece que foi o próprio chefe de polícia que sequestrou a menina.

— O quê?! — perguntaram juntos, surpresos com a notícia.

Desceram para falar com os policiais. De fato, não tinham nada contra eles. Queriam apenas alertá-los que Vasconcelos estava chegando à academia. Eles mesmos haviam passado a informação sobre a localização de Pastoriza e Rover e esperavam pelo chefe, enquanto vigiavam a dupla. Junto deles, estava o delegado titular da 16ª DP, que acabara de chegar. Era um sujeito mal-encarado, muito forte, com o pescoço largo e o rosto que lembrava um sapo, graças aos olhos inchados e às bochechas salientes.

— Porra, alguém caguetou a gente — disse Rover, amigo pessoal do delegado, com quem trabalhara nos últimos dois anos.

— Vocês podem ficar tranquilos. Meu assunto aqui é outro. Recebi ordem direta do secretário de Segurança para prender o chefe de polícia. Só queria que vocês estivessem preparados. Pode haver confusão — disse o delegado.

— Que história é essa de ele ser o mandante do sequestro? — perguntou Pastoriza.

— Vocês ainda não sabem?

— Não vimos o jornal.

— É verdade, ele mandou sequestrar a menina. A história ainda está mal contada, mas já tem novas denúncias rolando na DP.

— Que denúncias?

— Nós prendemos uns caras da milícia de Rio das Pedras, e eles disseram que o Vasconcelos é o chefão da área.

— Sério!?

— Sério. No começo, nós achamos que podia ser apenas para prejudicá-lo. Mas, depois, prendemos milicianos de outras favelas que disseram a mesma coisa. Inclusive, ele tem um apelido. É chamado de o padrinho, como no *Poderoso chefão*.

— Porra, o cara é tudo isso?

— Pelo jeito é ainda mais. Não só controla as milícias de toda a cidade como também dá proteção a bicheiros e à máfia dos caça-níqueis. O negócio dele era arrecadar dinheiro para a campanha de deputado.

— Estou impressionado — disse Pastoriza. — Mas por que demoraram tanto pra descobrir? As milícias já estão aí faz tempo. Os caça-níqueis também.

— A investigação leva tempo. Não basta denunciar. É preciso levantar provas. Mas é claro que esse escândalo da menina precipitou tudo.

— Bom, isso eu já entendi. Só não compreendo por que o senhor está nos contando tudo isso.

— Não é nenhum segredo. Estará em todos os jornais amanhã. Mas o motivo principal é pra vocês perceberem o risco que correm. Quando ele chegar, vai querer descontar a raiva em alguém.

Rover e Pastoriza pegaram um táxi na porta da academia e foram embora. Estavam curiosos, mas não quiseram esperar para assistir à prisão do chefe de polícia, que acabou não ocorrendo, pois ele não apareceu na academia.

\* \* \*

No sábado de manhã, os jornais detalhavam todo o esquema montado por Vasconcelos. Desde as milícias até os caça-níqueis. Havia entrevistas com milicianos, depoimentos de moradores, escutas telefônicas e até o extrato bancário mostrando a movimentação financeira de uma pessoa identificada como laranja do chefe de polícia. Só no último mês, o principal bicheiro da cidade havia depositado mais de 200 mil reais nessa conta. A certeza da impunidade era tão grande que o depósito fora feito em cheques pertencentes à mulher do próprio bicheiro.

Mas a imprensa continuava levantando dúvidas sobre o sequestro. Ainda não ficara clara a ligação entre Vasconcelos e Adriana, sendo que a menina havia desaparecido novamente. Um jornal sensacionalista chegou a publicar uma foto dela embaixo do irônico título "Sequestrada de novo?". Os repórteres também não entendiam a participação de Lucas, outro desaparecido, ou melhor, fugitivo. Não sabiam que motivos ele teria para atirar na menina, muito menos a mando de quem, embora especulassem que poderia estar a serviço do chefe de polícia. Entretanto, todos lembraram que ele era o famoso analfabeto que, anos antes, passara no vestibular. Ou seja, novamente a Universidade Bartolomeu Dias frequentava o noticiário policial.

\* \* \*

O assunto não poderia ser outro durante a inauguração do mais novo campus da universidade, no bairro da Freguesia, zona oeste do rio. Os três conselheiros estavam presentes, assim como toda a cúpula representativa da Bartolomeu Dias, que não tinha poder algum, mas funcionava como se tivesse. Chanceler, vice-chanceler e presidente da mantenedora perfilavam-se ao lado da bandeira do Brasil e cantavam o hino nacional, fingindo que eram os donos da festa quando, na verdade, nem haviam participado das negociações para a abertura da nova filial.

Ao final do hino, o chanceler se encaminhou à tribuna para proferir o discurso de inauguração. Na mesa de honra, o vice-chanceler e a presidente da mantenedora tentavam cochichar discretamente, embora todos estivessem percebendo a falta de educação.

— Você leu os jornais?

— Li. Nós continuamos nas páginas policiais.

— Não podia ser diferente. Com a administração que nós temos! Esses conselheiros mal têm o segundo grau! Como podem gerir uma universidade como a nossa? São uns imbecis! Não sabem nada sobre educação. O Dr. Ortega é um louco!

— Cuidado com as palavras, minha presidente. Esses caras têm a confiança do patrão. Uma ordem deles e nós dois estamos demitidos.

— Eu sei. Só comento essas coisas com você. Mas não me conformo com tanta incompetência. Há dois anos, só sai notícia policial sobre a universidade. E ainda há esse boato de crise financeira. A situação é grave, meu amigo. Muito grave.

— Eu não entendo. Como podemos estar em crise financeira e abrir um novo campus? Ainda por cima, com esse luxo todo!? Difícil de explicar, não é?

— Na verdade, é mais fácil do que você imagina. A Bartolomeu não gastou nada aqui. O dinheiro veio todo do jogador. Nós só entramos com o terreno e o nome, para validar os diplomas.

O jogador em questão era um atacante da seleção brasileira de futebol que ganhava milhões de dólares em um clube europeu e fora campeão do mundo na Copa de 1994. Dezoito meses antes da competição, logo após uma complicada cirurgia no quadril, os médicos o consideravam acabado para o esporte. Mas graças ao eficiente trabalho de um fisioterapeuta brasileiro, professor da Bartolomeu Dias, o atleta conseguira se recuperar e provar ao mundo que ainda era um craque. Fora por influência desse fisioterapeuta que ele entrara no negócio.

O campus chamava-se f11, numa referência à primeira letra do jogador e ao número de sua camisa na seleção. Pelo acordo com a universidade, ele teria direito a 60% dos lucros, embora não tivesse qualquer tipo de interferência no gerenciamento do negócio, que era exclusividade da mantenedora. Sua única exigência fora colocar o fisioterapeuta no cargo de diretor, além de garantir que ele continuaria no comando dos cursos da área.

— Então, esse fisioterapeuta vai mandar muito aqui — disse o vice-chanceler.

— Que nada! Daqui a um ano, o conselho rompe o acordo e manda ele embora. Já vi isso acontecer várias vezes — disse a presidente.

Os sussurros incomodaram o chanceler, que coçou a garganta longamente para sinalizar sua insatisfação. Os integrantes da mesa fizeram silêncio. Na plateia, entretanto, os cochichos continuaram. Sentados na primeira fila, os conselheiros Manoel Capacho e Gabriel Ortega ignoraram os protestos do palestrante.

— Porra, esse velho é muito chato. Cheio de palavras difíceis que ninguém entende! — disse Gabriel Ortega.

— Ele tem que parecer inteligente e fingir que manda na universidade — disse Manoel Capacho, com um sorriso irônico no canto da boca.

— Pelo menos, esse campus vai ajudar a gente a sair do buraco.

— Mas agora não adianta. Teu pai já decidiu vender.

— Você não sabe?

— Do quê? — perguntou Capacho.

— Ontem à noite, depois que você saiu da casa do meu pai, chegou aquele vereador dos animais.

— Eu o vi quando estava saindo. Mas e daí?

— O cara é foda, Capacho. Ele conseguiu um empréstimo com a prefeitura, com juros baixos e prazo a perder de vista. Salvou a nossa pele. Papai decidiu cancelar a venda. Vai dizer isso aos americanos na reunião de terça.

Manoel Capacho sentiu a pressão subir como nas piores crises de estresse. Os olhos ficaram vermelhos, a respiração ofegante e o pulso acelerado. Pediu licença às outras pessoas que estavam na primeira fila, passou por cima das pernas apertadas entre as poltronas e o palco, saiu do auditório e correu para o banheiro.

Precisava avisar ao senador Raul Silvério que a venda não seria mais realizada.

Antes, porém, ajoelhou-se em frente à privada e vomitou o pesado café da manhã consumido no botequim da esquina.

\* \* \*

Em seu barraco, na Cidade de Deus, Lucas pensava nas últimas ordens do Doutor. Estava decidido a não cumpri-las. Não queria cancelar a missão, muito menos fugir do estado. Se fizesse isso, voltaria a ser um zé-ninguém, um derrotado. Não podia desistir. Não agora, quando estava quase alcançando seus objetivos.

Tirou a arma da gaveta, limpou o cano com uma flanela e colocou o pente de sete balas. De quebra, ainda levou a faca de cozinha, afiada na véspera.

A missão seria cumprida.

## 23. O economista

O almoço na cobertura de Jaime Ortega, como de hábito, era composto de dois cardápios diferentes, um para o anfitrião, outro para os convidados. Pastoriza e Rover sabiam que o patrão não comia sal, gordura, açúcar, laticínios, ave, peixe ou carne. Como também sabiam que o convite não era propriamente para almoçar. Mesmo assim, ficaram contentes com o filé mignon e a batata rosti que foram servidos à parte, só para os dois.

— Eu confesso que não conseguiria comer apenas grãos, verduras e legumes, Dr. Ortega. Sua força de vontade é louvável — disse Rover.

— Força de vontade não existe, meu filho. O que existe é força de necessidade. Mas tenho outros prazeres que compensam a ausência da gastronomia.

— Comandar é um desses prazeres, Dr. Ortega? — perguntou Pastoriza.

— Você foi meu psicanalista. Conhece bem meus gostos e minhas carências. Sabe que o comando é normalmente um fardo, não uma benesse — disse o reitor.

— O senhor tem razão. Sei disso por experiência própria. Dirigir a faculdade de Psicologia me deu essa noção, mesmo que num âmbito muito menor que o seu, é claro.

— Por que você usa o verbo no passado? Não gosta mais da nossa universidade?

— Já conversamos sobre isso, Dr. Ortega. Gosto muito daqui, e é exatamente por isso que estou saindo. Sou tão bem-tratado que posso querer ficar eternamente. E isso seria um erro. Preciso seguir em frente — disse Pastoriza.

— Você tem certeza sobre essa decisão?

— Tenho sim. Mas, antes de ir embora, cumprirei o que prometi. Vou resolver o caso dessa menina. Eu e meu amigo detetive — disse Pastoriza, batendo nas costas do colega.

— Sou apenas um fiel escudeiro — brincou Rover. — E acho que o caso já está solucionado.

— O que me interessa é que tudo seja esclarecido. A que conclusões vocês chegaram?

Pastoriza mastigava um grosso pedaço de carne quando a pergunta ecoou pela sala de jantar. Rover não se atreveu a respondê-la. Preferia que o amigo fizesse o relatório, pois tinha mais intimidade com o patrão. Além disso, era uma história longa, que necessitava de um bom orador, alguém capaz de prender a atenção do ouvinte. Ou seja, muito mais o perfil de um professor do que o de um detetive, embora o discurso na academia tivesse sido um sucesso. Mas Pastoriza ainda precisou de mais uns trinta segundos para completar a mastigação, o que quase o convenceu a adotar a dieta do reitor.

— Além do que está nos jornais de hoje, sabemos que o papel que o senhor me deu tinha três mensagens diferentes.

— Você se refere à folha que estava com a menina quando ela levou o tiro, não é isso? — perguntou Ortega.

— Sim, a folha com a letra de funk. Aliás, como ela chegou às suas mãos, reitor?

— Simples. Um dos funcionários que socorreu a moça a entregou para o diretor do campus. Foi ele quem me deu.

Pastoriza e Rover trocaram olhares desconcertados. Ainda havia, principalmente da parte do detetive, uma certa desconfiança sobre o patrão.

— Bem, Dr. Ortega, vou tentar ser objetivo. Esse papel trazia o resultado codificado das pesquisas que foram realizadas clandestinamente no laboratório do campus Tijuca por cinco professores estrangeiros. De acordo com a coordenadora, eram dois ingleses, dois americanos e um português que vivia no Rio havia três anos.

— Um português?

— É, um português. E a Tetê ainda disse que o sujeito adorava funk. Era a trilha sonora favorita do laboratório. O cara conhecia todas as músicas e sabia os nomes dos MCs de cor. Os outros gringos entravam na onda e até cantavam com ele. Acho que aprenderam português através do batidão.

— E as pesquisas?

— Como já lhe disse, eram pesquisas sobre uma nova droga, que potencializa os efeitos do ecstasy em até cinco vezes. O mais grave é que elas foram financiadas com dinheiro da universidade e realizadas dentro do campus.

— E você desconfia do Manoel Capacho. Também já sei disso.

— Não desconfio. Tenho absoluta certeza da participação dele. Esse assunto virá à tona e ele acabará preso. E a faculdade vai parar novamente nas páginas policiais.

— Isso é ruim. Você está certo. Estou convencido. Na segunda-feira tomarei providências. Vou demiti-lo.

— Não basta mandá-lo embora, Dr. Ortega. Temos que contar toda a história para a polícia. Não podemos nem mexer no laboratório por causa das provas.

— Os gringos também são provas — disse Ortega.

— Não, eles são réus. Duvido que apareçam. A essa altura, estão longe, cada um em seu país. Devem ter apagado qualquer rastro que os identifique. Nossas únicas provas são o laboratório, a folha e o depoimento da coordenadora Tetê.

— E a Adriana — completou Rover.

— Claro, a Adriana — repetiu Pastoriza.

— Você pode me explicar a participação dela? — perguntou Ortega.

— Dela e de todos. Ou quase todos.

— Estou ouvindo. Pode falar.

— Adriana trabalhava para o chefe da Polícia Civil. Ele sabia que o Borel estava produzindo uma nova droga e precisava de alguém insuspeito para investigá-la. Ela tinha o perfil: estudante de Farmácia e frequentadora do morro. Só que a intenção do Vasconcelos não era abrir um inquérito oficial. Na verdade, ele queria a fórmula para produzir e vender a droga nas comunidades controladas pelas milícias, cujo chefe supremo é ele mesmo. isso daria muito mais dinheiro do que a exploração do gás, do transporte alternativo e da TV a cabo pirata.

— E ele viabilizaria a candidatura a deputado — completou Ortega.

— Exatamente. Mas alguém do tráfico descobriu que a menina era X9.

— X9?

— Espiã, na gíria do morro. Eu acredito que o Manoel Capacho trabalha para algum figurão do tráfico de drogas. Não para um bandido de morro, mas para um desses socialites que frequenta as altas rodas e financia o atacadão de armas e entorpecentes. Pois bem, de alguma forma, provavelmente através de um dos pesquisadores estrangeiros, eles descobriram que a menina havia roubado a fórmula e mandaram o Lucas atrás dela. Foi ele quem deu o tiro.

— Mais um motivo pra ter certeza do envolvimento do Capacho, já que foi ele quem o colocou na Bartolomeu Dias. Eu até me questiono sobre sua participação naquele episódio em que o Lucas passou no vestibular, apesar de ser analfabeto — disse Rover, sob o olhar atento de Pastoriza, que parecia ter informações mais detalhadas sobre o fato do que os demais.

— Não, isso seria muito conspiratório. Além disso, ele trabalhava diretamente com o sub-reitor Durval Santos — disse Ortega.

— Só na aparência. Na verdade, respondia diretamente ao Capacho. E o Durval foi assassinado — disse Pastoriza, reparando na inversão de papéis com Ortega. No começo das investigações, era ele que falava em falsas teorias conspiratórias. Agora, era o patrão.

— E você sabe o motivo?

— Na minha opinião, queima de arquivo. Acredito que ele era cúmplice do Capacho, que não podia fazer tudo sozinho. O Durval tinha sérios problemas financeiros, era extremamente ambicioso e, principalmente, mau-caráter. Condições perfeitas para ser aliciado.

— Há uma coisa que não bate — disse Ortega. — Se a menina trabalhava para o chefe da milícia, por que escreveu a mensagem alertando para a invasão do Borel?

— Porque ela não devia saber que Vasconcelos era o padrinho das milícias cariocas. Para Adriana, o delegado era apenas o chefe da Polícia Civil, uma autoridade respeitada. Então, ela tentou avisá-lo para evitar um massacre, que poderia envolver, inclusive, os alunos da universidade.

— Mas como ela soube da invasão?

— Essa eu posso responder — disse Rover. — Infelizmente, um dos seguranças da minha equipe, no campus Tijuca, fazia parte da milícia. Ele foi preso ontem e confessou ter falado sobre a invasão para a menina.

Pastoriza continuou:

— O segundo recado no papel era o código para chegar às fórmulas do ecstasy e do elemento Z, criado pelos pesquisadores estrangeiros para potencializá-lo. Só que os gringos suspeitaram da menina, frequentadora assídua do laboratório, e também deram um jeito de passar uma mensagem.

— Qual?

— A própria letra de funk, sob a qual esconderam a fórmula, cujo título é X9. Ou seja, espiã. Eles queriam avisar ao Capacho e ao Durval. Mas acho que também fizeram isso de uma outra maneira, talvez por telefone. Do contrário, o Lucas não iria atrás dela.

— Mais alguém sabe sobre essa fórmula? — perguntou Ortega.

— Acho que não. Encontramos um relatório datado de segunda-feira em que constava o fim da pesquisa. Não houve tempo para fazer cópias. Só os próprios gringos devem saber o procedimento para potencializar a droga. Mas, depois do escândalo do tiro no campus, devem ter se mandado do país. O assunto foi manchete em todos os jornais. Eles sabiam que a menina baleada era o X9. Não iam ficar no Brasil esperando para serem presos.

— O que você vai fazer com esse papel?

— Vou entregá-lo ao secretário de Segurança. É uma das provas no processo. Vamos pedir ajuda ao delegado da 16ª DP, que é amigo do Rover.

— Caso encerrado, então? — perguntou Ortega.

— Da nossa parte, sim. Mas a polícia ainda vai ter que descobrir quem é o Doutor.

— Que Doutor?

— O delegado da 16ª DP disse ao Rover que o figurão do tráfico responde por esse apelido. Nós estamos convencidos de que ele é o chefe do Capacho e, consequentemente, do Lucas. Mas isso já não é problema nosso. Agora, as investigações ficam com a polícia — disse Pastoriza.

— Mais ou menos. Será problema nosso quando prenderem o Capacho e a imprensa fizer imagens do laboratório do campus — disse Ortega.

— É o preço que vamos pagar, reitor.

— Eu sei. Mas posso te pedir um favor?

— Qual?

— Estou para receber um empréstimo da prefeitura que vai sanear nossas finanças. Ficaria muito grato se você esperasse até quarta-feira para falar com a polícia.

— Tudo bem. Faço isso pela universidade.

— Obrigado.

— Isso quer dizer que o senhor não a venderá para os americanos. Estou certo?

— Está.

— O senhor chegou a achar que o tiro no campus tinha relação com essa venda, lembra?

— Lembro. Mas ainda não descartei a ideia. A traição do Manoel Capacho é um soco no estômago pra mim. Pode ser que você esteja certo sobre o envolvimento de um figurão do tráfico, mas acho que há outros atores nesse teatro.

A metáfora do reitor deixou Pastoriza intrigado. Por que chamar os acontecimentos de teatro? Nesse caso, quem estaria representando? E quais seriam os papéis? Preferiu continuar a refeição em vez de pensar no assunto. Terminou o filé com batata rosti, comeu a torta de sobremesa e se encaminhou para a salinha do café, onde outras duas pessoas esperavam por Ortega.

— Boa tarde, Henrique!

— Boa tarde, reitor. Trouxe o nosso homem para o senhor conhecer.

A pessoa a quem o conselheiro Henrique Freitas chamava de "nosso homem" era um recém-contratado economista, com doutorado na Universidade de Chicago, cuja função na Bartolomeu Dias seria enxugar os custos para a nova fase da instituição, revigorada com o empréstimo da prefeitura. Baixinho, careca, usando óculos de aro redondo, sua especialidade era a "otimização de pessoal", um eufemismo para demissões em massa.

O careca havia trabalhado durante cinco anos no Centro Universitário Provinciano, o que era mais um atrativo em seu currículo, pois poderia passar informações sobre o concorrente, de onde havia sido despedido após discutir com a filha do dono, o senador Raul Silvério. No meio acadêmico, era conhecido como Simpson, devido à semelhança com o personagem de desenho animado.

— Então, meu filho, pronto para começar? — perguntou Ortega.

— Pronto, reitor — respondeu o economista.

— Você conhece o Pastoriza, nosso diretor de Psicologia, e o Rover, chefe da nossa segurança?

— Infelizmente, só pelos jornais. Mas muito prazer.

— O prazer é meu — respondeu Rover, enquanto Pastoriza permaneceu calado, embora tivesse estendido a mão para receber o cumprimento.

— Na segunda-feira, já começaremos a enxugar os custos — disse o conselheiro Henrique Freitas.

— Muito bem. Não sejam condescendentes — disse o reitor.

— Você não foi à inauguração do campus Freguesia? — perguntou Rover.

— Não pude. Passei a manhã inteira revendo nossa contabilidade. Mas os outros conselheiros estão lá — respondeu Freitas.

Durante quarenta minutos, continuaram falando sobre números. O economista mostrou os erros encontrados na rápida análise contábil que fizera com Freitas pela manhã. Segundo ele, a universidade gastava mais do que precisava com funcionários e professores, concedendo benefícios não previstos em lei e salários acima do piso exigido pelos sindicatos. Além disso, havia bolsas de estudo em excesso, cargos administrativos desnecessários, turmas com poucos alunos e cursos deficitários, que deviam ser fechados imediatamente. Para o homem da escola de Chicago, a universidade se resumia a operações algébricas didaticamente demonstráveis na comparação entre despesas e receitas.

*Não precisa ser economista para fazer conta de somar,* pensou Pastoriza, ainda calado, mas atento à exposição economicista do careca. O apelido de Simpson não devia ser apenas pela aparência física, embora lhe fizesse justiça. O sujeito também demonstrava ser uma toupeira nas concordâncias verbais e nominais. Ou será que fazia o estilo "morei na América, sou quase americano"? O difícil de aturar mesmo era o *"anyway"* que ele encaixava em cada frase, sem falar nas citações em inglês, para mostrar erudição.

Mesmo assim, o silêncio de Pastoriza continuava, sendo interrompido apenas no final da reunião, após uma infeliz declaração do economista. Segundo ele, era sua ideia mais genial, cuja imediata aplicação causaria grande alívio na folha de pagamento.

— Como nossos salários estão acima do piso do sindicato, vamos demitir o máximo de professores que pudermos, principalmente os doutores, que são mais caros. Em seguida, contratamos novos docentes, com salários mais baixos.

— Essa é sua ideia genial? — perguntou Pastoriza.

— Perdão, professor. Eu sei que você tem doutorado. Mas é uma exceção na nossa lista. Obviamente, não será demitido. Em geral, os doutores custam caro e não dão boas aulas. São muito teóricos e arrogantes. Não entendem nossos alunos. Podemos poupar três reais por hora/aula em cada professor. No final, será uma grande economia.

— Três reais? Não passou pela sua cabeça que as exceções podem ser maioria? Um professor com doutorado, no mínimo, passou seis anos pesquisando o assunto que leciona. Não pode ser tão ruim quanto você diz!

O reitor Jaime Ortega interrompeu a discussão:

— Calma, Pastoriza. Você sabe o que eu penso sobre pesquisas. Grande parte é uma enganação. Além disso, teremos critérios para as demissões. Nosso homem de Chicago será muito útil para a renovação da empresa.

Rover segurou o braço direito do amigo, tentando demovê-lo de continuar na briga, mas Pastoriza não estava disposto a ceder. Nem precisava. O caso estava praticamente resolvido e, portanto, ele mesmo pediria demissão. *Exceção é o caralho!* Não iria se submeter a um imbecil com canudo americano.

— Tudo bem, Dr. Ortega. Talvez o nosso economista revolucione a universidade. Mas se eu for pensar apenas na faculdade que dirijo, isso será um desastre, pois há poucos professores sem titulação. Ou seja, ele vai acabar com o curso que nós construímos. Um curso que está entre os melhores do Brasil, segundo o MEC e segundo o próprio mercado — disse Pastoriza.

— Não há problema! Para cada docente que sai, há outros três procurando emprego. Não será difícil substituí-los — disse o economista.

Apesar de pouco exercer a profissão nos últimos anos, Pastoriza estava acostumado a lidar com pessoas arrogantes em seu consultório. Sabia que a origem patológica das certezas incontestáveis que esse tipo de gente apresentava tinha relação com frustrações sexuais prementes. Podiam ser impotentes, ejaculadores precoces ou, simplesmente, assexuados. Mas o problema era sexual. Não seria difícil desconstruir o discurso do economista tocando nesse ponto frágil.

— Meu caro economista. Posso lhe fazer algumas perguntas pessoais? — disse Pastoriza.

— Claro. Não tenho segredos pra ninguém — respondeu o careca.

— Você é casado?

— Sou. Há oito anos. Conheci minha mulher em Chicago.

— Então, diga-me com sinceridade: na hora do sexo, você beija sua mulher ou apenas utiliza o pênis?

— Como é que é?

— Porra, é simples. Quando você fode, você beija? — perguntou Pastoriza, elevando o tom de voz. A agressividade não parecia combinar com o perfil de um psicólogo, muito menos a vulgaridade gratuita da pergunta. Mas não era a primeira vez que ele perdia o controle diante de uma situação de injustiça. Não tinha nada a ver com sua profissão nem era uma reação inconsciente. A indignação, de fato, tornava-o violento e vulgar, embora também fosse uma estratégia discursiva para intimidar o interlocutor.

Um óbvio constrangimento tomou conta da sala. O conselheiro Henrique Freitas escondeu o rosto entre as mãos. Rover olhou para cima tentando disfarçar a vergonha. A empregada que recolhia as xícaras do café fingiu que não tinha ouvido a pergunta, embora um furtivo sorriso lhe escapasse do canto da boca. Somente Jaime Ortega mostrou interesse na indagação do psicólogo. Um interesse preocupado, é verdade, mas, ainda sim, recheado de sarcástica curiosidade.

— Aonde você quer chegar, Pastoriza? Nosso amigo acaba de entrar na casa. Não vamos assustá-lo — disse o reitor.

— Minha pergunta é bem direta, Dr. Ortega. Só quero saber se o nobre amigo economista, com doutorado em Chicago, tem o hábito de beijar durante o coito.

— Ainda não entendi seus objetivos — disse o careca, desnorteado com a pergunta.

— Vou perguntar calmamente. Quando você fode, você beija? — repetiu Pastoriza, valorizando cada sílaba.

O economista não disfarçava a estupefação. Fora preparado para as mais diversas situações de conflito nas aulas práticas de Chicago, quando os professores apresentavam *cases* reais e pediam aos alunos para defenderem posições contrárias e a favor, não importando que lado estivesse correto. Era preciso ter argumentos para tudo, até para atacar as próprias convicções. Gráficos, números, sofismas, axiomas. Tudo podia ser utilizado. Todos os recursos tinham sido aprendidos pelas mentes brilhantes que estudavam numa das mais conceituadas escolas dos Estados Unidos. Mas ninguém havia lhe ensinado a lidar com um psicanalista tupiniquim, cujo discurso surreal atacava toda a lógica positivista que dominava.

Pastoriza insistiu:

— Quando você fode, você beija?

— Eu. Eh! Bem! Euuuu... aaachoooo.... — gaguejou o careca.

— Fala logo, porra! Quando você fode, você beija? — continuou Pastoriza, ainda mais agressivo, reforçando a estratégia de intimidação.

— Claro que beijo. Por quê?

— Então, vem aqui e me dá um beijo. Porque você já está me fodendo — respondeu Pastoriza. — Se essa ideia imbecil for adiante, você vai foder com todo mundo aqui dentro. É bom se preparar para beijar a universidade inteira, carequinha. Sua vida sexual vai ser intensa.

Ao ouvir a resposta, Rover se posicionou na beirada do sofá, intuindo que a discussão poderia sair do campo das ideias para o confronto físico. Henrique Freitas teve a mesma reação. O careca chegou a contrair os músculos da face e esboçar uma postura agressiva, mas foi interrompido pela sonora gargalhada do reitor.

— Hahahahaha! Puta que pariu! Essa foi boa! Pode me beijar porque já está me fodendo. Hahahahaha! Vou contar essa na reunião dos reitores. Hahahahaha!

Não havia clima para continuar a discussão. Todos acompanharam a risada do patrão, até o futuro beijoqueiro, cujo ímpeto agressivo se diluiu com extrema facilidade. Mudaram de assunto. Falaram de futebol, literatura e outros assuntos sem importância. Especialista em piadas de salão, Henrique Freitas desfilou seu longo repertório, em grande parte composto por histórias sobre portugueses, judeus, nordestinos e demais grupos étnicos estereotipados.

Prolongaram o café até o final da tarde. E ainda continuariam noite adentro, se não fosse pela notícia que acabara de chegar.

O corpo da professora Tetê, coordenadora do laboratório de Farmácia do campus Tijuca, tinha sido encontrado no apartamento dela, em Botafogo. Dois tiros: um na cabeça, outro no estômago. Sem sinais de arrombamento na porta. Nenhum vizinho ouvira os disparos.

\* \* \*

O filho de Ortega, Gabriel, recebeu a notícia pelo telefone, mas não se importou muito. Diante dos últimos acontecimentos na Bartolomeu Dias, o assassinato de uma professora, longe do campus, não teria muito impacto. De resto, nem conhecia a moça.

Nos sábados à noite, ele costumava receber os amigos para um jogo de pôquer cujo cacife nunca era inferior a vinte mil reais. O primeiro a chegar era sempre o médico da família, um senhor de 79 anos que fora colega do pai no colégio, durante a adolescência. O vício no carteado quase destruíra sua carreira, mas o reitor Jaime Ortega saldara a maior parte das dívidas e ainda o mantinha na casa, como professor de Cardiologia. Nos últimos anos, no entanto, o principal credor passara a ser o filho de Ortega, que bancava suas apostas malsucedidas. Gabriel Ortega tinha um interesse específico nos empréstimos ao velho: chantagem. Uma extorsão clara e objetiva, que o ajudaria a se livrar do jugo do pai.

— Na segunda-feira, vamos iniciar o processo.

— Não sei se posso — disse o velho.

— Você não tem escolha. Lembre-se do que meu pai disse da última vez que pagou suas dívidas: deixaria você ser preso e ter os bens arrestados. Além disso, os homens que jogam na mesa aqui de casa não querem saber de tribunais. Vão atrás de você e da sua família. Primeiro, sua mulher, depois os filhos. Em seguida, os netos. Só eu posso te salvar.

— Tudo bem. Já entendi. Qual é o seu plano?

— Na segunda-feira, vou entrar com o pedido de interdição do meu pai na justiça. Já tenho uma junta médica, psicólogos e testemunhas. Só falta você. Vou provar que ele é incapaz para gerir os negócios e assumir o controle. Como você é o médico da família e o conhece há 65 anos, sua declaração será decisiva. Você tem que atestar a insanidade dele.

O velho abaixou a cabeça e lamentou o que estava ouvindo.

\* \* \*

O terceiro conselheiro da mantenedora soube da morte da coordenadora quando chegava em casa. Para Manoel Capacho, a notícia tinha um significado ambíguo. Por um lado, o aterrorizava a possibilidade de o assassino ter sido Lucas e, consequentemente, o Doutor. Por outro, achava que o fato seria suficiente para fazer o prefeito cancelar o empréstimo para a Bartolomeu Dias. Dessa forma, ele também poderia cancelar o plano da rampa, marcado para o dia seguinte.

Ligou para Raul Silvério.

O reitor do Centro Universitário Provinciano foi enfático:

— Não vai cancelar porra nenhuma. O plano continua! Vai ser amanhã, conforme combinamos. Se você amarelar, eu mesmo te entrego ao Ortega. Fui claro, seu merda?

Foi claríssimo.

Capacho concordou com todos os termos. O plano prosseguia.

## 24. A rampa

*Domingo, oito horas da manhã.*

O campus Barra da Universidade Bartolomeu Dias havia sido alugado para o governo do estado, que faria um concurso público em suas dependências. Milhares de candidatos esperavam pela abertura dos portões, aglomerados no pátio central, onde ficava a praça de alimentação. Parte se concentrava em duas rampas que ligavam a praça aos corredores do primeiro andar.

Às oito e quinze, uma delas desabou. Cento e oitenta pessoas despencaram de uma altura de seis metros. Vinte e duas tiveram ferimentos graves e foram internadas no hospital Lourenço Jorge, perto do campus. Outras 95 sofreram escoriações e fraturas. Contrariando todas as probabilidades, ninguém morreu.

Manoel Capacho foi avisado pelo diretor do campus às oito e quarenta e cinco. Seu plano havia funcionado.

\* \* \*

Os repórteres começaram a chegar por volta das dez e meia da manhã. Primeiro os de jornal, depois, os de rádio. Só então chegaram os de televisão, entre eles Nicole Barros, cuja equipe não veio no furgão com a unidade portátil de jornalismo, pois não pretendia entrar ao vivo. Já as outras emissoras montaram cabos, antenas e toda a parafernália necessária para transmitir diretamente do local.

Domingo era o pior dia para os jornalistas. As redações contavam com apenas um terço dos profissionais, em regime de plantão, o que significava cobrir qualquer tipo de acontecimento, não importando a especialidade de cada um. Era comum ver repórteres de economia cobrindo crimes ou de cultura fazendo a ronda pelas praias da cidade. Só o pessoal do esporte ficava na área específica.

Nas televisões, de quem se cobra muito mais agilidade do que da mídia impressa, havia um agravante: a ausência do jornal da tarde, o que significava fazer reportagens apenas para a noite, quando as notícias já estavam velhas. Com exceção das emissoras a cabo, cujo noticiário entrava no ar de hora em hora e que tinham como hábito a repetição de matérias, respaldadas no argumento de que o público se renovava a cada edição.

Para Nicole, que trabalhava em uma rede aberta, o que valia era a reportagem para o programa dominical, que só começava às oito e meia da noite. Sem vítimas fatais, a queda da rampa era apenas mais um episódio da intrincada reportagem que estava produzindo. Uma lógica própria da imprensa, interessada no impacto do acontecimento.

Mas para os outros veículos, que não possuíam as informações bombásticas de Nicole, a cena encontrada no campus Barra da Bartolomeu Dias tinha impacto suficiente. Só os pacientes graves puderam ser levados para o hospital, o que transformara o pátio central em um grande ambulatório. Havia dezenas de pessoas sendo atendidas por médicos, enfermeiros ou simplesmente amigos. Algumas com fraturas, outras com ferimentos leves e muitas em estado de choque, histéricas, traumatizadas com o incidente.

Sapatos, roupas e manchas de sangue misturavam-se aos escombros da rampa. Entre ferros retorcidos e pedaços de concreto, havia apostilas, canetas e pranchetas dos candidatos que fariam o concurso público. O vai e vem de ambulâncias aumentava ainda mais a histeria, numa trilha sonora de sirenes e motores desregulados. Até os bombeiros pareciam descontrolados, enquanto os técnicos da Defesa Civil, alheios ao caos, analisavam minuciosamente o entulho.

Em entrevista à rádio Tupi, o governador do estado culpara a prefeitura pelo desabamento, já que ela era a responsável pela fiscalização das obras no campus. O prefeito, por sua vez, acusava o governador de populista e aproveitador, mas garantia que os culpados seriam punidos, após o término das investigações conduzidas pelos engenheiros da cidade, com medidas cíveis e administrativas, sem especificar quais seriam.

No meio dessa briga política, o diretor do campus encarnava o famoso papel do cego em tiroteio. Não sabia o que responder aos repórteres, muito menos que providências a universidade tomaria para ajudar as vítimas. Como não tinha autonomia para dar entrevistas nem para falar em nome da mantenedora, ele se limitava a dizer que o responsável chegaria a qualquer momento. Mas já era quase meio-dia e Manoel Capacho ainda não havia chegado. Os jornalistas estavam impacientes.

\* \* \*

O enterro de Tetê estava marcado para as três da tarde. Rover e Pastoriza chegaram ao velório duas horas antes. O detetive estava muito abalado com a morte da amiga.

— Ela morreu por minha causa. Fui eu que a envolvi nesse assunto.

— Claro que não. Ela era coordenadora do laboratório. Sabia demais. O Doutor não a deixaria viva de qualquer forma — disse Pastoriza, tentando aliviar a culpa de Rover.

— Nesse caso, eu deveria ter garantido uma proteção especial para ela.

— Não só para ela, mas para muitas outras pessoas, inclusive eu. Você não pode proteger todo mundo.

Pela primeira vez, Pastoriza viu o amigo chorar. Os familiares de Tetê, que não conheciam Rover, estranharam a emoção. O marido e as filhas olharam de lado, visivelmente incomodados. Algumas tias cochicharam monossílabos indiscretos. A sogra permaneceu séria, impávida. Só os professores da universidade demonstraram solidariedade, embora também estranhassem a relação do chefe da segurança com a professora de Farmácia.

Para evitar constrangimentos, Pastoriza abraçou Rover e o retirou da capela, que ficava no segundo andar. Desceram um lance de escadas, passaram pela gigantesca estátua da Virgem Maria, desproporcional para o tamanho do corredor, e saíram do cemitério. Dez metros adiante, pararam em um botequim. Pediram dois guaranás.

— O meu é diet — disse Rover, já recuperado.

A televisão estava ligada, sem som. Passava um jogo do campeonato italiano, mas Pastoriza só reconhecera o uniforme do Milan, onde jogavam quatro brasileiros. O outro time devia ser pequeno, talvez a Lazio ou a Sampdoria. Se fosse a Roma, teria reconhecido imediatamente, lembrando dos tempos em que o craque Falcão jogava no meio de campo e comandava a esquadra vermelha.

— Por que esses times italianos são femininos? — perguntou Rover. — Futebol é coisa pra homem.

— Deixa de ser machista. Fica até mais bonito chamar a equipe, que, aliás, é uma palavra feminina, como se fosse uma mulher — disse Pastoriza.

O dono do bar percebeu o interesse dos clientes e aumentou o som da TV. A equipe de Milão vencia por 2 a 0. Embora nenhum dos gols tivesse sido marcado por um brasileiro, o narrador da emissora não se cansava de elogiar os atletas nacionais. Toda vez que um deles tocava na bola, levantava a voz, prolongava uma consoante forte e soltava uma de suas frases feitas: *Pega ele que eu quero ver!* Ou *Essa é tua RRRRRRaaaaimundo!*

— Puta que pariu! Não existe locutor mais chato que esse cara! — disse Rover.

— Pode ser. Mas o sujeito acaba viciando o público. Ele coloca emoção até nas jogadas mais prosaicas, o que valoriza o jogo — disse Pastoriza.

— Sem esse papo de psicólogo. O cara é um pentelho. Fica gritando o tempo todo. Prefiro assistir sem som. Na Copa do Mundo, eu sempre troco de canal.

Fim do primeiro tempo. O intervalo interrompeu a discussão, que não levaria a lugar algum mesmo. Era apenas uma conversa típica de quem pretendia mudar o foco de um assunto grave para outro mais ameno. Só que a dissimulação não durou mais do que alguns minutos. Logo voltaram à realidade, que respondia pelo nome de Tetê.

— Você acha que a família vai ficar constrangida se eu voltar para o velório? — perguntou Rover.

— Não sei, meu amigo. Mas o teu sofrimento também é legítimo — respondeu Pastoriza.

— Ela foi minha primeira namorada. Talvez a única. Ou, pelo menos, a única por quem eu choraria. É difícil conviver com esse sentimento de culpa.

Pastoriza tentou acalmá-lo novamente. Apesar de não ter respondido, achava que o clima podia ficar pesado no velório. Seria mais prudente permanecer no bar até o momento do enterro. Pediu mais dois refrigerantes, com gelo e limão. Dessa vez, também bebeu o dietético, para acompanhar o atleta ao seu lado. Mas ficou apenas no primeiro gole. O indefectível som da vinheta do programa dominical tomou conta do ambiente. Era a chamada para as principais notícias do dia, entre elas a queda da rampa na Universidade Bartolomeu Dias, que, no entanto, não era o destaque da programação. Havia uma matéria muito mais importante, produzida pela repórter Nicole Barros:

"Boa noite! Logo mais, no *Programa de Domingo*, eu vou contar a verdadeira história por trás da bala perdida no campus Tijuca da Universidade Bartolomeu Dias. Você vai conhecer as pesquisas para a criação de uma nova droga, muito mais potente que o ecstasy, que eram feitas no laboratório da própria faculdade. Foram essas pesquisas que motivaram a nova guerra entre o tráfico e as milícias, comandadas pelo ex-chefe de polícia Joaquim Vasconcelos, para quem a estudante Adriana Maia trabalhava. Além disso, você também vai saber como funcionava o esquema e quem financiava as pesquisas. É hoje, às oito e meia, no *Programa de Domingo*. Não perca. A gente se vê! Até lá."

Pastoriza e Rover não mexeram um músculo. O copo de guaraná permaneceu no ar, a meio caminho entre o balcão e a boca. Os olhos arregalados denunciavam a estupefação. Só havia uma pergunta a fazer:

— Como a Nicole soube de tudo isso?

\* \* \*

Era um domingo atípico para Manoel Capacho. A família viajara para a casa de campo, na região serrana do Rio. Assim, ele não levantaria suspeitas por trabalhar de madrugada. Tudo havia sido muito bem planejado. Sob o pretexto de dobrar a segurança no dia seguinte, por causa do concurso, quase todos os vigias noturnos do campus Barra foram dispensados, permanecendo apenas os dois que o ajudariam na tarefa de sabotar a estrutura metálica que sustentava a rampa do primeiro andar. Eram homens de sua confiança, que já haviam realizado outras missões especiais, como gostava de chamar aquele tipo de atividade. Nenhum deles fora escolhido por Rover, o chefe da segurança, mas isso não era anormal, pois o conselheiro da mantenedora fazia intervenções pessoais em diversos setores da universidade.

O trabalho não foi difícil. Apenas as pilastras laterais eram feitas de concreto. As demais, localizadas no meio e nas extremidades angulares, eram de aço, pré-moldadas. Bastava retirar alguns parafusos e treliças que o peso das pessoas faria o resto. Supervisionados por Capacho, os dois empregados levaram apenas duas horas para completar o serviço. No final, receberam um envelope com dinheiro correspondente a três anos de salário.

Quando recebeu a notícia do sucesso da missão, sua primeira reação foi de medo. Mas ficou aliviado diante da informação de que ninguém havia morrido. Ordenou ao diretor do campus que não falasse com a imprensa nem com os parentes das vítimas. Em poucos minutos, ele chegaria ao local e trataria de tudo. Mas não foi o que aconteceu.

Como passara a noite inteira acordado, Capacho estava com gigantescas sombras embaixo dos olhos, formando olheiras escuras e profundas. Depois de tomar uma ducha fria, tentou disfarçá-las com o corretivo da mulher, guardado na segunda gaveta do banheiro. Em seguida, vestiu o tradicional terno azul-marinho comprado nas Casas Varca, e seguiu para a cozinha, no andar de baixo da casa.

Tomou um café puro, mas não resistiu ao açúcar da torta de chocolate que estava na geladeira. Comeu metade da travessa, lambendo os dedos impregnados com lascas de mousse e chantilly da cobertura estilizada do bolo. Lavou as mãos na pia, tentando se desvencilhar da louça suja do dia anterior. Calçou os sapatos, pegou a chave do carro e seguiu para a garagem.

Ao ligar o motor, percebeu um ruído estranho. Pelo retrovisor, viu o vulto escuro no banco de trás, mas não teve tempo para reagir. A lâmina afiada percorreu seu pescoço formando uma meia-lua de sangue que logo inundou o paletó. Em um reflexo condicionado, ainda tentou abrir a porta do carro com a mão esquerda e estancar a hemorragia com a direita.

Morreu preso ao cinto de segurança. A cabeça pendia para a frente. A maquiagem escondia as olheiras.

\* \* \*

O cortejo fúnebre partiu da capela 12 do cemitério São João Batista às três em ponto. O marido e as filhas de Tetê seguiram ao lado do caixão. Os demais familiares e amigos íntimos vinham logo atrás. Um pouco mais afastados, alguns professores e funcionários da Bartolomeu Dias. Entre eles, Rover e Pastoriza.

Na beira da tumba, o padre fez a última oração, pedindo a Deus que desse força aos entes queridos deixados pela professora. Pétalas de rosas foram jogadas sobre o caixão, junto com pequenos ramos desordenadamente cortados. Os coveiros moveram um longo pedaço de concreto e começaram a colocar a argamassa que selaria a sepultura. Algumas pessoas ainda fizeram preces individuais, enquanto a maioria se afastava lentamente, em silêncio, pelas ruelas do cemitério.

Os óculos escuros e o boné disfarçavam a presença de Adriana Maia. Ajoelhada em frente a uma lápide, parecia rezar em alguma língua estrangeira, emitindo um som indecifrável, telegráfico. Seus olhos, no entanto, acompanhavam o movimento do grupo em retirada, com especial atenção para Rover e Pastoriza. Ela percebeu quando os dois tomaram o rumo contrário à malta, em direção à saída lateral, e os seguiu.

As esculturas de pedra nos jazigos mais abastados contrastavam com as covas humildes, onde mal se viam os nomes dos defuntos. Anjos estilizados, santos e diferentes versões da Virgem Maria formavam avenidas sepulcrais, causando uma mistura de espanto e admiração nos transeuntes, incomodados com o próprio desejo de apreciar os túmulos como se fossem obras de arte.

Perto do portão de ferro, quase chegando à pista, a dupla notou que estava sendo seguida. Dobraram à direita na rua Sorocaba, entraram na primeira transversal e esperaram na esquina, para surpreender o perseguidor. Adriana continuou no encalço, mas resolveu mudar o rumo, cortando caminho por uma ruela. Em vez de ser surpreendida, foi ela quem surpreendeu os acossados, chegando por trás deles.

— Boa-tarde, senhores — disse, sorrateira, com uma ponta de ironia na voz.

Pastoriza deu um pulo para a frente. Rover apenas virou o rosto, enquanto levava a mão à cintura em busca da arma.

— Não precisam se assustar. Vou tirar os óculos e o boné.

Ao reconhecerem Adriana, trocaram patentes olhares de surpresa e incredulidade. Estavam diante da causa de todos os transtornos vividos nos últimos cinco dias. E, finalmente, teriam as respostas que faltavam para encerrar o caso.

Para Rover, no entanto, o olhar daquela menina parecia ter um significado diferente. Durante alguns instantes, ele permaneceu imóvel, hipnotizado pelo rosto rosado à sua frente. Ficou até constrangido quando percebeu que ela também olhava para ele, revelando uma suposta reciprocidade naquela hipnose. Foi preciso a intervenção de Pastoriza para quebrar o clima de encantamento mútuo.

— De onde você surgiu, garota? — perguntou.

— Isso não importa muito. Preciso da ajuda de vocês — respondeu ela.

— Primeiro você tem que esclarecer uma série de coisas — disse Rover, já recuperado do transe.

— Acho que vocês já conhecem a história toda. Só falta um detalhe, que é exatamente o ponto em que preciso de ajuda.

— O que é?

— Eu sei quem é o Doutor.

— O quê?

— O dono do morro do Borel me contou quem é o Doutor.

— E quem é?

— Vocês não vão acreditar.

## 25. A televisão

Vasconcelos acordou às cinco da tarde. Estava há dois dias sem dormir e ficaria ainda mais tempo se não tivesse tomado dez gotas de um ansiolítico no final da madrugada. O efeito do remédio ainda podia ser sentido no corpo. Mas as pernas pesadas, o estômago embrulhado e o pensamento disperso não o incomodavam. A única preocupação era com as dúvidas sobre o futuro. Estava arruinado. Não perdera apenas a chefia de polícia, mas toda a carreira. De um dia para o outro, passara de policial a bandido. Era o homem mais procurado da cidade.

Sentia-se seguro no apartamento do Recreio dos Bandeirantes, na zona oeste do Rio, que não estava em seu nome. Achava que jamais precisaria do esconderijo, comprado exatamente para uma situação de emergência como aquela, mas estava enganado. Também faziam parte do kit sobrevivência uma picape estacionada na garagem e um barco ancorado na Marina da Glória, ambos devidamente registrados em nome de outra pessoa, a mesma que assinara a escritura do apartamento. Utilizaria o local para descansar, recuperar as forças e continuar a luta. Precisava fugir do país urgentemente.

Os biscoitos envelhecidos na despensa serviram de almoço. A cerveja na geladeira já estava com prazo de validade vencido, mas isso nem foi notado. Tomou um banho frio e evitou fazer a barba para dificultar o reconhecimento. Arrumou a sacola com algumas roupas e um arsenal de armas que parecia ter saído do almoxarifado do Rambo. Colocou um boné, uma camisa quadriculada em cima do colete à prova de balas, um jeans surrado e o tênis All Star que comprara em Miami no ano anterior.

Desceu pelo elevador de serviço, apesar de o prédio ter apenas três andares. O carro estava estacionado na vaga de outro condômino, com a traseira voltada para a porta. Antes de partir, verificou o óleo, a água e o tanque de gasolina. Como fazia muito calor, tirou o colete e colocou no banco do carona. Também teve que fazer uma chupeta para carregar a bateria, além de trocar o pneu dianteiro esquerdo, que estava arriado. Manobrou em torno da segunda pilastra, engatou a primeira, mas não conseguiu passar por um Vectra atravessado na vaga ao lado.

Teve que sair de ré. Abriu o portão com o controle remoto, subiu a pequena rampa da garagem e ganhou a rua. Quando percebeu a chegada do Astra preto com cinco homens, tentou sacar a Glock com pente longo que estava na cintura, mas não houve tempo. Três deles saltaram rapidamente do veículo e dispararam 72 tiros de fuzil e pistola. Dezessete atingiram Vasconcelos no peito e na cabeça, esfacelando a caixa craniana. Uma mulher que passava pela calçada foi ferida no braço.

O motorista do Astra ainda se aproximou para verificar se o ex-chefe de polícia estava morto. Ao revistar a sacola, roubou uma metralhadora UZI, duas pistolas e um cinto com munição. Nem se incomodou com o olhar assustado da mulher que estava caída no chão. Na fuga, deixou cair os documentos da picape, que estavam em cima do banco.

O IPVA estava pago, assim como o seguro do veículo. O nome da proprietária aparecia em letras maiúsculas, logo abaixo do código Renavam.

A picape pertencia a Nicole Barros.

\* \* \*

O reitor Jaime Ortega não gostava de televisão, mas tinha o hábito de acompanhar toda a programação da Universidade Bartolomeu Dias no canal universitário, principalmente aos domingos, quando tinha mais tempo. Achava tudo um lixo. A cada seis meses, mudava o diretor da TV Bartolomeu, mas nunca conseguia chegar ao padrão de qualidade que almejava. O último havia sido um famoso profissional do ramo, cujo currículo incluía a criação de programas premiados para as principais emissoras do país. Mas, em vez de se dedicar à universidade, o sujeito deixara um de seus assistentes no comando, o que desagradava ao reitor, irritado não apenas com a incompetência do tal assistente, mas também com as suspeitas de que ele vinha desviando equipamentos para produções independentes.

Para Ortega, a melhor programação do canal universitário era produzida pela Universidade Católica. *Será que vocês não podem fazer um programa nos moldes do* PILOTIS, *que vai ao ar nos sábados?* — perguntava, sem conseguir uma resposta convincente.

A TV Universitária havia sido criada em 1999, amparada na lei do cabo, cuja aprovação, quatro anos antes, fora muito comemorada pelos movimentos de democratização da comunicação.

Entretanto, o que deveria ser um veículo inovador acabou se transformando na reprodução de linguagens tradicionais, sem o alto padrão das emissoras comerciais. Havia exceções, como a própria Universidade Católica e outras faculdades menos ortodoxas, mas, como o horário era loteado, a maioria das instituições de ensino produzia programas de baixíssima qualidade técnica e estilística. Assim, ficava difícil criar uma identidade para o canal, que, além de tudo, era deficitário.

No começo, a Bartolomeu Dias conseguia fazer ótimos programas, graças à mão firme de sua primeira diretora de TV, que fora assistente do vice-presidente da maior emissora do Brasil. Profunda conhecedora do veículo, a moça tinha o respeito de toda a equipe, desde os cinegrafistas até os alunos, que a admiravam como chefe e professora. Mas, antes de completar um ano de casa, ela se demitiu, em protesto contra as constantes intervenções do conselho da mantenedora, que queria fazer matérias chapa branca para vender os cursos da instituição.

Ao ver uma dessas matérias, que falava de um cavalo branco criado pelos alunos de veterinária, Jaime Ortega mudou de canal. Deu quatro toques no controle remoto e sintonizou na emissora de Nicole Barros. Eram oito e meia da noite. A primeira reportagem do *Programa de Domingo* tinha quase oito minutos e fazia uma retrospectiva de todos os acontecimentos da semana na Universidade Bartolomeu Dias, desde o tiro no campus Tijuca até a queda da rampa no campus Barra, passando pelo esquema de fabricação da nova droga e o assassinato do chefe de polícia, que tinha acabado de acontecer.

Ortega viu as imagens do laboratório, o depoimento de Adriana Maia e o desespero das vítimas do suposto acidente. Já havia sido informado de tudo por Pastoriza, mas, ao assistir a reportagem, os fatos pareceram tomar uma veracidade maior. Era como se os eventos só existissem se fossem veiculados na mídia. E, infelizmente, isso estava acontecendo. Além de tudo, a matéria informava que um dos principais executivos da universidade, o conselheiro Manoel Capacho, era o chefe do esquema. Ou seja, a instituição não sairia incólume dessa história.

O mais surpreendente é que a própria repórter havia se tornado personagem da notícia. Uma notinha, lida pelo apresentador logo após a exibição da reportagem, dizia que o carro dirigido pelo chefe de polícia pertencia a Nicole Barros, que estava desaparecida desde que entregara a matéria para o editor-chefe do programa. Havia boatos de que a repórter era amante do chefe de polícia e, por isso, conseguia tantas informações privilegiadas. Maliciosamente, o texto terminava com a informação de que ela também trabalhava na universidade, quase ignorando que seu principal emprego era naquela mesma emissora.

A reportagem seguinte mostrava uma entrevista do prefeito negando os boatos de que estaria emprestando dinheiro para a Universidade Bartolomeu Dias. *Isso é um absurdo! A prefeitura não faz esse tipo de negócio com empresas privadas!* — disse o alcaide, em tom grave, ríspido, com o dedo indicador na lente da câmera. O apresentador ainda fez um comentário moralista, cobrando a apuração dos fatos para, em seguida, destilar seu bordão, repetido no mesmo horário havia 18 anos: *Isto é uma safadeza!*

Ortega desligou a TV. Não podia suportar aquele massacre. Aos 79 anos, não pretendia passar por uma humilhação pública. A mídia era raivosa, vingativa, estúpida. Assim como tinham feito com a entrevista que concedera havia algum tempo, também deturpariam os fatos na universidade apenas para vê-lo derrotado. Só havia uma solução.

Telefonou para o líder dos americanos. Disse que tinha decidido vender a Bartolomeu Dias.

\* \* \*

Dois minutos depois, o americano ligou para o senador Raul Silvério. A venda seria fechada na terça de manhã. Precisariam fazer a movimentação financeira com mais velocidade para não perder a oportunidade.

O dono do Centro Universitário Provinciano soltou um grito de prazer e deu um soco no ar. Finalmente conseguiria destruir seu maior desafeto.

\* \* \*

Gabriel Ortega e Henrique Freitas foram informados sobre a venda no final da noite. O primeiro ligou para o tabelião a fim de agilizar o processo de interdição judicial do pai, enquanto o segundo marcou uma reunião para o almoço do dia seguinte com os executivos do mercado financeiro que pretendiam ganhar dinheiro com informações privilegiadas sobre a abertura de capital da universidade.

## 26. O divã

— Conte-me o seu sonho — disse Pastoriza.
— Não posso, professor. Ele não tem pé nem cabeça.
— Não tem problema. Conte assim mesmo.
— Mas nada faz sentido. É só um bando de imagens sem conexão.
— Eu já disse a você que quanto mais o sonho parece sem sentido, mais ele pode nos ajudar. O que, aparentemente, não tem importância é o que nos interessa.
— Tudo bem. Vou contar.

Pastoriza já estava sentindo falta do consultório. No último mês, havia aparecido apenas quatro vezes, sempre às segundas-feiras, para desespero dos clientes antigos, que se sentiam abandonados. Nos outros dias da semana, raramente conseguia atender alguém. A secretária tinha sido dispensada, já que as poucas marcações eram anotadas por sua assistente pessoal na universidade, mas tudo permanecia em ordem graças à faxina quinzenal feita pela mulher do zelador do edifício.

Na sala de espera, havia uma mesa de mogno antiga, um sofá de três lugares, duas mesinhas de cabeceira e a televisão velha, que não funcionava. Na pequena prateleira atrás da cadeira de espaldar médio, os 17 volumes da *Comédia humana*, de Honoré de Balzac, davam o tom simbólico do lugar. O telefone bege, com aro perfurado para a discagem, lembrava a década de 1980, assim como o cubo mágico e o Genius, um brinquedo tão antigo quanto o papel de parede em mosaicos tailandeses.

No escritório principal, a mesa era de vidro e a cadeira tinha o espaldar alto, enquanto duas poltronas acolchoadas ficavam posicionadas na parte oposta. Um computador obsoleto continha parte das fichas dos pacientes, já que os casos atendidos nos primeiros anos de formado tinham sido registrados em fitas cassetes e arquivados no fichário do canto da sala. A parede branca contrastava com o imenso tapete persa em tons vermelhos que cobria toda a extensão do piso de tábua corrida. Livros de psicologia se amontoavam na estante de madeira clara, sem qualquer ordenamento bibliográfico, dispostos apenas pela vontade do leitor.

O atendimento era feito no divã de couro localizado perto da janela. Os clientes podiam deitar ou ficar sentados, encostando a cabeça nas almofadas dispostas na lateral, mas a grande maioria preferia a primeira opção. As cortinas opacas deixavam passar a luz da rua, mas garantiam a privacidade necessária para a sessão. O analista sentava em uma poltrona verde com estofado vinho, sempre na diagonal do paciente, para poder observá-lo sem constrangimento.

Pastoriza ficou nessa posição por quase quarenta minutos, antes da consulta marcada para aquela segunda-feira. O horário das oito da manhã, no primeiro dia útil da semana, era o único cuja rotina não se alterara nos últimos dois anos. Nem o aumento de trabalho na universidade o havia interrompido. Muito menos o acordo feito com Jaime Ortega para só clinicar à noite. O ritual do psicanalista era sempre o mesmo: entrava no consultório por volta das sete e vinte, ligava o ar-condicionado, abria um livro e sentava na poltrona verde. As portas da sala de espera e do consultório ficavam abertas, à espera do cliente especial.

Como em todas as consultas anteriores, ele, o cliente especial, chegou pontualmente às oito. Fechou as duas portas cuidadosamente, ajeitou as almofadas e deitou no divã. Não deu bom-dia, nem esperou pelas perguntas do analista. Foi logo contando que tivera um sonho maluco, sem qualquer significado compreensível, cujo conteúdo se recusava a revelar, embora não conseguisse esquecê-lo. A relutância foi acompanhada de movimentos angustiados. Roeu as unhas, manuseou um cigarro apagado, coçou a cabeça. Somente após a insistência de Pastoriza, resolveu relatar a experiência onírica.

— Como eu disse, o sonho não tem sentido. Ele começa no bandejão da universidade, lá no campus Tijuca. No cardápio, repolho, somente repolho. Ninguém come outra coisa. Vários estudantes dividem a mesa comigo, mas quem senta ao meu lado é uma enfermeira bonita, que passa a mão nas minhas costas como se fosse uma carícia. Eu retiro a mão dela, educadamente. Em seguida, ela diz que minha boca é muito bonita e eu começo a imaginar que os lábios da moça são duas barras de ouro cintilantes.

— Você realmente não consegue ver sentido nesse sonho?
— Não, professor. Nada. Eu deveria?

Pastoriza tentou fazer uma expressão indiferente para não parecer que tinha uma resposta. Precisava manter a neutralidade. Sabia que só o cliente poderia chegar à interpretação do sonho. Sua função era, no máximo, fornecer pistas para que ele chegasse a uma conclusão. Além disso, pelo princípio da sobredeterminação, muito conhecido entre os psicanalistas, poderia haver múltiplas interpretações. Seria preciso decompor o conteúdo para estimular o cliente a enxergar as possibilidades de significação.

— Fale-me sobre o bandejão. Como era a mesa no sonho? Você sempre come lá?

— Era uma mesa comum. Na verdade, raramente como lá. É barato, mas injusto, porque alguns alunos pagam para os outros — disse o cliente.

A primeira pista começava a ficar patente. A mesa do bandejão estava associada com o conceito de injustiça, o que poderia ter relação com algum sentimento de culpa desenvolvido pelo cliente, motivado exatamente por alguma injustiça que ele tivesse cometido.

— Você gosta muito de repolho?

— Mais ou menos. Na verdade, eu detestava quando era criança. Minha mãe não me obrigava a comer, mas ficava furiosa quando eu deixava a verdura no prato. Dizia que, enquanto muitas pessoas da minha idade passavam fome, eu desperdiçava comida. Mas, hoje, até que eu gosto. Mamãe morreu quando eu tinha 10 anos.

Novamente, aparecia o sentimento de culpa. As crianças com fome (enquanto ele jogava o repolho no lixo) haviam ficado para sempre no seu inconsciente. E uma nova injustiça poderia fazer o sentimento reaparecer.

— E essa enfermeira? Você consegue enxergar o rosto?

— Consigo. Mas não a identifico. Só sei que é muito bonita.

Qualquer leigo diria que interpretar sonhos é uma banalidade, um exercício barato de produção de analogias. Na gíria popular, fazer associações entre o sonho e a realidade seria forçar a barra, inventar, fantasiar. Mas não era. Pastoriza tinha certeza disso. Apesar de não ser freudiano, lera sua obra completa e o respeitava. Principalmente o livro escrito em 1899, que tratava do tema onírico. Freud dizia que o sonho era a via régia para o inconsciente. Estava certo.

— Você vê algum motivo para ela ser uma enfermeira?
— Não. Nenhum.

Recalque. Outro conceito-chave da psicanálise. Para Freud, era a pedra angular sobre a qual seria construído todo seu edifício teórico. O cliente havia recalcado o significado de ter sonhado com uma enfermeira, deixando-o adormecido no inconsciente. Normalmente, o sonho teria velado até mesmo a representação visual da mulher de branco, mas ao fazer isso com o significado, garantia a defesa do aparelho psíquico contra a informação que ele queria esquecer. Em outras palavras, garantia o recalque. Mas como a informação recalcada sempre tenta voltar para a consciência, em uma luta constante contra as defesas, o caminho encontrado tinha sido o sonho.

Na verdade, a principal defesa do cliente havia sido não atribuir importância ao sonho, em uma espécie de censura ao seu conteúdo. Por isso, ele dizia que nada fazia sentido e não valia a pena contá-lo. Entretanto, aquilo que parecia mais indiferente e sem significado era justamente o que levava ao conteúdo recalcado.

— A enfermeira fazia carinho em você?
— Sim. Nas minhas costas.

Pastoriza percebeu que o significado da resposta também estava articulado com o sentimento de culpa. Mas ele não podia interpretar pelo cliente.

— O que isso significa para você?
— Nada. Absolutamente nada.

A resposta negativa mudou o humor de Pastoriza. Lembrou-se que estava do lado contrário de suas referências teóricas. Não acreditava na neutralidade analítica, segundo a qual o terapeuta deveria se confundir com a mobília do consultório. Então, por que a estava praticando? A leitura dos trabalhos de Sandór Ferenczi, um dos grandes teóricos da psicanálise, havia mudado sua maneira de pensar e trabalhar. Estava na hora de aplicar o que havia aprendido.

— Acho que você não está sendo sincero. Diga-me o significado de sonhar com o carinho da enfermeira.

— Não sei, professor. Já disse que não sei.

Freud havia abandonado a ideia de usar a sugestão como método para fazer o cliente falar, mas para Ferenczi era preciso retomá-la. Ele dizia que a neutralidade analítica era excessiva e causava frieza e insensibilidade, produzindo uma hipocrisia profissional. A única saída seria abandonar essa posição hipócrita, estabelecendo uma relação de confiança com o paciente, o que significava ser honesto, benevolente e sincero. Para Pastoriza, só havia uma maneira para proceder conforme esses preceitos: contar o que estava pensando, apesar de não querer acreditar no conteúdo.

Decidiu ser direto e testar a hipótese que o estava incomodando. Mesmo sabendo que, se ela se confirmasse, poderia ser o fim de sua carreira como psicanalista:

— Vamos parar com isso, Lucas! O significado do sonho é lógico. Há um deslocamento da sua culpa para a enfermeira, que parece com uma farmacêutica. Você atirou nas costas de uma estudante de Farmácia e agora sonha que ela o está acariciando no mesmo local, como se você fosse a vítima.

— Mas eu sou a vítima.

— Não, não é. E você sabe disso. Tanto que sonhou que os lábios dela eram duas barras de ouro.

— E daí?

— Isso remete aos motivos que te levaram a atirar nela.

— Que motivos?

— Dinheiro. Você atirou porque foi pago pra isso.

— Não. Eu não queria atirar. Mas ela fugiu.

Houve alguns instantes de silêncio. Pastoriza percebeu que estava sendo ríspido, mas era tarde para recuar. Preferiu manter a estratégia.

— Diga, Lucas. Por que você atirou?

— Não.

— Não o quê, Lucas?

— Eu não sou Lucas.

— Como é que é?

— Eu não sou Lucas.

— Ah não? Então, quem é você?

— Eu sou o Doutor.

— Quem?

— Eu sou o Doutor. Comando todo o tráfico de drogas na cidade. Meu nome é Doutor.

\* \* \*

Adriana e Rover já estavam caminhando havia quase uma hora. A areia da praia acalmava o detetive, assim como a brisa de outono que soprava do sudoeste. O mar agitado desaconselhava o mergulho, mas, para uma segunda de manhã, só o fato de poder admirá-lo já valia a presença.

— Gosto daqui, Rover.

— Eu também. É meu lugar favorito.

— Quando tudo isso acabar, podíamos repetir essa caminhada.

— Já acabou — disse o detetive.

— Você tem certeza?

— Tenho.

Rover estendeu uma toalha na beira do mar, bem perto da arrebentação. Sentaram em frente ao Pepê, o ponto favorito dos surfistas. Adriana sentiu o braço forte deslizar em volta do pescoço, enquanto pensava em tudo que havia acontecido na última semana. Finalmente, podia dizer que estava segura, embora uma última dúvida ainda a perturbasse.

— Tem uma coisa que eu não entendo — disse ela.

— O quê?

— Por que o dono do morro me disse que o Lucas era o Doutor?

— Muito óbvio. Ele mentiu para despistar. Você acha que ele ia te contar quem é o fornecedor do morro? Só se quisesse morrer.

— Então, quem é o Doutor, Rover?

— Essa resposta só existe nos romances policiais e na imprensa, que gosta de bodes expiatórios. De vez em quando, eles acham um Fernandinho Beira-Mar e o apresentam como o rei da cocaína. Tudo mentira. Não há um Doutor, mas vários Doutores. São grandes empresários que usam seus negócios pra lavar dinheiro. A rede de proteção política, jurídica e financeira que esses caras têm os torna intocáveis. Jamais saberemos quem são. O sujeito que fornece pro Borel deve ser apenas mais um intermediário. O dono do morro nunca teria acesso a um figurão da sociedade. Portanto, é impossível que soubesse o nome de um dos Doutores.

— Isso significa que não havia um Doutor por trás do esquema no laboratório? Não havia um Doutor comandando o conselheiro Manoel Capacho?

— Não foi isso que eu disse. Claro que havia um Doutor. Só que nem o próprio Capacho sabia quem era. O pseudônimo deve ser usado em diversos esquemas da alta roda do tráfico. Mudam os personagens, permanece o apelido. Entendeu?

— Entendi. Mas a polícia não tem um dossiê sobre o suposto Doutor?

— Isso é outra obra de fantasia, baseada em gravações e depoimentos desconexos. A polícia continua perdida como sempre. Vai procurar por um Doutor desesperadamente e, quando o encontrar, oferecerá sua cabeça à imprensa como troféu de guerra. Só que o indivíduo preso será apenas mais um dos intermediários do alto escalão. Peixe pequeno, sem qualquer peso nas organizações criminosas.

— Posso fazer mais uma pergunta?

— Claro.

— E o Lucas?

— Esse é um pobre coitado. Mais um dos bodes expiatórios da imprensa.

— Pode ser. Mas eu senti que o Pastoriza ficou muito apreensivo quando eu disse que ele era o Doutor.

— Eu não notei nada. Melhor esquecermos essa história.

Uma onda maior atingiu a toalha, molhando o casal que estava sentado. Adriana se jogou no colo de Rover, desequilibrando-o. Ambos rolaram pela areia, formando um corpo único, à milanesa. Parecia a cena clássica de Richard Burton ou a descrição infantil de um romance barato

Depois que a água retornou, o reflexo do sol iluminou o beijo cinematográfico, acompanhado pela trilha sonora do quiosque da praia.

Um funk suave, romântico, a balada do batidão:

*Teus olhoooos.... E teu coooorpo! Um convite pra.......!*

\* \* \*

Os progressos de Lucas durante os dois anos de análise pareciam estar desmoronando. Pastoriza o aceitara como cliente logo após o escândalo do vestibular, mesmo sabendo que seu caso deveria ser tratado por um psiquiatra. Apesar de ser analfabeto, ele não era o ignorante que a mídia havia mostrado. Na verdade, utilizava uma linguagem correta, quase sem vícios de concordância. Era inteligente e discreto, demonstrando sensibilidade acima da média. Mas essas características não interessavam à imprensa, muito menos a Manoel Capacho, empenhado em produzir o escândalo que deveria levar a Universidade Bartolomeu Dias a ser vendida. Por isso, ele tratara de reforçar a tal imagem de estúpido, pedindo ao analfabeto que falasse errado e não demonstrasse qualquer entendimento nas perguntas dos repórteres. O problema é que Lucas incorporara o personagem e estava tendo crises esquizofrênicas. Já não lembrava de sua história de vida e passara a inventar enredos sobre si próprio. Em um raro momento de lucidez, havia procurado o diretor da faculdade de Psicologia, a quem contara toda a verdade e que prometera atendê-lo de graça. Mas, logo na primeira consulta, desmentiria tudo, comportando-se como um retardado mental. Seu estado clínico era crítico.

Nos últimos dois anos, Pastoriza convivera com a informação de que o golpe do analfabeto no vestibular havia sido tramado por

Manoel Capacho. Mas o sigilo profissional o impedia de revelar a verdade. Pelo mesmo motivo, teria que ficar em silêncio se percebesse que Lucas atirara em Adriana. E essa possibilidade, confirmada pelo noticiário policial dos últimos dias, o deixava em pânico, o que dificultava ainda mais o seu trabalho.

Obviamente, as sessões de psicanálise tinham fracassado. Não importava se Lucas era culpado ou não. E mesmo que fosse, não podia entregá-lo à polícia. Nesse caso, também se sentiria responsável pelo crime, embora não conseguisse identificar os erros da terapia. Talvez o problema estivesse justamente no conceito de terapia, que, na verdade, não se aplicava à psicanálise. Entretanto, não perdera a esperança de convencê-lo a procurar um psiquiatra, o que sempre fora seu objetivo. A consulta da segunda-feira seria sua última tentativa de ajudá-lo.

— Você não é o Doutor — disse, enfaticamente, em um tom leve, porém firme.

— Sou sim — contestou o paciente.

Lucas morava sozinho em um barraco da Cidade de Deus, deixado pelo pai, morto em um acidente de trabalho havia cinco anos. Não tinha família nem amigos. Antes de entrar na Bartolomeu Dias, ganhava a vida como pedreiro, embora não gostasse do serviço. Durante as sessões de terapia, conseguia articular raciocínios complexos, que surpreendiam o analista. Mas os rompantes duravam poucos minutos, sendo logo substituídos pelo personagem criado por Manoel Capacho, o analfabeto ignorante. Pastoriza, no entanto, tinha certeza de que o nível de inteligência dele era muito alto. Bastava fazê-lo retornar de seu mundo ficcional e oferecer uma oportunidade de estudar. Aliás, durante os tais rompantes de bom raciocínio, ele parecia já ter estudado nas melhores escolas da cidade. Se tivesse dinheiro para comprar roupas caras, poderia até passar por um Doutor.

Na verdade, a palavra doutor era o problema. Depois do episódio do vestibular, ser um doutor passara a ser sua obsessão, embora só tivesse assumido a dupla (ou melhor, tripla) personalidade na última semana.

— Vou dizer de novo. Preste atenção: você não é o Doutor.

Pela primeira vez em dois anos, Lucas chorou. Um choro contido, que foi crescendo paulatinamente até se transformar em soluços compulsivos, amenizados pela compreensão do terapeuta, que permaneceu em silêncio, sem tentar consolá-lo. Inicialmente, Pastoriza achou que poderia ser um sintoma positivo, característico de um choque de realidade, mas logo a histeria tomou conta do cliente. Sua mão direita ficou paralisada. O dedo indicador esticado e o polegar ereto formaram a imagem de uma arma. A cena assustou o analista.

A paralisia revelava a solução neurótica para o conflito entre o desejo de atirar e o horror de ser um assassino. Pastoriza já tinha visto aquele tipo de patologia inúmeras vezes, geralmente ligada a problemas sexuais em adolescentes educados de forma repressora, que, através da paralisia, resolviam o conflito entre a vontade de se masturbar e a vergonha da masturbação. Entretanto, nunca passara por uma situação análoga tão perigosa. Principalmente porque o alvo do desejo de atirar poderia ser ele próprio, num exemplo claro do que a teoria psicanalítica chama de transferência. Mesmo assim, não desistiu de continuar dizendo a verdade.

— Lucas, preste atenção. Esse é o seu nome. Você não é o Doutor.

Uma das hipóteses para a recente esquizofrenia de Lucas era a compensação. Ele tentava assumir uma nova personalidade como forma de compensar as limitações da anterior, representada pelo analfabeto estúpido. Insatisfeito com as humilhações sofridas pelo personagem, queria assumir uma identidade que o colocasse na posição de seus antigos algozes. De preferência, com poder suficiente para se sobrepor a todos eles. O Doutor era o tipo perfeito para a tarefa e preenchia com exatidão linguística a obsessão que começara dois anos antes.

Lucas ouvira esse nome pela primeira vez havia três meses, durante uma conversa telefônica do conselheiro Manoel Capacho. O sujeito tremia tanto no celular que ele logo percebeu se tratar de um interlocutor importante. Como o esquema de produção da nova droga estava na etapa final, as conversas passaram a ser mais frequentes e não foi difícil construir uma imagem de quem seria o Doutor. A palavra em si já era mágica, possuía significados poderosos, que transcendiam a figura por trás do nome. Além disso, Capacho e o sub-reitor Durval Santos conversavam sobre ele abertamente, sempre exaltando seu poder, sem se importar com a presença de Lucas, que era considerado um homem de confiança.

Durante todo o período de finalização da nova fórmula do ecstasy no laboratório do campus Tijuca, Lucas esteve em contato constante com Durval e Capacho, o que multiplicou suas fantasias sobre o Doutor. Entretanto, somente após o episódio do tiro no campus, a personalidade havia sido efetivamente incorporada. Foi nesse momento que surgiram as alucinações e delírios característicos da nova crise esquizofrênica, sintomas que acabaram com as dúvidas de Pastoriza: a causa do novo surto só podia ser a culpa por ter atirado em Adriana. Desde então, Lucas ouvia vozes celestiais dizendo que ele era o Doutor e tinha delírios persecutórios de vários tipos.

— Quem está te perseguindo? — perguntou o analista.
— São eles, professor. Eles.
— Eles quem?

— São eles. Eles. Eles.

Pastoriza continuou na técnica da honestidade. Sabia que Lucas tinha inteligência suficiente para perceber quando ele escondia a verdade, limitando-se a jogos verbais e eufemismos. Conforme expresso na teoria de Sandór Ferenczi, a terapia não podia ficar apenas no discurso. Devia se estender à postura do analista. Não havia outra opção, a não ser, novamente, falar o que estava pensando, mesmo que fosse uma especulação.

— Eu sei quem são eles — disse Pastoriza.

— O quê?

— Eu sei quem são.

— Se você sabe, diga. Quem são eles? — perguntou Lucas.

— São os homens que você matou. O Durval, o Vasconcelos e o Capacho — Pastoriza ainda não sabia sobre a morte do conselheiro, mas resolveu incluí-lo para ver a reação. — Além, é claro, de uma mulher, a Tetê. Uma simples professora, que nunca te tratou mal. Começo a achar que a enfermeira do teu sonho não era a Adriana.

Lucas levantou a cabeça. Pastoriza continuou.

— Você foi covarde. O teu sentimento de culpa é apenas um disfarce. Acho que você vem me enganando há dois anos com essa história de esquizofrenia.

— Enganar você, professor? Não seria o contrário? Venho há dois anos aqui e é a primeira vez que você fala a verdade. É a primeira vez que não tenta me enrolar com essa conversinha de analista.

Pastoriza se surpreendeu com a resposta, mas continuou no ataque.

— Para um analfabeto, seu vocabulário anda muito elaborado. Quem está falando comigo agora? É o Lucas inteligente ou o estúpido? Ou será o Doutor? — perguntou, irônico.

Sem perceber, Lucas começou a gesticular com a mão direita, esquecendo a paralisia.

— Os estúpidos são os que se acham doutores. Na semana passada, eu dei ordens e fiz muita gente de palhaço.

— O quê?

— Acorda, professor! Eu sou o cara! As pessoas me subestimam, mas eu mando muito bem. Sabe de uma coisa? O melhor de tudo foi ouvir o desespero do Capacho e do Durval. Você precisava ver, professor. Eu pegava o telefone, usava o misturador de voz e os imbecis se cagavam de medo do outro lado da linha.

— E o elemento Z?

— Elemento o quê?

A dúvida de Lucas esclareceu os fatos para Pastoriza. Apesar de ter participado dos planos do laboratório, o cliente no divã não conhecia a fórmula que havia sido desenvolvida. Usaria a informação para minar sua confiança.

— Se você fosse o Doutor, saberia do que estou falando.

Lucas jogou as pernas para a frente, deu um impulso e levantou. Ficou visivelmente abalado com a pergunta do analista. Passou a andar em círculos pelo consultório, enquanto procurava pensar em uma resposta. Pastoriza continuou sentado, observando as reações. Por um instante, achou que o cliente estava apenas fazendo teatro.

— O que foi, Lucas?

— É simples, professor. Eu passei dois anos convivendo com o Manoel Capacho. Acha que não aprendi com ele? Não sou tão sujo quanto aquele gordo, mas sei passar por cima de quem tá no meu caminho.

Lucas parou em frente à porta, colocou a mão no bolso e encarou o analista. Pastoriza percebeu o contorno da arma, mas não demonstrou medo.

— Vai ficar aí parado?

— Não, professor. Vou fazer o que planejei.

Dez longos segundos se passaram. Ambos ficaram em silêncio, fitando o olhar alheio. Podia-se ouvir o ruído do relógio de pulso, mesmo com o ar-condicionado ligado. Se fosse uma novela, o roteirista interromperia o enredo para mostrar as cenas dos próximos capítulos.

Lucas abriu a porta do consultório, caminhou pela sala de espera e abriu a segunda porta, que dava para o corredor. Antes de ir embora, contou seus planos para o analista.

— Há um sujeito aí fora que diz ser o Doutor. De vez em quando, ele até liga pra mim. Vou pegar o cara, antes que o confundam comigo — disse, com um sorriso estampado nos lábios.

Pastoriza arregalou os olhos e ainda tentou esboçar uma argumentação para segurar o cliente, mas foi interrompido antes de começar.

— Só mais uma coisa, professor.

— O que é, Lucas?

— Não matei a Tetê nem o Vasconcelos. Mas o corpo do Manoel Capacho já deve estar apodrecendo lá na garagem da casa dele.

O suposto analfabeto sumiu pelo corredor, deixando o analista em estado de choque. Para amenizar os problemas mentais de seu paciente, ele precisaria descobrir quem era o verdadeiro Doutor.

## 27. O deputado

O corpo do conselheiro Manoel Capacho foi encontrado na segunda de manhã pela empregada da família, 24 horas após o assassinato. O odor já havia se espalhado pela casa e ela precisou amarrar um pano de prato na boca para chegar até o carro do patrão. No início, achava que o freezer localizado na garagem havia descongelado, causando o apodrecimento das carnes estocadas para os frequentes churrascos de fim de semana. Mas bastou olhar pela janela do Citroën para levar o susto que quase a fez perder os sentidos. E também a voz:

— Caraaaaaaaaaaaaaaaaaaalho!!!!!!!!!!!

O heterodoxo grito de socorro não foi ouvido pelos vizinhos. Ela vomitou em cima do capô e caiu sentada no chão. Para não desmaiar, mordeu com força o dedo indicador da mão direita e bateu três vezes na cabeça. Precisou de alguns minutos antes de apertar o comando para abrir a porta automática. Só então chamou o vizinho, que, pelo telefone, avisou à polícia. A mulher e as filhas de Capacho, que estavam fora cidade, não foram localizadas.

*  *  *

Jaime Ortega soube da morte do conselheiro por volta das onze e meia da manhã. Ao receber a notícia, um misto de decepção e tristeza tomou conta dele. Sabia que Capacho havia traído a sua confiança, mas não conseguia deixar de pensar nos trinta anos em que trabalharam juntos, um tempo cuja principal lembrança era a de um empregado que sempre estivera à disposição para qualquer tipo de tarefa. Custava a acreditar no envolvimento de seu homem de confiança com o tráfico de drogas, embora as evidências fossem tão claras. Até o último instante, ainda achava que podia haver uma explicação.

Subiu para o escritório no segundo andar da cobertura. Abriu o frigobar, retirou quatro ou cinco pedras de gelo de uma fôrma de plástico, colocou-as em um copo pequeno e despejou uma dose de Johnnie Walker por cima. Havia mais de vinte anos que não bebia, mas a ocasião justificava a quebra da abstinência. Precisava digerir a notícia e se preparar para a importante reunião que aconteceria em algumas horas.

Sorveu o malte escocês lentamente. As pedras estalaram durante segundos, antes de derreterem no ritmo da degustação. O calor do álcool desceu pelo corpo. Os batimentos cardíacos se estabilizaram. O pensamento clareou. Sabia exatamente o que devia fazer para evitar a falência de sua universidade, mas precisaria contar com a sorte. Não houve tempo nem vontade para uma segunda dose. O anúncio da secretária precipitou o tão esperado encontro.

— O deputado chegou.
— Mas já?
— Sim, senhor.
— Chegou uma hora adiantado. Onde ele está?

— Na biblioteca.

— Mande-o subir.

O deputado também era presidente da associação de ex-alunos da Universidade Bartolomeu Dias. Formara-se na primeira turma de Direito da instituição, em 1975, quando o próprio Ortega era um dos professores. Desde então, sempre contara com o apoio do reitor em seus projetos políticos. Primeiro, na eleição de vereador, depois, no pleito para a Assembleia Legislativa e, finalmente, para a Câmara Federal, onde estava desde 1990.

O suporte da Bartolomeu Dias não era apenas financeiro. Ortega colocava o *mailing* da universidade à disposição do deputado, além de promover encontros com alunos e professores, disponibilizar estúdios para gravação de anúncios e pedir aos executivos da mantenedora que se engajassem nas campanhas. Durante os últimos vinte anos, nada pedira em troca. Mas já estava na hora de retribuir o favor.

Líder do partido na Câmara, o deputado presidia a Comissão de Educação e tinha relações íntimas com o ministro da área. Também participava das principais reuniões do Conselho Brasileiro de Educação, onde, entre outras coisas, decidia-se que universidades mereciam a chancela do Estado em seus cursos. Em suma, o CBE aprovava ou não a abertura e o reconhecimento dos cursos, mas as decisões só eram tomadas com o consentimento do deputado.

— Chegou cedo, meu amigo — disse Ortega.

— Achei sua voz estranha ao telefone. Resolvi me adiantar. Você me pareceu muito preocupado, meu reitor.

A governanta fechou a porta do escritório e deixou os dois a sós. Para o dono da Universidade Bartolomeu Dias, a situação era muito embaraçosa. Acostumado a ser credor, em virtude dos inúmeros pedidos que atendia, não gostava de pedir favores a ninguém, mesmo àqueles que eram seus devedores.

— Você quer beber alguma coisa?

— O mesmo que você. Isso aí era uísque?

Ortega serviu o convidado, mas preferiu mudar de bebida. Em vez de Johnnie Walker, uma caixinha de água de coco. Arrematou o novo drinque com um canudinho de plástico e dois cubos de gelo, deu três mexidas e sugou parte do conteúdo sem se preocupar com o ruído que fez. O deputado percebeu a tensão do reitor e resolveu iniciar a conversa.

— Nós somos amigos há muitos anos. Você sempre me ajudou na carreira e na vida. Sei que a faculdade está passando por um momento difícil. Tenho lido os jornais. Diga o que posso fazer.

— Os problemas nos jornais são apenas parte da minha dor de cabeça. Na verdade, só agravaram a situação, que já era muito complicada. Eu estou na falência.

— Não acredito. Sua universidade é a maior do país. O que houve?

— Fui traído, meu amigo. Fui traído.

— Por quem?

— Isso não importa. O fato é que as finanças vão mal. Só percebi nos últimos meses, quando já era tarde. Venho tentando conseguir empréstimos para pagar as dívidas, mas, se não conseguir, terei que vender parte da mantenedora.

— Não faça isso. Sua vida está aqui. Vamos conseguir um empréstimo público.

— Já tentei. O governo federal não pode emprestar porque nós devemos dinheiro do FGTS, o estadual está falido e o municipal acaba de desfazer um negócio que havíamos fechado. Não sobrou ninguém.

— Que merda!

— Pois é.

— Mas você tem um plano B, não tem? Do contrário, não me chamaria aqui.

— Tenho, mas fico constrangido em te pedir.

— Porra, Jaime. Assim você me ofende. Nós somos amigos. O que você quer?

Ortega tirou um envelope da gaveta e o entregou ao deputado.

— Isso que está em suas mãos é uma pauta de votação. São assuntos de nosso interesse que estão emperrados no Conselho Brasileiro de Educação. Mais ou menos uns oitenta itens, relativos a autorizações para o funcionamento de novos cursos da universidade, que, pelo andar da carruagem, vão levar anos para serem analisados e custarão muito dinheiro. A única maneira de salvar a Bartolomeu Dias é aprová-los integralmente, amanhã.

— Amanhã?

— Sim, amanhã. E tem que ser em pacote único. Ao aprovar todos os cursos, teremos novas fontes de receita e potencial para negociar com os bancos — disse o reitor.

O deputado coçou a cabeça, ajeitou o colarinho branco, afrouxou a gravata, contou o número de itens no papel, conferiu as datas dos protocolos e escorregou na cadeira. Um olhar perturbado encarou o reitor. As sobrancelhas se arquearam. A testa enrugou. As veias do pescoço saltaram. O nariz empinou. Como se estivesse num comício, usou a voz de barítono para dar a resposta triunfal.

— Esses professores do CBE despertam em mim os mais baixos instintos. Amanhã, vou passar por cima deles como um trator. Não se preocupe, Jaime. Estão todos na minha mão.

\* \* \*

O conselheiro Henrique Freitas encontrou os operadores da bolsa de valores em um restaurante do Leblon conhecido pelo bacalhau preparado pelo chefe português. Não era o lugar mais discreto do mundo, mas o raciocínio para a escolha do local era simples: como as mesas estavam repletas de artistas e celebridades, ninguém repararia neles.

Estavam certos. Passaram despercebidos pelo bar, circularam pelos comensais no térreo e se instalaram no andar de cima, de onde podiam observar o movimento e apreciar as obras de arte nas paredes. Antes de verem o cardápio, pediram o *couvert* e duas garrafas de champanhe Dom Pérignon para celebrar o negócio que iriam fechar.

— Tudo certo com a nossa operação, Henrique?
— Tudo certo. A venda será feita amanhã.

Os operadores não estavam interessados apenas em informações privilegiadas quando o capital da universidade fosse aberto. Também queriam ganhar dinheiro negociando com o banco que faria a IPO, a oferta inicial de ações na bolsa de valores. Para isso, pretendiam participar do consórcio que compraria a Bartolomeu Dias. Acreditavam que o preço das cotas duplicaria de valor em menos de seis meses apenas com a expectativa da abertura de capital. Quando ela de fato ocorresse, em um prazo estimado de dois anos, as cotas virariam ações e o capital investido aumentaria ainda mais. Talvez quatro ou cinco vezes. Um negócio imperdível para qualquer investidor.

Todos conheciam bem os bastidores do mercado financeiro. Sabiam que os americanos eram controlados pelo senador Raul Silvério e tinham se oferecido para injetar dinheiro na operação. Mas também haviam corrido por fora, garantindo informações de dentro da universidade. Assim, poderiam saber o preço que Ortega pediria antes do próprio senador, o que lhes daria poder de barganha para ficar com uma boa parte do negócio e não apenas as migalhas que o dono do Centro Universitário Provinciano queria oferecer.

Se fosse preciso, também fariam chantagem. Bastava ameaçar contar para o reitor da Bartolomeu Dias quem era o verdadeiro comprador. Mas isso não seria necessário. Ao saber o exato valor pedido por Ortega, calculariam o montante a ser investido e exigiriam o percentual adequado a suas ambições. Por esse motivo, haviam entrado em contato com o conselheiro Henrique Freitas, que era o responsável pelas finanças da universidade.

— Um brinde à nossa parceria!

— Saúde.

Henrique levou a taça de cristal ao alto, brindou com os parceiros e bebeu o champanhe. *Nada mal para um ex-office boy*, pensou, enquanto as bolhas desciam pelo esôfago desacostumado com o gás. Dois milhões não representavam nada para os outros integrantes da mesa, mas, para ele, era uma quantia absurda. Mesmo ganhando bem na Bartolomeu Dias, nunca conseguiria juntar tanto dinheiro. E os operadores ainda pagariam muito mais quando as ações fossem lançadas na bolsa.

— Saúde! — gritou.

— Saúde! — responderam os demais.

Outras duas garrafas foram pedidas. E o almoço nem havia começado.

* * *

Na mansão do senador Raul Silvério, o clima também era de festa. O sonho de possuir a maior universidade do país nunca estivera tão próximo. Poderia, finalmente, assistir à queda de Jaime Ortega, o que, aliás, parecia ser seu maior prazer. Comprar a Bartolomeu Dias talvez fosse apenas um detalhe, um simples instrumento para o objetivo maior, que era humilhar o inimigo.

Mas o instrumento tinha um custo elevado. Só nessa primeira etapa, em que compraria 30% das cotas, o preço estava acertado em 500 milhões de reais. Ainda assim era uma pechincha, já que a empresa toda valia mais de 5 bilhões, segundo as contas dos auditores. Portanto, Silvério pagaria apenas um terço do real valor do negócio, o que se justificava não só pelas dívidas da instituição, mas também pelos recentes acontecimentos que haviam desvalorizado seus ativos financeiros, como o tiro no campus, a queda da rampa e, principalmente, o envolvimento de um dos dirigentes da mantenedora com o tráfico de drogas, fato que logo seria de conhecimento público.

— O senhor sabe que esses 30% valem um bilhão e meio, no mínimo? Não sabe? — perguntou Patrick Walton, o líder dos americanos.

— Claro que sei — respondeu o senador. — Mas, no momento, estou preocupado é com os próximos dois anos. Quando os outros 40% forem oferecidos no mercado de ações, precisarei comprar pelo menos vinte e um por cento para ter a maioria.

— Calma, reitor. Está tudo arranjado. Nosso contrato diz que eles são obrigados a disponibilizar as cotas para a abertura de capital.

— Como o Ortega aceitou isso?

— Muito simples. Primeiro, ele não tinha alternativa. Segundo, há a crença de que, com a entrada do dinheiro, a empresa vai se recuperar e eles mesmos comprarão as ações.

— E quem garante que isso não vai acontecer? — perguntou Silvério.

— O senhor garante, reitor.

— Não entendi.

— Nos últimos anos, seus espiões levaram a Bartolomeu Dias à bancarrota. Basta continuarem o trabalho.

— Você tem razão. Não será difícil pra mim. Mesmo sem o Manoel Capacho, eu consigo sabotar aqueles caras.

— Além disso, o senhor passará a ser um dos sócios. Cada vez que os outros pedirem para injetar dinheiro, sua negativa aumentará o buraco da empresa.

— Mas eu também estarei perdendo dinheiro, já que terei 30% do negócio.

— Apenas aparentemente.

— Como assim?

— Como o resultado financeiro será ruim, no final de dois anos, quando as ações forem lançadas na bolsa, o senhor poderá comprá-las por um preço muito abaixo do que realmente valem. Mas bastará anunciar o nome do verdadeiro dono para as ações subirem e o senhor ganhar muito dinheiro com a valorização. Além disso, as sabotagens também vão parar, já que sua equipe assumirá a empresa e os lucros aparecerão.

Silvério coçou a palma da mão direita, um gesto sempre repetido quando farejava bons negócios. Os americanos também pareciam ansiosos, embora só o líder falasse. Os demais apenas observaram com curiosidade a caminhada do senador pela sala, acariciando a cabeça de cada estátua barroca pelo caminho, a maioria representando santos católicos. Antes de voltar ao assunto, o dono do Centro Universitário Provinciano mudou a ordem do tique nervoso e passou a coçar a palma da mão esquerda.

— Então, vamos fechar o negócio. Quais são os procedimentos, Patrick?

— Pra começar, temos que ser discretos. O Ortega não pode nem desconfiar que o senhor é o verdadeiro comprador.

— Tudo bem. Mas que estratégia nós vamos usar pra evitar que isso aconteça?

— Amanhã, na reunião, apresentaremos nossas credenciais bancárias. Elas estão em nome de uma empresa *offshore* sediada nas ilhas Cayman. Se o pessoal do Ortega quiser checar, verificarão que o controlador da empresa sou eu. Aí, não desconfiarão de nada.

— Muito bem. Pode fazer a operação.

— Mas há um problema, senador.

— Qual?

— O senhor precisa depositar o dinheiro na conta ainda hoje. Do contrário, o banco não emitirá a carta.

Raul Silvério já estava preparado para a operação havia dois meses. Com dois telefonemas, transferiu 400 milhões para a conta das ilhas Cayman. Metade do dinheiro veio de uma conta de Miami usada para lavar o caixa dois do Centro Universitário Provinciano. A outra metade foi enviada por um banco nacional, que fez um empréstimo a juros baixos mediante a garantia de receber cotas da empresa do senador caso a dívida não fosse paga. Os 100 milhões restantes viriam dos operadores do mercado financeiro, que estavam entrando como sócios no negócio com o compromisso de ter apenas ações sem direito a voto, o que garantiria o controle da empresa para o senador.

\* \* \*

Gabriel Ortega chegou ao cartório da rua Uruguaiana, no centro do Rio, às duas da tarde. Vestido com seu terno Armani, gravata Hermès e sapatos italianos, trazia uma pasta de couro com todos os documentos cujas assinaturas pretendia reconhecer. Amigo pessoal do tabelião, entrou por uma porta lateral, cruzou o corredor dos arquivos e foi direto para o seu escritório. Não pretendia se desgrudar dos papéis que carregava por um instante sequer.

— Está tudo aí?
— Tudo.
— Vai me passando, um por um.

O tabelião examinou cada folha detalhadamente, tentando identificar possíveis erros técnicos. A análise minuciosa demorou quase uma hora, para a angústia de Gabriel, que ainda precisava ir ao fórum. No último documento, o rigor foi ainda maior, pois se tratava da peça-chave para o processo de impedimento judicial do pai.

— Esse depoimento é que vai garantir o sucesso da tua ação — disse, segurando o papel com a transcrição do testemunho do médico da família, que considerava Jaime Ortega senil e incapaz de gerir sua vida pessoal e seus negócios. Outros dois laudos médicos indicavam a urgente necessidade de interná-lo em uma clínica geriátrica com especialização em psiquiatria. O primeiro documento fora conseguido através de chantagem e os outros dois haviam sido comprados.

Gabriel seguiu a pé em direção ao fórum, que não ficava muito longe dali. Ao chegar na recepção, evitou as filas para protocolar processos, caminhando pela lateral do corredor de entrada. Acostumado a frequentar os círculos do poder, encaminhou-se para o elevador privativo dos juízes e subiu sete andares. O ascensorista já o conhecia e nem precisou perguntar o destino.

O desembargador que o aguardava era professor da Bartolomeu Dias havia mais de dez anos. Estava a par de toda a estratégia para tomar o poder na universidade e vinha aconselhando Gabriel sobre os procedimentos judiciais. Em troca, o filho de Jaime Ortega havia prometido nomeá-lo diretor de faculdade de Direito, além de conceder o controle financeiro de todos os cursos de pós-graduação da área jurídica, o que significava um faturamento de 700 mil reais por mês.

— Aqui estão os documentos — disse Gabriel.

— Ótimo. Vou encaminhá-los agora mesmo para um juiz amigo.

— Mas não precisa passar pelo sorteio na distribuição dos processos?

— Calma. Quem controla a distribuição pelas varas sou eu. Tudo vai parecer como se o sorteio tivesse ocorrido.

— E o que vai acontecer depois?

— O processo vai demorar um bom tempo. Mas, amanhã, o juiz vai conceder uma liminar interditando seu pai e você já poderá assumir a universidade.

— Liminar?

— Sim, liminar. O juiz vai alegar urgência diante do estado de saúde do velho — disse o desembargador.

— E o que vai acontecer com o meu pai?

— Será internado numa clínica para novas avaliações médicas.

— E se ele provar que não está senil?

— Ele não conseguirá provar nada. O juiz vai indicar uma clínica que está sob nosso controle. Os médicos já estão avisados de que não devem contestar o laudo sobre seu pai. Vão colocá-lo num quarto isolado e dar um coquetel de tranquilizantes para que não atrapalhe nosso plano. O velho nem vai saber o que está acontecendo.

Gabriel Ortega sentiu medo. Parecia arrependido.

## 28. O destino

Pastoriza passou o dia inteiro no consultório, sozinho, fazendo uma autoanálise. A conversa com Lucas havia sido tensa e angustiante. Podia sentir o peso da contratransferência, um conceito inventado pelos psicanalistas para definir o momento em que o terapeuta descarrega suas próprias neuroses inconscientes no paciente.

Tinha muitas dúvidas sobre suas atitudes. Lucas era um assassino, mas, pela ética profissional, não podia entregá-lo à polícia. No entanto, se ele matasse mais alguém, Pastoriza se sentiria duplamente culpado. E agora já era tarde, pois o cliente nunca mais voltaria ao consultório. O analista estava condenado a viver com a angústia.

Somente no final da tarde percebeu que não havia comido nada. O estômago ardia, a boca estava seca, uma ligeira dor de cabeça começava a se manifestar. Como não queria sair, procurou bombons e balas pelas gavetas, mas só encontrou biscoitos de água e sal envelhecidos. Por sinal, muito envelhecidos. Bastou abrir o pacote para metade deles se transformar em farelo, enquanto a metade remanescente apresentava a textura amolecida da exposição ao tempo. Comeu assim mesmo.

Nas duas horas seguintes, reexaminou os resumos das sessões de Lucas arquivados no computador, à procura de pistas que pudessem ter escapado à sua análise. Não encontrou nada relevante, apenas algumas anotações sobre sua inteligência e sagacidade. Mas a informação o fez pensar sobre o tema. Seria possível que tivesse subestimado o cliente? Poderia ele, de fato, ser o Doutor? Não, isso era um absurdo. Uma loucura.

A angústia aumentou. Não sabia o que fazer, por onde ir, que rumo tomar. O melhor caminho entre dois pontos não era uma reta; este era apenas o mais curto. Na psicanálise, a opção tinha que ser pela complexidade, não pela facilidade. Mas precisava ser criativo para enveredar pelo caminho complexo. Alguns teóricos até diziam que o bom terapeuta era muito mais artista do que médico. Tratava-se da única maneira eficaz para chegar ao inconsciente.

Já que esse era o caminho, decidiu agir como se fosse o escritor de um romance policial, ou melhor, de uma ficção jornalística. Relembrou os acontecimentos da última semana como a trama de um enredo criado por ele a partir das páginas de jornais, em que, apesar da aparência de realidade, tudo não passava de invenção. Imaginou a escrivaninha de sua casa, o computador ligado e a história se desenvolvendo na tela. Descreveu cenários, apresentou os personagens e fez a pergunta crucial: se isso fosse um livro, quem o leitor acharia que é o Doutor?

Inicialmente, pensou em Lucas, mas, novamente, achou que seria inverossímil, embora não acreditasse na verossimilhança como característica de um bom romance. Em seguida, imaginou o final do livro sem a resolução do conflito, ou seja, sem a descoberta de quem é o Doutor. Seria muito mais elegante, muito mais condizente com a realidade brasileira, na qual os doutores do crime nunca são descobertos e só os pobres vão pra cadeia. Mas, nesse caso, o leitor ficaria frustrado e detestaria o livro. Não dava para atravessar duzentas páginas sem conhecer o final. Mesmo que o mais importante da trama não fosse a identidade do vilão, e sim a decadência do ensino superior no Brasil.

Não havia jeito: o leitor precisava de um nome. Alguém tinha que se encaixar no perfil do Doutor. *Mas que perfil?* — pensou Pastoriza. O tempo todo ele imaginara o sujeito como um figurão da alta roda, alguém acima do bem e do mal, protegido por uma rede composta de juízes, políticos e empresários. Mas será que ele precisava ser tudo isso?

— Não poderia ser alguém mais comum? — perguntou para si mesmo, em voz alta, enquanto escrevia o nome doutor em letras maiúsculas no quadro do consultório.

A resposta veio de onde ele menos esperava. Uma voz pungente surgiu do nada, como se fosse o diretor de um *reality show*. Pastoriza permaneceu em silêncio, sem acreditar no que estava ouvindo. Achou que estava delirando, mas foi desmentido pela clareza do som. O timbre inconfundível preencheu o espaço, reverberando sua tonalidade rasgada pelas paredes do consultório:

— Comum não, meu querido. Apenas diferente.

Era Nicole. Vestia um *tailleur* preto, meias de seda e sapatos comprados na Galeria Lafayette, em Paris. Apoiava o corpo com o braço direito na porta do consultório, enquanto a mão esquerda segurava a cintura e as pernas faziam um xis, valorizando a fenda lateral da saia. Pastoriza estava tão concentrado em sua fantasia ficcional que nem percebera a entrada da ex-namorada. A surpresa só foi superada pela excitação diante da pose sensual da repórter.

— Gostei do modelito. Comprou onde? Em Paris?

— Não, só o sapato. O resto é fácil. Meu corpo valoriza a roupa.

As ironias poderiam durar a noite toda. Era uma guerra psicológica que ambos gostavam de travar. Conheciam as fraquezas mútuas, os detalhes íntimos, as sutilezas do pensamento. A excitação aumentava conforme o peso das farpas. Quanto mais sórdido o comentário, mais tensão na corrente, maior o estímulo, maior a exaltação. Sabiam usufruir da torpeza como um objeto de prazer sádico, sem limites, sem barreiras. Mas, naquele momento, a brincadeira parecia inoportuna.

— Não entendi — disse Pastoriza.

— Que parte? A da roupa ou a do sapato? — perguntou Nicole.

— A parte do nome — respondeu Pastoriza, ríspido, para demonstrar que a ironia havia terminado.

— O quê?

— Você viu que eu escrevi o nome doutor no quadro?

— Vi.

— E ouviu quando perguntei se ele poderia ser alguém comum?

— Ouvi.

— E, então, você deu uma resposta?

— Claro, querido. Sou jornalista, sei o significado das palavras. Você usou o adjetivo errado. A pessoa que você procura não é comum, é apenas diferente.

Nicole reparou na face ruborizada do ex-namorado, mas não fez qualquer comentário jocoso. Sabia que ele não estava surpreso, muito menos confuso. Tinha certeza de que aquela frase havia sido suficiente para ele captar toda a mensagem. O rosto vermelho significava decepção, desapontamento, desgosto, desilusão. Pastoriza fazia o derradeiro esforço para recalcar a contrariedade. Tentaria deixá-la esquecida no inconsciente, de onde nunca sairia. nem que tivesse de trancá-la com as mesmas chaves usadas nos pacientes para fazer o caminho contrário.

Lembrou do famoso poema de Augusto dos Anjos: *O beijo é a véspera do escarro. A mão que afaga é a mesma que apedreja.* Fez uma paráfrase ordinária, talvez para reforçar o recalque. *O desengano era a véspera da solidão.*

— Não é possível. O perfil não bate — disse, sem muita convicção.

— Que perfil? Isso não existe. Você se convenceu de que o Doutor só podia ser um figurão da sociedade e isso é até verdade. Há diversos figurões comandando o tráfico de drogas no mundo. Todos eles são doutores. Mas, cá entre nós, você acha que algum figurão ia falar diretamente com a ralé?

— Por que não?

— Porra, Antonio! Nem com misturador de voz! Esses caras usam intermediários em diversos níveis. Só falam com um grupo muito limitado.

— Então, o Doutor...

— É isso mesmo. O Doutor que comandava o Manoel Capacho é apenas mais um intermediário. Um dos grandes, é verdade. Mas apenas um intermediário — disse Nicole.

Novamente, não havia surpresa na expressão de Pastoriza. Continuava tentando recalcar a realidade, mas ela insistia na emersão consciente, ignorando os esforços para reprimi-la. Para compensar o trauma, decidiu, então, partir para o ataque pessoal.

— Você me traiu! Um ano do teu lado e não te conhecia. Você me traiu o tempo todo e eu nem percebi. Puta que pariu!

Nicole não revidou a agressão. Pacientemente, tentou argumentar sem levantar a voz, para não aumentar a ansiedade de Pastoriza, que andava de um lado para o outro com as mãos no bolso e o olhar baixo, acompanhando os desenhos do tapete.

— Eu não te traí — disse, quase sussurrando.

— Como não? O carro do Vasconcelos estava no teu nome. Você acha que eu sou cego e surdo? Burro, posso até ser, mas continuo lendo jornal e assistindo TV.

— Quando nós começamos a namorar, eu já tinha um caso com ele. Então, o traído não foi você.

A lógica de Nicole era tão absurda quanto aquela situação. Vasconcelos era casado, portanto ela só poderia ser a amante. Por outro lado, ela era sua namorada oficial, então, ele, Pastoriza, só poderia ser o corno. Tê-la conhecido depois do chefe de polícia não aliviava nada. E ainda tinha toda aquela história de ficar vários anos sem namorado. Quanta hipocrisia! Quanta mentira! Mas o pior mesmo era ter essa discussão no meio de uma conversa sobre assassinatos, tráfico de drogas e outros crimes. Mais surreal, impossível!

— Eu cometi um erro, Antonio.

— Um? Apenas um? Você é muito modesta.

— Eu deixei que o Vasconcelos comprasse o carro e o apartamento do Recreio no meu nome. Isso foi um grande erro.

— Em que mundo você vive, Nicole? Pessoas morreram e você diz que esse é o seu erro? Nem o Doutor engoliria essa!

Pastoriza percebeu o ato falho no momento em que disse a palavra doutor. Ficou pálido, estupefato, atônito. O conteúdo recalcado sempre tentava voltar à consciência. Essa era uma das bases da psicanálise. Mesmo assim, ainda tentou resistir. Parou de andar pelo consultório, levantou a cabeça, sentou no divã e olhou fixamente para Nicole, que ainda estava em pé.

— Estávamos falando sobre o quê? — perguntou, displicentemente.

Nicole ignorou a pergunta. Ela entendia o suficiente sobre a profissão do ex-namorado para saber que aquele suposto esquecimento era mais uma de suas defesas psíquicas. Chegara o momento de assumir o lugar dele e também adotar uma postura agressiva para trazê-lo à realidade.

Sentou-se na cadeira verde, reservada ao analista. Pastoriza, que estava no divã, percebeu a inversão de papéis, mas não esboçou qualquer reação, limitando-se a esticar as pernas e deitar sobre o estofado de couro, como se fosse um paciente. Nicole cruzou os braços, deu um longo suspiro e aumentou o volume da voz. Não chegou a gritar, mas foi tão incisiva que suas palavras poderiam despertar o inconsciente mais profundo.

— Vamos parar com essa besteira de falar na terceira pessoa: O Doutor fez isso! O Doutor fez aquilo! Acorda, Antonio! E ouve o que eu tenho pra dizer.

— O quê?

— O que você já sabe, mas não quer admitir.

— Não!

— Sim! Sim! Sim! Presta atenção! Eu sou o Doutor! Eu sou o Doutor! Eu sou o Doutor! Eu sou o Doutor! Eu sou o Doutor!

Nicole repetiu a frase inúmeras vezes. Queria fixar a informação na consciência do homem deitado no divã, atormentado não só pela pseudossurpresa, mas pelo fato de ouvir a mesma confissão pela segunda vez no mesmo dia. Ainda que soubesse que agora era verdade, Pastoriza mantinha a estupefação, embora o tratamento de choque começasse a fazer efeito. No meio da última repetição, ele interrompeu a ex-namorada e tentou retomar o controle da situação.

— Tudo bem, Nicole. Já entendi. É um choque para mim, mas estou calmo e consciente. Eu deveria ter imaginado essa hipótese. Na verdade, acho até que já sabia. Provavelmente, venho recalcando esse fato há mais tempo. Não queria acreditar que você fosse uma criminosa.

— Calma aí!

— Não quis te ofender, mas a palavra é essa. Você cometeu uma série de crimes. Só não consigo entender os motivos. Algumas coisas ainda estão confusas.

— O que você quer saber?

— Tudo. Conte a história toda.

Nicole descruzou os braços, passou a mão nos cabelos, coçou a testa e apertou os lábios, formando a boca de maçã, conforme Pastoriza chamava aquele movimento. Ela sabia que a expressão denunciava seu nervosismo, mas como o ex-namorado estava deitado no divã, não poderia enxergá-la. E, fora do alcance dos olhos, a confissão seria mais fácil.

— Tudo começou quando eu terminei a faculdade de Jornalismo e não consegui emprego, apesar de ter sido a melhor aluna da turma.

— A coisa é mais antiga do que eu imaginava — comentou Pastoriza.

— Pois é. Duas semanas depois da formatura, um desconhecido me abordou num bar, me ofereceu um emprego na TV e deixou um cartão de visitas de uma outra pessoa. Eu achei tudo estranho, mas resolvi ligar pro número no cartão, que era do diretor da emissora. No dia seguinte, já estava contratada.

— E o homem do bar?

— O diretor nunca falou sobre ele. O cara só reapareceu seis meses depois. Eu tomei um susto, achando que ele me cobraria a dívida por ter conseguido o emprego pra mim. Mas não foi o que aconteceu. Além de não fazer qualquer cobrança, ele ainda me deu todas as informações para uma grande reportagem, pela qual, aliás, eu ganhei meu primeiro Prêmio Esso de Jornalismo.

— Então, além de protetor, o cara também virou tua fonte?
— Mas não parou por aí. Eu fiquei muito agradecida e me envolvi com ele.
— O cara era o Vasconcelos?
— Não, claro que não. Na verdade, ele estava muito distante disso. Só depois de um tempo, eu descobri a verdadeira atividade dele. Mas aí eu já estava envolvida.
— Porra! Então você tinha dois amantes?!
— Não leva pro campo pessoal, Antonio. Estou tentando ser sincera. E só estou fazendo isso porque realmente me apaixonei por você e quero contar a verdade.
— Tudo bem. Continue.
— Ele é um grande empresário, com negócios espalhados por diversos ramos, mas sua atividade mais lucrativa é o tráfico internacional de drogas. Um homem charmoso, fino, carinhoso, encantador, por quem eu faria qualquer coisa.
— E fez?
— Fiz. De uns anos pra cá, eu virei o braço direito dele no negócio das drogas. É um negócio como outro qualquer, Antonio. O governo não proíbe o cigarro e o álcool, que são muito piores. Por que proibir maconha, cocaína e drogas sintéticas?
— Calma aí, Nicole. Você não vai defender a legalidade do narcotráfico agora, vai? — perguntou Pastoriza.
— Não. Só estou dando a minha opinião — respondeu, demonstrando a decepção por não ser chamada pelo apelido de *Nona*, o código de intimidade compartilhado pelos dois.
— Como você trabalhava?
— Pra mim, era muito fácil. Como repórter de TV, eu viajava pelo mundo todo: Estados Unidos, Colômbia, Portugal, África do Sul, Rússia, Austrália. Ou seja, toda a rota do tráfico internacional

de drogas. Meu trabalho era fazer os contatos entre fornecedores e compradores. Obviamente, apenas os grandes, os *big shots*, aqueles que você chama de figurões. Só no Rio de Janeiro é que eu falava com escalões menores. Mesmo assim, utilizava o misturador de voz.

— E onde é que entra o chefe de polícia nessa história?

— Esse foi um plano do cara que me contratou. Infelizmente, foi também quando eu percebi que ele não estava apaixonado por mim.

— Por quê?

— Ele sugeriu que eu me envolvesse com o Vasconcelos, o que não seria difícil, já que, como repórter, eu estava sempre perto dele. O objetivo era tentar antecipar os movimentos da polícia. A organização estava preocupada...

— Organização?

— É como nós a chamamos. O que você esperava? Cosa Nostra? Máfia? Família?

— Não esperava nada. Continue.

— A organização estava preocupada com os investimentos na nova droga, desenvolvida no laboratório do campus da Bartolomeu Dias. Havia um bom dinheiro aplicado não só nas pesquisas como no pagamento dos pesquisadores internacionais. Daí a ideia de acompanhar o chefe de polícia de perto. Se ele soubesse de alguma coisa, nós mudaríamos a operação.

— Quando você começou a ter um caso com o Vasconcelos?

— Dois anos atrás.

— Ele não reclamou quando nós começamos a namorar?

— Ele não podia reclamar, já que era casado. Fomos amantes, nada mais. E, da minha parte, por puro interesse.

— Isso tem nome. É a mais antiga das profissões.

— Você não vai começar a me ofender agora, vai?

Pastoriza deu um longo suspiro, tentando controlar a agressividade.

— O Vasconcelos não tinha ciúmes de você?

— Claro que tinha. Não foi à toa que ele deu um jeito de te envolver no caso, escrevendo um dos teus pseudônimos no lençol do hospital quando a Adriana sumiu. Ele era muito culto, conhecia literatura como poucos. Além disso, tinha bons motivos pra investigar a tua vida. Mesmo que não soubesse que você era escritor, acabaria descobrindo.

— E o negócio com as milícias?

— Eu só descobri há pouco tempo. Foi quando começamos a vigiar a Adriana, que trabalhava pra ele. Eu cheguei a estar com ela nas minhas mãos, mas a filha da puta escapou.

— Já o Vasconcelos não teve a mesma sorte. Foi você que o matou?

— Não. As próprias milícias se encarregaram disso. Quando ele foi descoberto, colocou todos os grupos em risco. Parece que foi um vereador que deu a ordem.

— E o carro no teu nome?

— Pois é, eu já te disse, foi um erro. Era o plano de fuga dele. Comprou carro e apartamento no meu nome pra não levantar suspeitas, mas alguns comparsas conheciam o esconderijo e deduraram para o tal vereador. Eu não devia ter deixado ele fazer as compras com o meu CPF. Por causa disso, meu nome acabou envolvido

Pastoriza ajeitou-se no divã. Já estava fora da posição inicial desde o começo da conversa. Não conseguia ficar parado. Não sabia o que pensar ou no que acreditar. Não reconhecia a mulher que estava na frente dele. Ou, talvez, a conhecesse mais do que imaginava.

Cruzou as pernas em posição de yoga, encostou a cabeça na parede e girou o pescoço para encarar a ex-namorada. Tinha muitas outras perguntas a fazer.

— Quando foi que eu entrei nessa história? Que interesse você tinha em mim?

— Nenhum, Antonio. Nenhum. Acredite.

— É difícil de acreditar.

— Você é a parte verdadeira da história. Eu me apaixonei de verdade.

— E o teu protetor não ficou com ciúmes?

— Não. Ele até achou bom, o que aumentou ainda mais a minha decepção com ele. Não bastava me jogar pra cima do Vasconcelos pra conseguir informações. Agora, ele admitia que eu me apaixonasse por outro. Eu quase pirei.

— Então, por que você não largou o cara? Por que não largou tudo?

— Você não conhece essas pessoas, Antonio. Ninguém larga a organização. Eles te matam antes.

— Foi o que aconteceu com o Capacho e o Durval, não foi?

— O Durval era um idiota. Todo mundo sabia disso. Ficou muito ambicioso e teve que ser eliminado. Mas o Capacho não devia ter morrido, apesar de também ser um idiota. Eu cancelei a ordem pessoalmente, mas o Lucas pirou.

— O Lucas, claro. Quase me esqueci dele.

— Pois é. O Lucas era apenas um soldado da confiança do Capacho. Mas depois do tiro no campus, ele surtou. Começou a agir por conta própria e a dizer pra todo mundo que era o Doutor. Eu só falei diretamente com ele porque o Capacho não tinha mais controle.

— Você falou com ele se identificando como o Doutor?

— Claro. Da mesma forma que eu falava com o Capacho e o Durval. Eu não podia me expor.

— E a Tetê? Foi o Lucas quem a matou?

Era a única pergunta que Nicole não pretendia responder. Estava decidida a contar toda a história ao ex-namorado, mas a verdade tinha limites. Alimentava uma tênue esperança de que ele a perdoaria por tudo: a traição, o tráfico, as mentiras e até as ordens de assassinato, que haviam partido da organização, não dela. Só não seria perdoada por ter matado a coordenadora do laboratório, um crime para o qual havia sido escalada pessoalmente pelo chefe que a protegia. Era um sentimento hipócrita, como se ela não tivesse responsabilidade nas demais mortes. E como se Pastoriza não a responsabilizasse por elas. Mesmo assim, mentiu.

— Não sei quem matou a Tetê. A organização tratou disso diretamente.

— Sem falar com você?

— Sem falar comigo.

Pastoriza fingiu acreditar. Seu estupor começava a diminuir e as informações chegavam à consciência com clareza. Estava diante de uma assassina perigosa, alguém muito distante da mulher com quem dividira angústias e planos. Aquela não era a *Nona*, sua namorada sensível, dedicada, romântica, leitora de poesia francesa e especialista em relacionamentos, que havia desvendado suas carências e medos ao fazê-lo perceber como havia sabotado a relação entre eles.

Aquela não era Nicole. Era o Doutor, um sujeito frio e calculista, autor de crimes hediondos e integrante de uma quadrilha internacional, cujos planos ele havia descoberto nos últimos dias.

Mas ainda faltava um detalhe, um pequeno e mísero detalhe, que fugia à sua compreensão.

— Posso te fazer uma última pergunta, Nicole?

— Claro, Antonio.

— Eu já entendi toda a história. Só não consigo entender por que você veio até aqui me contar tudo isso. Com certeza, não foi pra tentar me reconquistar! Não é mesmo?

— Não, não foi. Eu até tinha esperanças de que você me perdoasse por tudo. Mas não tenho ilusões sobre nós.

— Então, por que você veio até aqui?

— Simples, Antonio. Por causa da fórmula.

— O quê?

— A fórmula do elemento Z, meu querido. Até hoje, a letra de funk está contigo. Você ficou tão confuso que esqueceu do papel. Sem ele, não há provas contra ninguém.

Pastoriza colocou a mão no bolso da calça e sentiu a superfície lisa da folha, que estava dobrada em quatro partes. Realmente, havia esquecido daquele papel. Não o entregara para a polícia por causa de um pedido pessoal de Jaime Ortega, mas deveria tê-lo feito no dia anterior. Como podia ser tão irresponsável? Aquela era a única comprovação de tudo que havia acontecido na última semana. Não estava disposto a deixar que Nicole a destruísse.

— Eu vou entregar esse papel pra polícia amanhã — disse, em tom assertivo.

— Não vai não.

Nicole tinha argumentos muito melhores. Carregava uma Colt .45, coincidentemente o mesmo tipo de arma utilizada por Lucas. A pistola tinha a numeração raspada e era de uso exclusivo da marinha americana. Caso resolvesse usá-la, ninguém seria capaz de rastrear o autor do crime.

— Você não teria coragem de atirar!

— Teria sim, Antonio. Não me obrigue a isso.

— O que aconteceu com toda aquela conversa de paixão?

— Uma coisa não tem nada a ver com a outra. O que sinto por você é pessoal. Isso aqui é trabalho, é a minha vida, infelizmente. Não posso deixar que você fique com a fórmula.

— E o que você vai fazer depois? Morar no mato? Fugir do país? Ou pretende me matar como queima de arquivo?

Nicole encostou a arma na cabeça de Pastoriza, enquanto revistava sua carteira e os bolsos da calça. Ao encontrar o papel, afastou-se do ex-namorado e foi em direção à porta do consultório. Ele insistiu na pergunta:

— Responda, Nicole. O que você vai fazer quando sair daqui?

— Minha vida já está destruída mesmo. Não tenho opção.

— Vai continuar no crime?

— A organização me dá suporte, Antonio. Vou para Nova York, onde mora o meu protetor.

— Depois de tudo que você me disse sobre ele, ainda assim acha que é seu protetor?

— Acho, sim. Essa história de amor só existe nas novelas. Olha só pra mim: me apaixonei por você e acabei com uma arma na tua cabeça. Não pode dar certo, né?

— Ele também tem uma arma na tua cabeça. Só que nem precisa apontá-la. Você vai ser refém do cara pro resto da vida — argumentou Pastoriza.

—Ser refém não é nada diferente do que sinto por você. Eu sou uma mulher pragmática, meu querido. O dinheiro compra até amor sincero. Tenho meus interesses, ele tem os dele. Basta um não contrariar o outro que tá tudo bem.

— Até quando, Nicole? No dia em que ele quiser, puxa o gatilho e você desaparece.

— Não é tão fácil. Temos negócios juntos. Hoje mesmo estamos dando um grande golpe no principal concorrente do Jaime Ortega.

— Como é que é? — perguntou Pastoriza, novamente estupefato. Quando achava que não haveria mais surpresas, elas recomeçavam.

— Isso mesmo que você ouviu. No meio de toda essa confusão, ainda conseguimos aplicar um golpe no senador Raul Silvério, dono do Centro Universitário Provinciano. Amanhã, você vai saber de tudo, mas eu já estarei longe daqui, na Big Apple.

Nicole guardou a arma na bolsa junto com a fórmula e o celular de Pastoriza. Antes de trancar a porta do consultório e desaparecer, ainda arrancou o fio do telefone fixo e soltou a última ironia para o ex-namorado.

— Nova York, *my darling*. Nova York. A cidade que nunca dorme. O topo do mundo. Um lugar aonde você nunca vai chegar. *Bye!!!* Vou sentir sua falta.

\* \* \*

Brasília, terça-feira de manhã. A reunião no Conselho Brasileiro de Educação estava marcada para as nove horas, mas começou com 15 minutos de atraso. Os primeiros a falar foram o presidente e o secretário-executivo. Um declarou aberta a sessão, enquanto o outro leu a pauta do dia.

— Nosso primeiro item é a discussão do projeto de reforma universitária que o governo está enviando para o Congresso. Entretanto, como esse é um assunto que está longe de ter unanimidade entre nós, sugiro que comecemos pelo segundo item, cuja aprovação deverá ser mais tranquila.

Vinte e quatro membros faziam parte do CBE, mas apenas 12 integravam a Câmara de Ensino Superior, que cuidava exclusivamente de assuntos universitários. Destes, oito lecionavam em instituições privadas, dois em faculdades públicas, um era o próprio secretário de ensino superior (membro nato) e o último era o presidente da Comissão de Educação da Câmara dos Deputados, que também tinha assento cativo, embora quase nunca participasse das reuniões. Por isso, alguns conselheiros estranharam sua presença pontual.

— Bom dia, deputado. A que devemos a honra? — perguntou um deles.

— O nobre amigo se esqueceu que sou membro nato deste conselho? Estar aqui é minha obrigação — respondeu o deputado, que conhecia muito bem seu interlocutor, um dos poucos que poderia causar problemas nas votações do dia, pois era vice-reitor de uma grande universidade mineira, concorrente direta da Bartolomeu Dias.

O secretário-executivo terminou a leitura da pauta e passou, então, para as discussões do segundo item, conforme havia sugerido.

— Senhores, submeto o pedido de homologação da resolução nº 36/CBE/2003/AR para a sua apreciação e imediata votação. A relatoria do referido processo, de mesmo número que a resolução, foi feita por mim a pedido do presidente do conselho, que o aprovou *Ad Referendum*. Em meu parecer, recomendo a aprovação de todos os itens e sua consequente publicação no *Diário Oficial* da União na edição de amanhã.

Na maioria das vezes, as votações eram apenas formais. Todos conheciam os relatórios com antecedência e quem aprovava mesmo os pareceres eram os auxiliares, que se debruçavam sobre os processos. Mas aquela resolução não seguira os trâmites normais. Na verdade, tratava-se de uma análise conjunta de 83 itens encaminhados em diferentes processos. Ao juntá-los num único parecer, o presidente do CBE havia passado por cima de todas as normas regimentais. Mas como o arranjo fora feito na madrugada anterior, em uma reunião na casa do deputado, com a participação de nove integrantes do conselho, ele não tinha dúvidas de que a resolução seria aprovada.

— Senhores, aqueles que são favoráveis à aprovação permaneçam como estão — disse o presidente.

O vice-reitor da universidade mineira estava distraído e quase aprovou o parecer. Mas, em uma rápida passada de olhos, viu o nome da Bartolomeu Dias e barrou a votação.

— Senhor presidente, peço vistas no processo

— O nobre colega tem 15 minutos. — disse o presidente.

— Mas esse tempo não é suficiente. O processo tem quatro volumes. São quase oitocentas páginas. Peço que a votação seja transferida para outro dia — rebateu o vice-reitor.

— Todos tiveram tempo suficiente para a análise. Pedido negado. O senhor tem 15 minutos.

— Isso é um absurdo. Estou vendo que a data do parecer é de ontem. Foram juntados diversos processos num só. E todos referentes a aprovações de cursos da Universidade Bartolomeu Dias espalhados pelo país. Agora entendo a presença do nobre deputado, pois todos aqui sabem que ele é presidente da associação de ex-alunos dessa mesma universidade.

— O senhor está me ofendendo — disse o deputado. — E eu não sou de levar desaforo pra casa. Meça as suas palavras — ameaçou, com o dedo indicador na cara do vice-reitor mineiro.

A sessão virou uma balbúrdia, com gritos e xingamentos das mais variadas procedências. A turma do deixa disso entrou em ação, mas não foi suficiente para acalmar os dois desafetos. Houve troca de pesadas ofensas pessoais, inclusive com declarações referentes à opção sexual de um e às atividades extraconjugais da mulher do outro. Ambos citaram a própria biografia como prova irrefutável de honestidade, o que provocou risos nos demais, e fizeram acusações mútuas sobre suas movimentações bancárias. O embate só terminou quando passaram os 15 minutos concedidos pelo presidente do CBE.

— Senhores, tempo esgotado. Coloco em votação.

Por onze votos a um, o parecer foi aprovado.

## 29. Os doutores

Na cobertura de Jaime Ortega, a reunião estava marcada para as onze horas, mas já eram quase duas da tarde e não havia nem sinal dos americanos. O conselheiro Henrique Freitas parecia calmo, mas o filho do reitor demonstrava a ansiedade pelas unhas, devidamente roídas.

— Não é possível, papai! Vamos telefonar novamente!
— As secretárias acabaram de ligar. Não encontraram ninguém no escritório e os celulares estão desligados. É melhor você ficar calmo, meu filho.

Os jornais do dia estavam em cima da mesa do café. As reportagens principais lembravam que fazia uma semana que Adriana fora baleada no campus da Bartolomeu Dias e, até agora, a polícia ainda não prendera o analfabeto responsável pelos tiros nem havia conseguido a fórmula da nova droga produzida no laboratório da universidade. Nas páginas centrais, havia retrospectivas do caso, contando todas as reviravoltas, desde o envolvimento do chefe de polícia e seu caso com a repórter Nicole Barros até o assassinato do conselheiro Manoel Capacho.

Ortega ainda não se conformava com a traição do antigo assessor. Ele sabia que a probabilidade de ser traído por alguém muito próximo era alta, pois somente aqueles que estão próximos e gozam de confiança são capazes de trair. Isso era mais do que lógico. Entretanto, suas previsões sobre quem seria o Judas mostraram-se equivocadas. Pelo menos em parte, já que havia um segundo traidor. E esse fora previsto.

A campainha tocou. Gabriel Ortega levou um susto e se levantou apressadamente, sob os olhares atentos do pai. Durante o movimento, derrubou a xícara de café no sofá e ainda queimou os dedos da mão esquerda. Henrique Freitas tentou ajudá-lo, mas não foi preciso. A governanta trouxe um pano úmido para limpar o estofado e outro para amenizar as queimaduras.

A campainha tocou novamente.

— Pode deixar que eu mesmo abro — disse o dono da casa, para espanto de Henrique Freitas, que, em trinta anos de convivência com o patrão, nunca vira tal cena acontecer.

Ortega saiu da sala e se dirigiu ao corredor que ligava o hall de entrada à porta principal. Ao abri-la, cumprimentou o visitante com um longo abraço, trocou duas palavras de cortesia, mas não disse seu nome. Em seguida, caminharam até a sala de estar, no lado oposto da cobertura. Gabriel chegou perto da parede para tentar descobrir quem era o homem, mas não conseguiu identificá-lo. Parecia uma criança curiosa.

— Quem foi que chegou, Henrique?

— Sei lá! Teu pai anda tão misterioso ultimamente.

— Certamente não foram os americanos. Do contrário, eles viriam pra cá.

— É verdade. Além disso, eles chegariam juntos e não um de cada vez.

— Será que eles desistiram da compra? — perguntou Gabriel.

— Não sei. Talvez o velho tenha desistido de vender a universidade — respondeu Henrique.

— Impossível. Não há alternativa. Este mês não teremos dinheiro nem para a folha de pagamento. A situação está...

Gabriel não conseguiu terminar a frase. A visão ficou turva, os batimentos cardíacos aumentaram, os punhos se contorceram e não havia mais unhas para roer. Bem na sua frente, ao lado do pai, estava o desembargador a quem oferecera a direção da faculdade de Direito em troca da liminar que interditava judicialmente o reitor. Não houve tempo para explicações. Ortega se adiantou ao filho.

— Você conhece este homem?

— Claaaro, papai. Éééé professor da casa e desembargador de justiça — respondeu Gabriel, tropeçando nas palavras, quase gaguejando.

— E você, Henrique?

— Eu o conheço muito bem. Já conversamos diversas vezes no tribunal.

— Que bom. Então, quero anunciar que eu o estou convidando para assumir o lugar de Manoel Capacho no conselho. A partir de amanhã, ele vai trabalhar com vocês.

Gabriel tentou se controlar, mas o corpo não obedeceu. Sentiu uma fraqueza nas pernas, jogou-se no sofá ainda úmido e iniciou um choro compulsivo. A crise nervosa ainda foi acompanhada de espasmos respiratórios, como se o pulmão pulasse a cada segundo, fazendo com que o peito inchasse e o tronco fosse jogado para a frente em pequenos saltos ininterruptos. Os punhos, que já estavam contorcidos, eram usados na vã tentativa de esconder o rosto, enquanto os joelhos se tocavam, arqueando os pés.

Jaime Ortega sentou na poltrona de três lugares e esperou pacientemente pela recuperação do filho. Henrique e o desembargador fizeram o mesmo. Nenhum deles se preocupou em ajudá-lo, pois haviam sido alertados pelo reitor de que tudo aconteceria daquele jeito. O menino era muito previsível, dissera o pai, e desde criança era chegado a crises histéricas. Bastava deixá-lo sozinho que a crise passaria em poucos minutos. Foi exatamente o que aconteceu.

Instantes depois, Gabriel retomou a consciência e iniciou sua confissão, que também era uma tentativa de defesa.

— Papai, eu não fiz nada. Na verdade, eu ia fazer. Mas, em cima da hora, desisti de tudo. Pergunte ao desembargador.

— Como assim "desistiu de tudo"? — perguntou o reitor.

— Eu preparei toda a papelada para te interditar judicialmente e fui até o desembargador. Mas, quando ele me disse que você seria internado numa clínica psiquiátrica, eu desisti de propor a ação. É verdade, papai. Pode perguntar a ele.

— Você acha que sou estúpido, Gabriel? Eu sei que é verdade. Venho acompanhando teus passos há muitos anos. Sabia de tudo que você estava fazendo.

Henrique e o desembargador acenaram com a cabeça, confirmando que eram cúmplices do patrão no projeto de monitoramento do filho, que ainda tentou uma segunda e última defesa

— Peço perdão, papai. Perdão pelo que eu não fiz. Sei que sou culpado, mas me arrependi a tempo. Eu não completei o plano.

— Você não entendeu nada, não é mesmo? Como eu pude criar um filho tão imbecil?

— O quê?

— É exatamente o fato de você não ter completado o plano que é imperdoável. Quando descobri que você planejava me interditar judicialmente, pela primeira vez na vida tive orgulho da sua inteligência. O plano era brilhante, você havia pensado nos mínimos detalhes. Uma obra-prima, digna de um filho de Jaime Ortega. Mas, em cima da hora, tinha que ser fraco!? Tinha que deixar essa sua fraqueza te dominar!? Você me envergonha, moleque!!!

— Mas papai...

— Papai porra nenhuma. Você demonstrou que não está preparado para assumir a empresa da família. É um fraco, um frouxo. Hoje mesmo vou retirar seu nome do testamento.

— Mas...

— Nem uma palavra. Pode se levantar e ir embora daqui. Não precisa nem pegar suas coisas no escritório. Eu mando alguém levar amanhã. Você está demitido. Não trabalha mais na Bartolomeu Dias.

Gabriel abaixou a cabeça e foi embora, em silêncio. Não tinha emprego, não tinha família, não tinha poder. Todos os sonhos de grandeza haviam se evaporado, mas algo o consolava. Derrotado pela própria hesitação, ainda assim não estava arrependido.

A reunião entre Ortega, Henrique e o desembargador continuou na cobertura. Havia um segundo assunto a tratar.

\* \* \*

Na mansão do senador Raul Silvério, o telefone tocou às quatro da tarde. Ele mesmo atendeu, pensando que era Patrick Walton, líder dos investidores americanos. A reunião com Jaime Ortega já devia ter acabado e ele estava ansioso pelas notícias. Queria abrir o champanhe e comemorar a compra da universidade concorrente.

— Porra, Walton! Você demorou pra cacete. Como é que foi? Já sou dono dessa merda toda?

— Quem fala aqui não é Walton, senador.

A voz metálica era conhecida. Mas, pelos ruídos no aparelho, a ligação parecia ser internacional. Tratava-se da mesma voz com quem havia negociado a compra do *pen drive* contendo o *mailing* da pós-graduação da Bartolomeu Dias. Era alguém que não conhecia pessoalmente, mas cujos intermediários haviam feito um excelente serviço.

— Desculpe, Doutor. Achei que fosse outra pessoa — disse o senador.

— Tudo bem.

— Mas isso é uma grande surpresa. A que devo sua ligação? Tem outro bom negócio para me propor?

— Na verdade, tenho, senador. E é uma proposta que você não vai poder recusar.

Aquela conversa de filme da máfia irritou Silvério. Ele estava muito ansioso para brincadeiras e metáforas. Preferia ir direto ao assunto.

— Muito bem. Diga qual é a proposta.

— Simples. Seu silêncio vale sua vida. E sua vida vale 500 milhões.

— Você está me ameaçando? Não sei quem você é, mas não me assusta. Que papo idiota é esse? Vou desligar.

— Se desligar, não vai saber para onde foi o dinheiro da conta 0387564-5 do Bank of Cayman.

Ao ouvir aquele número, o senador ficou pálido. Só ele conhecia o código bancário do dinheiro depositado nas ilhas Cayman. Como o Doutor poderia saber daquilo? Resolveu levá-lo a sério.

— Pode falar. Estou ouvindo.

— Ouça com atenção, pois não vou repetir. Os 500 milhões que seriam usados para comprar a Universidade Bartolomeu Dias foram desviados da sua conta em Cayman para diversos bancos ao redor do mundo. Se você ou qualquer um de seus executivos tentar rastrear o dinheiro, nós saberemos. E, nesse caso, não teremos alternativa: matamos você e sua família. Entendeu?

Silvério entrou em desespero. Caíra num grande golpe e, em nenhum momento, sequer cogitara a possibilidade de estar sendo enganado pelos americanos. A ambição o deixara cego.

— Entendeu? — repetiu o Doutor.

— Entendi, mas o dinheiro não era todo meu.

— Nós sabemos disso. Cem milhões eram de cinco amigos seus.

— Não eram propriamente amigos. Eu não posso controlá-los. Não sei o que eles vão fazer.

— Não se preocupe, senador. Você está com o computador ligado?

— Estou.

— Então entre no Portal de Notícias.

Silvério digitou o endereço na internet e viu a manchete do dia. A foto mostrava cinco homens mortos em plena avenida Paulista. O título, em caixa alta, era explícito: operadores da bolsa de valores assassinados em São Paulo.

— Captou a mensagem, senador? — perguntou o Doutor.

Perplexo, Raul Silvério arregalou os olhos e sussurrou uma resposta afirmativa, quase inaudível.

— Não queremos que o destino seja tão cruel com você. Considere esse dinheiro como uma doação para nossa causa. Em troca, além da sua vida, também prometemos não avisar ao Ministério da Fazenda sobre suas remessas para o exterior.

A ironia do Doutor doeu tanto quanto a perda do dinheiro. Silvério não poderia fazer nada, mesmo que quisesse. Não dava para reclamar a posse de um dinheiro não declarado, muito menos acionar a polícia. E, ainda por cima, tinha uma dívida de 200 milhões com um banco privado, o que significava que, em breve, perderia também o controle da própria universidade.

Em suma: não só fracassara na tentativa de comprar a Bartolomeu Dias como, em poucos meses, não seria mais o dono do Centro Universitário Provinciano. Estava, literalmente, arruinado.

— Temos um acordo, senador?

— Sim, temos um acordo — disse Silvério, colocando o fone no gancho.

\* \* \*

Do outro lado da linha, em Nova York, Nicole Barros desligou o celular com um sorriso nos lábios. Em seguida, recebeu um beijo de Patrick Walton, que estava ainda mais satisfeito do que ela. O líder dos (falsos) investidores americanos abriu uma garrafa de champanhe Cristal, safra 1956, e o serviu em duas taças de bacará.

— Parabéns, Nicole. Ou deveria dizer Doutor? — perguntou, divertindo-se com a própria piada.

— Chega dessa história, Patrick. Aqui, sou apenas a sua mulher.

— Adorei o jeito como você falou com o senador.

— Ele merecia. Sempre foi um mau-caráter.

— Um brinde ao sucesso! Um brinde aos 500 milhões!

— Tim tim!

Walton bebeu a taça inteira em um único gole. Queria ter mais tempo para comemorar, mas estava com pressa. Um grande carregamento de cocaína estava chegando no porto de Manhattan e ele precisava acompanhar o desembarque da droga através de um sistema de vigilância via satélite montado pela organização em um escritório no Soho, o bairro boêmio da cidade. Era uma espécie de GPS do tráfico, um esquema tão sofisticado que contava até com a ajuda de agentes do FBI devidamente subornados pelo grupo.

Nicole protestou e pediu para ir junto. Walton negou o pedido, deu um beijo na testa da mulher, pegou o casaco na cadeira da sala e se despediu. Antes que saísse, ela ainda tentou novamente.

— Mas eu não quero ficar aqui sozinha, Patrick!

— E o que você quer, então?

— Pelo menos, prometa que vai me levar na festa da sua cunhada amanhã à noite!

Walton mudou rapidamente de humor. O rosto aberto, feliz com o golpe aplicado no senador brasileiro, deu lugar a uma face emburrada, assustadora. O óleo da cabeleira loira acentuou o brilho da testa, enquanto os músculos hipertrofiados se contraíram abruptamente. Ele jogou o casaco de volta na cadeira, segurou a mulher pelo pescoço e desferiu um potente soco no meio do nariz. O sangue jorrou pelo tapete, enquanto Nicole caiu no sofá, desacordada. Em seguida, o americano pegou um balde de água na cozinha e o despejou em cima dela.

Ao acordar, Nicole teve a real dimensão de como seria sua vida em Nova York.

— Escuta aqui, sua vagabunda. Essa história de que você é minha mulher é fantasia da tua cabeça. Você acha que a minha família ia aceitar que eu me casasse com uma sul-americana qualquer? Os Walton estão há quatrocentos anos neste país. Somos tradicionais, respeitamos os valores da pátria e da religião. Não somos como vocês.

— Mas...

— Cala a boca! Se falar de novo, te dou outra porrada. Eu tive que passar 12 anos da minha vida naquele país de merda para montar meus negócios. Não vou me amarrar numa vadia tupiniquim. Nem como intermediária você me serve mais. Agora que ficou conhecida por causa do envolvimento com aquele chefe de polícia, não posso mais te mandar para o exterior. Vou ter que arrumar alguém pra fazer os contatos. Quem sabe, uma outra repórter? Enquanto isso, vou pensando na melhor maneira de te usar. Você ainda tem o conforto desse apartamento. Só não pode sair daqui sem minha permissão! Dois homens vão ficar com você pra garantir. Se precisar de alguma coisa da rua, eles trazem. Ok?

Nicole não respondeu.

— Ok? Estou perguntando, porra!

— Tudo bem — respondeu, ainda trêmula.

Walton enxugou o sangue no rosto de Nicole, acariciou seus cabelos e deu um novo beijo de despedida, dessa vez nos lábios.

— Desculpe o meu jeito, querida. Você sabe que eu te adoro. Só não gosto de ser contrariado. Na semana que vem, estou de volta. Qualquer coisa, é só pedir pros dois aqui — disse, apontando para os capangas que esperavam na porta.

Walton vestiu o casaco e foi embora. Os dois homens se acomodaram no sofá do hall de entrada, em frente à televisão. Nicole se trancou no quarto, tomou um Lexotan, mas não conseguiu dormir.

Estava em Nova York. O topo do mundo. A cidade que nunca dorme.

\* \* \*

Henrique Freitas e o desembargador subiram para o escritório de Jaime Ortega, no segundo andar da cobertura. O reitor se acomodou na cadeira de espaldar alto, bem em frente aos dois. Havia um importante assunto a tratar, mas a imagem na tela de cristal líquido em cima da escrivaninha chamou sua atenção. O computador estava ligado na internet, mais precisamente na página do portal de notícias que mostrava os corpos dos cinco investidores da bolsa de valores jogados na calçada da avenida Paulista.

— Você já viu isso? — perguntou Ortega, virando a tela para Henrique Freitas.

— Não tinha visto a imagem ainda, mas ouvi a notícia no rádio pouco antes de chegar aqui — respondeu o conselheiro.

— Quem são? — perguntou o desembargador.

— São bandidos. E da pior espécie. Tentaram dar o golpe na universidade, mas acabaram na vala — disse Henrique. — A propósito, Doutor Ortega, os 2 milhões que eles me deram já estão no seu cofre. Contabilizei como entrada extraordinária no caixa dois.

— Ótimo, Henrique. Mas quero que você tire 100 mil do bolo e leve pra casa. É meu presente pelo trabalho bem-feito.

— Não entendi nada — disse o desembargador.

— Esses investidores estavam há meses tentando subornar o Henrique pra conseguir informações privilegiadas sobre a venda da universidade. Queriam ganhar dinheiro com a abertura de capital, mas acho que eles também estavam envolvidos com os americanos. A sorte é que o Henrique é um conselheiro fiel e, além de enrolar os malandros durante esse tempo todo, ainda tirou uma grana deles. Queria que fosse meu filho! — disse Ortega.

— Obrigado, Dr. Ortega. Eu não fiz mais do que a minha obrigação. E o senhor é um pai de verdade pra mim — disse Henrique.

— Você mereceu, meu filho. Além disso, também me alertou sobre os americanos. Ainda bem que não fiz negócio com os gringos. Nossos problemas seriam muito maiores agora.

— Eu sabia que eles não iam aparecer. Desde o começo, pareciam estar tramando alguma coisa. Nunca confiei neles, principalmente no líder, com aquela fala mansa e o corpo anabolizado — disse Henrique.

— Mas esses 2 milhões não resolvem a situação da Bartolomeu Dias. Como vamos fazer pra tirar a empresa da falência sem vender uma parte das cotas? — perguntou o desembargador.

Ortega tirou uma caixa de charutos Cohiba, robustos, da gaveta e a abriu na frente dos conselheiros, que, apesar de não fumarem, retiraram cada qual seu rolo de tabaco cubano. Com um pequeno cortador preto, o reitor decepou uma parte do objeto, colocou-o na boca, riscou um fósforo de cumprimento maior que o normal e o acendeu concatenando as puxadas no fumo com a dança das chamas ligeiramente azuladas. Os auxiliares repetiram o ritual, pacientes, esperando pela resposta do chefe.

A primeira baforada mais encorpada produziu longos e sucessivos círculos, que se dissiparam pelo ambiente, nublando o escritório. Desacostumado, Henrique pigarreou duas ou três vezes, mas controlou o acesso de tosse que estava por vir, enquanto o desembargador, íntimo dos prazeres abastados, fingia saborear o gosto das folhas secas de fumo enroladas nas coxas das operárias cubanas.

— Não precisamos mais do dinheiro da venda — disse Ortega. — Acabo de negociar um empréstimo, ou melhor, um adiantamento.

— Adiantamento?! Mas o nosso crédito estava encerrado em todos os bancos! Como o senhor conseguiu? — perguntou Henrique.

— Hoje de manhã, o Conselho Brasileiro de Educação aprovou 83 novos cursos da Bartolomeu Dias em todo o país. Eu já tinha um acordo bancário para vincular a receita desses cursos a um adiantamento. Falei com o dono do banco agora há pouco. Amanhã de manhã, assim que a aprovação sair no Diário Oficial, o dinheiro estará na nossa conta — disse Ortega.

Confuso, o desembargador pousou o charuto no cinzeiro, afastou a fumaça com as mãos, apanhou uma caneta na mesa e começou a rabiscar alguns cálculos em uma folha de papel ofício que retirou da impressora.

— Desculpe, Dr. Ortega, mas ainda não estou familiarizado com a rotina da universidade. Tenho duas dúvidas. Primeira: a universidade não tem autonomia para abrir seus cursos sem consultar o MEC ou o Conselho Brasileiro de Educação? Segunda: como vincular a receita de um curso que ainda nem começou?

Ortega repetiu o gesto do novo conselheiro e também pousou o charuto no cinzeiro, demonstrando um pouco de impaciência com suas dúvidas. Talvez tivesse feito a escolha errada. Se o auxiliar não era capaz de entender uma operação tão simples, como iria gerir sua empresa? Mas ele estava apenas começando, precisava de um voto de confiança. Além disso, seria muito útil nas relações com o judiciário, principalmente no acompanhamento das centenas de processos cíveis e criminais contra a universidade e contra o próprio reitor. A explicação valia a pena.

— Nós somos universidade apenas aqui no Rio de Janeiro, onde, de fato, temos autonomia para abrir qualquer curso. Mas, nos outros estados, ainda somos faculdades isoladas e temos que pedir autorização ao MEC. O problema é que há milhares de pedidos de abertura de cursos das diversas instituições do país, e essas autorizações demoram muito. O que eu consegui foi acelerar

83 processos, graças à intervenção do presidente da nossa associação de ex-alunos, que é deputado federal e membro do CBE.

— Então, o que deveria ser técnico se resume a política?

— Como tudo neste país, meu caro desembargador.

— De que maneira os 83 cursos podem gerar receita antes mesmo de começarem a funcionar?

— A simples autorização do MEC produz um potencial de receita, que aumenta a cada semestre, conforme a entrada de novos alunos. Ao cabo de quatro ou cinco anos, quando as turmas estiverem completas, atingiremos um ponto ótimo que configura o valor do negócio. Por exemplo: no primeiro semestre, cada curso terá, em média, cem alunos. Cem vezes oitenta é igual a 8 mil mensalidades, que, a 500 reais cada, representam uma receita mensal de 4 milhões.

— Entendi. Parece pouco, mas quando os cursos estiverem completos, essa receita será ainda maior — concluiu o desembargador, recuperando o charuto que estava no cinzeiro.

— Muito maior! Calculamos que cada curso completo terá mil alunos, ou seja, esses cursos representam 80 mil alunos, com uma receita média mensal de 40 milhões. Quer dizer, são 480 milhões por ano. Um bom faturamento, não acha?

— Excelente, mas há as despesas.

— As despesas já estão diluídas nos nossos campi. Todos os cursos são o que chamamos de cuspe e giz, como Direito ou Letras, por exemplo. Não demandam laboratório ou outro tipo de investimento. A única despesa é com o corpo docente. Cada professor custa 3,8 alunos por turma. E as turmas têm até noventa alunos. Por aí você calcula o lucro — disse Ortega, após uma nova baforada.

— Muito bom. Mas como o banco entra no negócio?

— O banco virou um sócio velado. Na prática, eu terceirizei os cursos. Criei uma franquia por tempo determinado. O banco se responsabilizará pelo pagamento dos professores e nós pelos custos fixos, que são poucos. A receita irá toda para eles nos próximos oito anos. No final do prazo, eu retomo os cursos. Em contrapartida, o banco me adianta o dinheiro que eu preciso para sanar minhas dívidas atuais. Na verdade, ainda vai sobrar muito e vou poder investir em novas ampliações em breve.

— Por isso, o adiantamento é tão alto! Agora, entendi. Um grande negócio para os dois. Você recebe o dinheiro agora e eles vão ganhar pelo menos três vezes o atual valor nos próximos anos, a um risco muito pequeno, já que vão administrar toda a parte financeira.

— Exatamente!

Ortega ficou satisfeito com o entusiasmo do desembargador. Detestava dar explicações técnicas, mas o prazer de relatar a estratégia que desenvolvera para salvar sua universidade o fazia esquecer de que se tratava de um tecnicismo. Além do mais, o charuto ainda estava na metade. Tinha tempo.

— Então, o senhor desistiu de vender a universidade? — perguntou o desembargador.

— Eu nunca quis vendê-la. Só ganhei tempo. Há várias instituições lançando ações na bolsa de valores, mas acredito que elas terão que devolver o dinheiro ao governo.

— Por quê?

— Por questões tributárias. Todas as universidades são filantrópicas, o que significa que não pagam imposto de renda e outros tributos. Ou seja, quem financiou a expansão das faculdades privadas, no país, foi o Estado. Como, de uma hora para outra, elas abrem mão da filantropia e lançam ações na bolsa?

— Eu não tinha pensado nisso.

— Mas eu pensei, já que a Bartolomeu Dias é um exemplo clássico de utilização do dinheiro público para a expansão de suas unidades. Nós existimos há mais de trinta anos, sempre como filantrópicos. Ou seja, o que pagaríamos de impostos serviu para comprar outras faculdades e aumentar nosso faturamento. Você acha que o governo não vai perceber isso?

— É possível. Acho que o procurador geral da União pode mover um processo — disse o desembargador.

— Na semana passada, a Universidade Araguaia, de São Paulo, captou 513 milhões na oferta inicial de ações. E ela tem apenas 20 mil alunos. Imagine quanto nós conseguiríamos captar?

— Uma fortuna.

— Uma fortuna que não é nossa. Os advogados da União já estão se movimentando contra a Araguaia. Quando o assunto chegar à imprensa, as ações vão cair muito. Todo mundo vai perder dinheiro.

— Então o senhor tomou a decisão certa, já que conseguiu um aporte de recursos sem precisar abrir o capital.

— Isso mesmo. Mas vamos mudar de assunto. Não foi para falar de finanças que chamei vocês aqui.

Ortega abriu uma garrafa de licor e o serviu em dois pequenos copos. Não colocou a bebida para si, mas pediu permissão para molhar a ponta do charuto no copo de Henrique. O líquido adocicado mudou o paladar do fumo, espalhando novos aromas no contato da fumaça com o palato.

— Senhores, quero comunicar que as mudanças administrativas não acabam com a demissão de meu filho. O conselho sempre foi constituído de três pessoas e não será diferente agora.

— E quem será o terceiro? — perguntou Henrique, ansioso.

Não havia um candidato para a vaga. O filho mais velho de Ortega estava à frente da sub-reitoria de Ciências Jurídicas, mas não tinha um bom relacionamento com o pai; os outros dois sub-reitores não preenchiam os requisitos para o cargo; a presidente da mantenedora era apenas um fantoche; e Antonio Pastoriza já havia pedido demissão. Quem seria o escolhido?

— A nova composição do conselho vai melhorar a nossa administração. Henrique: você continua com as finanças, RH e toda a parte burocrática. Desembargador: sua função será tocar a comunicação interna e externa, além do departamento jurídico e do contato com as filiais nos estados. Então, fica faltando alguém para cuidar da logística e da expansão — disse Ortega.

— Nós não temos ninguém para a função. Nunca nos preocupamos em treinar alguém para o lugar do Gabriel. Poderia até ser aquele economista de Chicago que veio do concorrente, mas o senhor mandou demiti-lo — disse Henrique.

— É difícil encontrar um profissional com formação adequada nessa área. São poucos os especialistas gabaritados — disse o desembargador.

— E quem é que está pensando em especialistas, doutores ou qualquer outro idiota com um diploma embaixo do braço? — perguntou Ortega.

A frase do reitor não podia ser encarada como surpresa. Suas idiossincrasias eram conhecidas, bem como seu desprezo por títulos acadêmicos e outras vaidades universitárias. Mesmo assim, nenhum dos conselheiros poderia esperar que o terceiro nome do grupo fosse escolhido com base em critérios tão heterodoxos:

— Só um ignorante, sem preconceitos, sem pré-juízos, sem fórmulas prontas e com a visão da ralé pode agregar valor ao conselho — disse Ortega.

O desembargador continuou perdido após a exposição de motivos do reitor, mas, para Henrique Freitas, que o conhecia havia trinta anos, a escolha começava a ficar clara:

— Parece loucura, Dr. Ortega, mas só conheço uma pessoa com esse perfil. O senhor não está pensando no Lucas, está?

Ao ouvir seu nome, o analfabeto entrou no escritório e deu um longo abraço no reitor. Em seguida, cumprimentou os dois colegas e puxou uma cadeira. Não vestia a velha calça jeans e a camiseta surrada, mas um terno azul importado, cujo paletó de três botões realçava os ombros largos e o deixava altivo, como um verdadeiro executivo de multinacional. Os cabelos estavam curtos e pintados de preto, no mesmo tom do cavanhaque fino, bem aparado.

A imagem de Lucas naqueles trajes deixou Henrique impressionado. Pelo menos na aparência, tratava-se de um homem completamente diferente. Nem a polícia seria capaz de identificá-lo. Se fosse parado numa blitz, seria confundido com um advogado ou empresário. Ninguém poderia suspeitar que se tratava de um foragido da justiça, autor de dois assassinatos e responsável pelo caso policial de maior repercussão nos últimos anos. Muito menos que o homem embaixo do terno não sabia ler nem escrever.

— *Voilà*, senhores! Eis o nosso homem — disse Ortega.

— Eu não quero questionar as suas escolhas, Dr. Ortega. Mas como o Lucas vai trabalhar sendo procurado pela polícia? — perguntou o desembargador.

— Isso não é problema. Há muitas pessoas com mandado de prisão que vivem livremente. Ele será apenas mais um. Vocês dois dividirão a mesma sala na mantenedora, enquanto o Lucas vai trabalhar em um escritório ao lado do meu, aqui em casa. As reuniões do conselho serão aqui e o Lucas escolherá dois ou três auxiliares diretos, os únicos que terão acesso a ele.

— Então, o conselho está formado. Seja bem-vindo, Lucas — disse Henrique.

— Mas há uma ressalva — disse o reitor. — Como vocês sabem, dou toda a liberdade para o conselho trabalhar, mas há um requisito que o Lucas terá que seguir à risca.

— Qual é? — perguntaram os três conselheiros ao mesmo tempo.

Ortega se levantou da cadeira, caminhou em direção ao novo conselheiro da Bartolomeu Dias, colocou as mãos em seus ombros, olhou firme em seus olhos e deu a ordem cuja desobediência seria o único motivo para uma demissão sumária:

— Em hipótese alguma, Lucas. Eu disse, em hipótese alguma, você deve aprender a ler ou escrever. Fui claro?

— Foi sim, Dr. Ortega — respondeu o analfabeto.

O reitor estava sendo coerente. Durante toda a vida defendera a ideia de que a educação não representava o único caminho para a ascensão social. E, naquele momento, tinha a oportunidade de colocar suas ideias em prática ao promover um iletrado para o cargo mais importante de uma universidade. Pelo menos, numa universidade com aquele modelo de gestão. O que estava fazendo seria lembrado no futuro como um ato revolucionário, algo muito à frente de seu tempo. Um analfabeto não só passara no vestibular da Universidade Bartolomeu Dias como chegara ao topo de sua hierarquia administrativa.

— Então, Lucas, mãos à obra. O escritório está pronto e eu sei que você já escolheu um dos assessores. E como hoje é seu primeiro dia, pode pedir o que quiser — disse Ortega.

— O que eu quiser?

— Sim. Carro, computador, dinheiro, qualquer coisa. É meu presente de boas-vindas — explicou o reitor.

Lucas pensou durante alguns segundos. E pensaria muito mais caso a escolha já não tivesse sido feita nos momentos anteriores àquela conversa. Uma escolha prosaica, inverossímil, inimaginável, tão repleta de adjetivos quanto o texto de um romance vendido como encarte da revista *Sabrina*.

— Eu quero um charuto — disse o analfabeto. E, como se conhecesse intimamente os rituais de degustação do fumo cubano, usou o cortador, acendeu o fósforo e soltou a fumaça em rodelas sucessivas, do mesmo jeito que seus companheiros de Conselho, sem esquecer de molhar a ponta no copo de licor.

Quando se preparava para deixar o escritório e começar o trabalho, a governanta de Ortega o interrompeu com a notícia de que seu assessor estava ao telefone. A moça fina, com sotaque germânico e fleuma inglesa, educada nas melhores escolas europeias, pediu permissão ao grupo e anunciou o telefonema, que deveria ser atendido na sala ao lado:

— Com licença, senhores. Mas há uma ligação urgente para o Doutor Lucas.

E o Doutor Lucas se encaminhou para seu gabinete, de onde começou a comandar a logística da maior universidade do Brasil.

# Posfácio

*Galícia, Espanha, dois anos depois.*

Caro amigo Rover,

Acabo de receber o seu convite de casamento. Ainda me lembro do olhar que você lançou para Adriana quando a viu pela primeira vez, radiografando cada detalhe da menina. Sabia que a história terminaria no altar.

Devo voltar ao Brasil no mês que vem. O Congresso finalmente começou a discussão da reforma universitária e eu fui convidado para falar na Comissão de Educação do Senado. Embora tenha abandonado o magistério há dois anos, acho que posso dar minha contribuição para o debate, principalmente após a conturbada experiência na Bartolomeu Dias.

Soube que você foi demitido logo depois que eu viajei para a Espanha. Lamento muito. A família Ortega foi injusta com você. Sua fidelidade e seu profissionalismo foram inquestionáveis durante toda a crise. Se não fosse por você, não teríamos chegado a uma solução. O Dr. Jaime deve estar mal assessorado, do contrário não permitiria que o demitissem. Mas isso não importa. O fato é que, agora, você tem emprego novo, vida nova e mulher mais nova ainda.

Onde vão passar a lua de mel? Se quiserem uma sugestão, recomendo a cidade de Moaña, na Galícia, onde estou desde que saí do Brasil. Posso até deixar a casa arrumada pra vocês. Moro em um discreto bangalô no alto do Monte dos Pinheiros, de frente para a Baía de Vigo, de onde posso ver a Puente de Rande e as *bateas*, pequenas jangadas ancoradas nas rochas submersas, que formam desenhos no mar e atraem os melhores mariscos da região. No meu quintal, há pinhos e laranjeiras. Recebo visitas frequentes da fauna local, mas ainda não fui capaz de abandonar o espírito urbano e tentar uma aproximação exploratória com as dezenas de pássaros que insistem em cantar a nona de Beethoven na minha janela.

Nas manhãs de sol, desço de bicicleta pelas curvas estreitas de terra batida e chego até a marina, onde subo no barco a remo que comprei de um pescador chamado Finete, cujo nome deve-se às pernas finas e alongadas que o destacam dos demais. Navego durante horas e me deixo levar pela maré, à deriva, enquanto leio a obra de Camilo José Cela, o maior escritor galego, até que o estômago determine o fim da leitura e me traga de volta à cidade, onde os frutos do mar preparados por Isabel, minha cozinheira, me esperam na mesa da sala, ao lado de uma garrafa de vinho espanhol.

A *siesta*, uma das grandes invenções do país, dura até o meio da tarde, quando ligo o computador e tento escrever meu primeiro livro de ficção em português. As linhas saem tortas, analfabetas, sem a firmeza de minha língua natal. Mas a recompensa chega à noite, no momento em que entro no café que tem o mesmo nome da cidade, o Bar Moaña, e encontro os amigos da infância que nunca tive. O dono do bar me serve um conhaque envelhecido e conta as últimas novidades do local, geralmente iguais às da noite anterior, com direito a entonações dramáticas e risadas de desenho animado. Ao lado dele, a mulher e o filho mais velho distribuem as cartas para o jogo de escopas, que é o sinal para o começo da madrugada etílica e musical, pois não há um habitante cuja voz não se pareça à de um tenor de ópera.

Essa é minha vida de escritor na Galícia. Acho que você e Adriana se divertiriam muito por aqui. Não há lugar melhor para uma lua de mel.

Como sabe, além de pedir demissão da Bartolomeu Dias, também abandonei a psicanálise. Infelizmente, não tive os resultados que queria com meus pacientes. Eu falhei e sinto um grande peso nos ombros. O peso daqueles que não aliviaram suas angústias, não venceram seus medos, não amenizaram suas neuroses. Acho que fui um terapeuta medíocre. Fiz uma interpretação muito superficial de Freud, Lacan e companhia. Meus livros teóricos não servem para nada. São como aqueles romances que tentam abordar a teoria psicanalítica no meio do enredo para que o público leigo consiga entender. Uma perda de tempo.

Ainda não sei se minha volta ao Brasil é definitiva. Talvez fique apenas pelo tempo necessário para a publicação do livro e as palestras no Senado. A saudade faz cócegas no pé: é incômoda, irritante, impartilhável. O frio europeu dói na metafísica E a solidão passeia pelo telhado. Mas não posso abrir mão do latifúndio semântico que reencontrei na Galícia. Sou escritor. Finalmente, faço o que gosto.

Impossível voltar para a universidade. A vaidade sufoca, mutila, arde. A Academia é um inverno perene. Congela professores, alunos e dirigentes, interessados apenas na imediata satisfação do ego, embora se escondam sob a nuvem sacra da ciência e da cultura. Quem inverterá as prioridades? Quem levantará a névoa empoeirada dos mestres e doutores da pátria?

Talvez seja trabalho para um ignorante, um desinstruído, um deseducado. Ou, quem sabe, para um analfabeto com diploma de bacharel.

Nesse caso, Rover, basta que tudo continue como está.

No he dicho nada, sino todo.

Recuerdos de tu amigo,
*Antonio Pastoriza*

## Notas e Agradecimentos

Toda obra é coletiva. Basta que chegue às mãos dos leitores para perder qualquer sentido de autoria individual. Mas eu ainda contei com a atenção daqueles que leram minhas linhas analfabetas antes da publicação. Além disso, tive o privilégio de ser editado por Luciana Villas-Boas, o olhar mais criterioso da literatura brasileira.

A incomparável Priscila Corrêa fez a primeira revisão crítica do livro. A editora Denise Pegorim, indicada por Luiz Alfredo Garcia-Roza, fez uma segunda leitura e foi a principal incentivadora da publicação. A professora Pina Coco, especialista em romances policiais fez a terceira leitura do texto.

Em seguida, o romance passou pelas mãos de pessoas das mais diversas formações. Elas também sugeriram alterações importantes e, por isso, são cúmplices e coautoras: Cristiane Costa, Eugenia Ribas-Vieira, Andrew Lampack, Sophie de Mijolla-Mellor, Fernanda Pimentel, Glória Pacheco, Dulce Ferreira, Alex James de Faria, Leonardo Ayoub, Andréa Ferreira e Monaliza Oliveira.

Há várias referências literárias no texto, o que também configura uma coautoria. Além das reportagens de jornal, que são a base da trama, fiz uma interpretação livre da obra de Sigmund Freud, em especial na paráfrase do famoso sonho da *Table d'hôte*.

Também me apropriei das leituras de Pablo Neruda, de Sandór Ferenczi e dos principais escritores de romance policial do Brasil, a quem agradeço com citações pontuais ao longo da obra.

Por último, minha homenagem a Antonio Areal, Josefa Pena, Viviane Pena Vianna, Hebert Vianna, Hugo Vianna e Pedro Vianna, família profícua e onipresente. E aos amigos do Colégio Marista São José: Carlos Gamboa, André Pacheco, Ricardo dos Mares-Guia, João Marcelo de Lima, Carlos José Areias, Sandokan Sterque, Rodrigo Sapão, André Colpas, Rodrigo Trajano, Cláudio Batata, João Nobody, Marcelo Pereira, André Pereira, Luciano Pereira, Ricardo Pereira, Marcelo Montenegro, Moses da Sibéria e Alexei Gabeto.

Para Lelo e Lela, minha perene reverência.

Este livro foi composto na tipologia e
Electra LT Std, em corpo 11/16, e impresso em
papel off-white 80g/m² no Sistema Cameron da
Divisão Gráfica da Distribuidora Record.